S0-ARK-403

OJOS NEGROS

WILLIAM H. RICHTER

OJOS NEGROS

Traducción de Pedro Fontana

B DE BLOK

Barcelona • Madrid • Bogotá • Buenos Aires • Caracas • México D.F.
Miami • Montevideo • Santiago de Chile

Título original: *Dark Eyes*
Traducción: Pedro Fontana
1.ª edición: septiembre 2012

para el sello B de Blok
Consell de Cent 425-427 - 08009 Barcelona (España)
www.edicionesb.com

Publicado por acuerdo con Razorbill, un sello de Penguin Young Readers Group, Penguin Group (USA), Inc.

Printed in Spain
ISBN: 978-84-939242-9-4
Depósito legal: B. 20.246-2012

Impreso por: Liberdúplex

Para las Shaw

Prólogo

Valentina abrió los ojos y vio que la señora Ivanova, inclinada sobre su cama, le apretaba suavemente el hombro.

—No hagas ruido, pequeña —susurró muy bajo la mujer. Valentina le notó un aliento a té azucarado—. Ven conmigo.

Valentina sonrió, medio dormida todavía, y apartó la colcha para levantarse, tratando de hacer el menor ruido posible para no despertar a los otros niños con el chirrido de los muelles. La señora Ivanova la ayudó a ponerse el albornoz y las zapatillas, y salieron sigilosamente de la habitación. Cogidas de la mano recorrieron el pasillo del bloque principal mientras un atisbo de luz, fría y gris, empezaba apenas a colarse por los ventanales. Pasaron junto a un anaquel situado a baja altura en el cual se alineaban veinte pequeños tiestos, cada cual con una solitaria flor recién brotada, y cada tiesto con un nombre pintado a mano: Aniya, Mika, Stasya, Youri...

Nadie más se había levantado aún —tampoco la cocinera, la señorita Demitra— y la intimidad del breve trayecto no hizo sino sumarse a la sensación de algo especial que Valentina notaba en el estómago. Llegaron a los aposentos de la señora Ivanova en el ala norte y entraron juntas en la caldeada estancia, donde el aire olía a blinis, a arándanos y, por encima de todo, a chocolate caliente. Junto a una pequeña estufa de carbón había puesta ya una mesita.

—Siéntate, Wally —dijo la señora Ivanova. Valentina obedeció y la anciana mujer sirvió el desayuno. Primero untó los blinis con nata agria y luego llenó de chocolate caliente la taza de su invitada. Valentina aguardó nerviosa a que la señora Ivanova se sirviera también—. Está bien, está bien —añadió la mujer una vez se hubo sentado al otro lado de la humilde mesa—. Vamos, come.

Valentina atacó el desayuno con voracidad. Cada bocado de panqueque lo adornaba previamente con una buena dosis de confitura, y entre uno y otro tomaba largos sorbos de chocolate.

Habían compartido desayunos similares en cinco o seis ocasiones, siempre para sorpresa de Valentina, y, que ella supiera, ninguno de los otros niños había tenido esa suerte. Como las otras veces, comieron ambas en silencio, la señora Ivanova observando con gesto de aprobación el buen apetito de Valentina. Cuando hubieron terminado, la mujer recogió la mesa.

Lo que seguía, según el ritual, era tomar té juntas mientras la señora Ivanova le contaba anécdotas de una tal Yalena (Yalena Mayakova), que, según la anciana, era la madre de Valentina. En tales ocasiones la niña había prestado atención pero sin entender nada; sólo sabía que una madre era una mujer que velaba por sus hijos: ¿cómo podía Yalena, que era para ella una completa desconocida, ser tal cosa? Valentina no tenía el menor recuerdo de ella, como tampoco de nada que hubiera ocurrido fuera de los muros del orfelinato. ¿Dónde estaba la tal Yalena? ¿Por qué había abandonado a su hija?

Esta vez, sin embargo, la señora Ivanova no le contó ninguna anécdota. Permaneció sentada en silencio, tomando el té y haciendo aquel ruido con la lengua que los niños ya conocían y que indicaba que la anciana estaba inquieta. Valentina se dio cuenta y empezó a preocuparse también. ¿Qué ocurría? Ninguno de sus anteriores ágapes privados había concluido así. Tras muchos minutos de incómodo silencio, sucedió algo que Valentina no había presenciado nunca hasta entonces: la señora Ivanova rompió a llorar. Apartó la cabeza en un vano intento de ocultar sus emociones a la niña, pero Valentina pudo ver las lágrimas y al poco rato se echaba a llorar también, nerviosa y asustada pero sin saber por qué.

—¿Estás triste, *babu*? —Valentina empleó el apodo que los niños más pequeños del orfelinato utilizaban normalmente para dirigirse a la señora Ivanova: *babu*. De *babushka*, «abuela».

—Yo no soy tu *babushka* —contestó la señora Ivanova endureciendo el tono de voz—. No puedo serlo más. Lo siento, Wally.

—Claro que lo eres —dijo Wally, enjugándose las lágrimas, tratando de mostrarse fuerte. Llorar era cosa de críos. Los niños más mayores jamás derramaban una sola lágrima.

—Hoy va a venir una pareja joven de Norteamérica —dijo la señora Ivanova—. Serán tus nuevos padres. Es una gran ocasión para empezar una nueva vida.

—Pero si yo ya tengo madre. Me dijiste que mi madre es Yalena. Si viene a buscarme y ve que no estoy...

La señora Ivanova meneó la cabeza.

—Olvídate de esas historias, Wally. Siento haberte contado nada, ha sido un error por mi parte. Tienes que olvidarte de Yalena para siempre.

Abrumada, Valentina no opuso resistencia cuando la

señora Ivanova la condujo a su cuarto de baño privado y la hizo meterse en la bañera para lavarle el pelo con champú perfumado y frotarle el cuerpo, de pies a cabeza, con un paño basto. La anciana, para entonces, había recobrado la compostura y Valentina se esforzó por hacer otro tanto, disimulando las lágrimas de miedo y confusión bajo el agua caliente y limpia que iba arrastrando todo el jabón hacia el desagüe. Terminado el baño, la señora Ivanova le entregó un vestido de color amarillo claro para que se lo pusiera; estaba limpio y planchado, pero era viejo y de todas las costuras pendían hilos sueltos.

—Sí, sí —dijo lacónicamente la mujer cuando Valentina se hubo vestido, añadiendo sin querer el característico chasquido de lengua—. Muy guapa. Una preciosidad de niña.

Todo sucedió tan deprisa que, interiormente, Valentina apenas si pudo seguir el tren. La señora Ivanova la tomó con fuerza de la mano y la hizo atravesar el salón, ahora con todas las luces encendidas. Los demás niños —sus hermanos y hermanas— no estaban a la vista, pero Valentina los oyó cantar del otro lado de la puerta que comunicaba con el aula grande, y el eco de las voces amortiguadas resonó a lo largo del pasillo.

La señora Ivanova hizo entrar a Valentina en un pequeño despacho que ésta desconocía. Había allí dos personas jóvenes esperando de pie, un hombre y una mujer. Sonrieron animosamente al ver entrar a Valentina; la mujer se adelantó y se puso de rodillas frente a la niña para que pudieran mirarse a los ojos. La joven no pudo contener el llanto y empezó a retorcerse la manos, muy nerviosa, hasta que se le pusieron tan blancas como la leche. Valentina sintió deseos de huir corriendo, pero comprobó que era incapaz de moverse, como si una fuerza aterradora la mantuviera clavada al suelo.

La mujer joven alargó el brazo y tomó las manos de Valentina en las suyas propias, y fue como si una pequeña descarga eléctrica pasara de la una a la otra, algo que la pequeña Valentina no acertó a comprender; sintió que deseaba, simultáneamente, abrazar a la desconocida y apartarla de sí. La pugna entre ambos impulsos le crispó el estómago. A todo esto, la joven le dirigió unas palabras en una lengua que la niña desconocía. La señora Ivanova asintió.

—*Da* —dijo la anciana—. *Ochi chornye* («Ojos negros»).

Cuando finalmente Valentina salió, de la mano de la joven pareja americana, los demás niños estaban aguardando en el pasillo y se pusieron entonces a cantar. Valentina conocía la tonada; también ella la había entonado meses atrás cuando habían venido a llevarse al pequeño Ruslan, que sólo tenía un año y medio más que ella:

Puskai prïdet pora prosit'sia
Drug druga dolgo ne vidat'
No serditse s serdtsem, slovno ptitsy
Konechno, vstretiatsia opiat

(Qué pronto llega la hora de separarnos
para no vernos más, o quién sabe hasta cuándo.
Pero por fuerza un corazón encontrará al otro,
y algún día habrán de reunirse de nuevo.)

Una vez llegaron a la puerta que había al final del pasillo, Valentina empezó a forcejear para librarse de sus dos nuevos guardianes. En cinco años apenas si había salido del orfelinato, y de pronto la verdad de su situación le resultó diáfana: en cuanto cruzara el umbral, no habría vuelta atrás. Continuó tirando hasta soltarse de la mano con que la sujetaba el hombre, pero la mujer la atrajo hacia sí envolviendo a Valentina en sus sorprendentemente poderosos brazos.

Valentina vio que la señora Ivanova se había detenido al final del pasillo y permanecía a la sombra del portal.

—*Babushka*... —gimió la pequeña, pero la anciana apartó la mirada con un gesto de angustia.

Al final no hubo nada que hacer. Los esfuerzos de Valentina por zafarse sólo demostraron que no podía ganar, que se enfrentaba a fuerzas demasido grandes. A los pocos segundos se encontraba en el asiento trasero de un voluminoso coche negro y partían con el sol iluminando ya el nuevo día. Zafándose por fin del apretón de la joven, Valentina volvió la cabeza para mirar acongojada por la ventanilla trasera del vehículo mientras el único hogar que había conocido iba quedando atrás... hasta que se perdió de vista.

1

Once años después...

Llamó por el móvil a los chicos de Columbia y pocos minutos después los vio salir juntos del dormitorio del *college*, achispados ya, los cuatro emperifollados para una noche de aventura en los garitos del centro de la ciudad. Ellos la miraron de arriba abajo, sopesando brevemente la posibilidad de obtener algo más que un taquito de chocolate, pero ella les devolvió una mirada fría de negativa y enseguida descartaron esa opción.

—Por ciento cincuenta puedo daros ocho dosis —dijo, forzando el precio ya que sin duda estaban forrados, aparte de medio borrachos—. Éxtasis o quetamina.

—Las dos —dijo el chico alto del pelo rizado—. Cuatro de cada.

Hicieron el intercambio y los chicos se encaminaron hacia el sur en dirección a la parada de la línea roja en la calle Ciento Dieciséis. La chica también había pensado tomar el metro, pero no le gustó la idea de cubrir la distancia en compañía de universitarios borrachos. Lo más inteligente era tomar un taxi, pero no estaba habituada a esos gastos.

Así pues, echó a andar hacia Riverside Park. Atravesó el campus de Barnard, luego Riverside Drive, y continuó por el sendero que pasaba bajo el Hudson Parkway, siempre a la vista del río. Seguía la ruta por puro hábito, acostumbrada a viajar en un grupo que podía protegerla en virtud del número de sus integrantes, pero esta vez estaba sola. No habían pasado ni dos minutos cuando oyó pasos a su espalda: dos hombres, ambos corpulentos, aproximándose rápidamente a ella pero aminorando después el paso para mantenerse a una distancia de unos cinco metros. La chica se sentía observada y apretó el paso, pero ellos también, siempre a distancia similar, a la espera del momento propicio.

Escrutó la zona contigua al sendero en busca de una posible vía de escape, y sólo entonces se dio cuenta real —demasiado tarde— de los peligros inherentes a la alejada ruta que había elegido. La iluminación dejaba muchísimo que desear: en todo un trecho de cuatrocientos metros sólo funcionaba una luz. Flanqueaba el sendero una barrera de piedra renegrida (los cimientos de la avenida original) cual muralla de un castillo medieval. El follaje de los olmos se cernía sobre el camino, impidiendo que se pudiera ver algo desde arriba. Por lo demás, reinaba un zumbido ambiental causado por el tráfico, suficiente como para que ninguno de los residentes en los bloques de pisos cercanos pudiera oír a alguien pidiendo socorro.

«No corras —se dijo a sí misma—. Aún no.» Le había costado muchos sudores desarrollar aquel instinto de supervivencia a lo largo de toda su niñez, y ahora el instinto le decía que, cuando llegase el momento, debía echar a correr cuanto más rápido mejor.

El muro de piedra terminaba sin más y el camino se bifurcaba con la posibilidad de continuar cuesta arriba hacia Riverside Drive, un trecho que no llegaba a los cien metros. Si podía cubrir aquella distancia antes de que ellos la alcanzaran, seguro que en la calle habría coches —personas, testigos— cuya presencia los disuadiría de seguir persiguiéndola. Apenas cien metros. Los hombres se dieron cuenta también de que tenía la oportunidad de escapar y aceleraron el paso, reduciendo la distancia.

«Corre. Ahora.»

Les sorprendió con su explosión de velocidad. Cansada, flacucha, mal alimentada, destrozada por sustancias químicas y el implacable peaje de la vida en la calle, parecía a todas luces el alfeñique de la camada, el elegido para la matanza selectiva. No obstante, las miradas de sus perseguidores no podían calibrar su férrea voluntad de sobrevivir, que la había salvado de la muerte más de una vez. A todo esto la chica seguía corriendo y acercándose cada vez más a una posible salvación.

Los hombres jadeaban, la maldecían por tener que hacer un esfuerzo con el que no habían contado. Treinta metros todavía, luego veinte... Casi notaba el aliento de los dos en el cogote, pero lo conseguiría. Ahora estaba segura de ello. A la vista ya de la calle salvadora, torció bruscamente a la izquierda y se coló por una brecha en el seto paralelo al sendero. El brusco cambio de dirección desconcertó a sus perseguidores, que volvieron a maldecirla a gritos.

Ella dejó atrás el sendero, cruzó la acera e irrumpió directamente en la calzada, iluminada por las farolas. Mientras atravesaba el asfalto a todo correr, un turismo azul oscuro frenó con un chirrido a sólo dos dedos de atropellarla. La muchacha quedó paralizada, no sólo por el susto, sino también porque había reconocido el coche. Se abrió la portezuela y el conductor bajó del vehículo: un rostro familiar, un amigo. La chica sintió una oleada de alivio ante tan agradable sorpresa, pero luego vio la cara que ponía el conductor y su ánimo se vino abajo.

Ni sonrisa ni salvación.

Atley Greer cogió el primer coche patrulla que encontró en el parque de vehículos y llegó pocos minutos después al intenso tráfico de la Setenta y nueve. Torció por una vía de acceso que discurría hacia el sur paralela al río Hudson, en dirección a los campos de béisbol de la Little League. La zona estaba todavía en sombras, pues el sol de noviembre no había coronado aún los edificios del lado este. Greer frenó al borde del segundo campo, allí donde una cinta amarilla policial delimitaba un círculo en el suelo. Aparcó el coche junto a dos caballos —monturas de la Policía de Parques—, cuyo aliento formaba espesas nubecillas en el aire frío de la mañana y cuyo pelaje recién empezaba la primera fase de la muda invernal.

—Hola, inspector.

—Agente Carlin. —Atley saludó con la cabeza al joven de uniforme.

—Los de Escena del Crimen no tardarán —informó Carlin—. Nos van a mandar más placas en cuanto llegue el turno de día.

Carlin condujo a Atley hasta la escena del crimen y levantó la cinta amarilla para que pasara el inspector. Fuera del límite de la cinta había otros cinco policías de parque; estaban fumando y se los veía distantes e inquietos, ansiosos por volver al calor de sus vehículos o a los caballos que esperaban un poco más allá.

El cuerpo de la chica estaba al pie de un ciprés, boca arriba, todavía vestida con varias capas de prendas oscuras, la más exterior de todas ellas una raída cazadora de cuero. La chica tenía el pelo corto, rubio, de punta, con una franja azul en el costado izquierdo, y ostentaba diversos *piercings* faciales. De la bocamanga de su camisa asomaban tatuajes e iba muy maquillada, aunque ahora tenía todo el maquillaje corrido. El rostro presentaba moretones y estaba hinchado; un hilo de sangre ya seca descendía de la nariz. Sus nudillos estaban rasguñados, probablemente del forcejeo contra el agresor. Tenía los ojos abiertos, y las pupilas, de un gris intenso, estaban empezando a perder color.

—A ver, cuenta —dijo Atley.

—Se llama Wallis Stoneman —respondió Carlin, mostrando una bolsa de plástico transparente en la cual había introducido un permiso de conducir—. Llevaba el carnet metido entre el calcetín y las mallas de debajo. Ahí pone que tiene veintitrés años, pero como no me cuadraba, he llamado para comprobarlo. Es una buena falsificación, debió de costarle dos o trescientos pavos en la calle. Según dicen los técnicos, los datos son de fiar, a excepción de la edad: en realidad tiene dieciséis años. He pasado el nombre a los de Tiempo Real. La chica había estado en varios reformatorios, pero en su historial no hay ningún delito importante y tampoco un juicio en toda regla. Les consta como fugitiva y hay una orden de PNV contra ella.

Una orden de Persona Necesitada de Vigilancia quería decir que los de Servicios Sociales tenían un archivo abierto a su nombre.

Pocos metros más allá del cadáver había un macuto rojo, muy sucio y abierto, con el contenido esparcido por el suelo. Había ropa interior que parecía para lavar, un gorro a rayas, chocolatinas dentro de sus envoltorios individuales.

—¿La bolsa —dijo Greer— estaba abierta así cuando hallaron el cuerpo? ¿Con todo tirado por el suelo?

—Sí, señor. El dinero y los objetos de valor, caso de que los hubiera, han desaparecido.

Greer se puso en cuclillas y examinó las mugrientas uñas de la chica, sus agrietadas botas, sus rasgados leotardos. Tenía suciedad de muchos días detrás de las orejas. La ropa no se había lavado desde hacía por lo menos un mes. Atley reparó en varias cicatrices viejas que tenía en la frente y en el puente de la nariz. Le levantó las mangas y encontró más cicatrices y contusiones endurecidas en la cara externa del antebrazo —viejas lesiones defensivas—. Muchos adolescentes ricos de Nueva York se vestían como pilluelos modernos, se les notaba un desaliño y un descuido previamente ensayados, pero el cuerpo y las ropas de la chica eran testimonio de una vida de penurias genuinas, entre ellas —en algún momento de su periplo vital— la violación.

—Esta chica es pura calle —dijo Greer, mirando a Carlin—. ¿La habías visto alguna vez?

—Podría ser —respondió Carlin, no muy seguro—. Es difícil de decir. Hay muchas como ella rondando por Riverside Park; con ese uniforme de drogota, todas parecen iguales.

Greer se puso un guante de goma y levantó el labio superior de la chica para mirarle los dientes; habían empezado a pudrirse de fumar metadona.

—Lo que yo te decía —insistió Carlin.

Con la mano enguantada, Greer le cerró los ojos a la chica. Luego se puso de pie y escrutó las inmediaciones confiando en descubrir algún detalle fuera de lo normal. Había desperdicios diseminados por el campo de béisbol y el bosque circundante, además del rastro de innumerables patines y bicicletas y caballos de la Policía de Parques cubriendo hasta el último centímetro de terreno.

—Haremos la investigación cuando venga el resto del equipo de Homicidios —dijo Greer.

—¿Irá usted a notificarlo, inspector?

—¿Es de esta zona? —preguntó, sorprendido, Greer. Cogió la bolsa de pruebas que tenía Carlin en la mano y lo verificó: en efecto, en el documento constaba un número de la Ochenta y cuatro Este, a media manzana de Amsterdam Avenue. ¿Se habría equivocado pensando que era una chica de la calle? Si las señas eran fiables, había muerto a medio kilómetro de su casa. Greer sacó el móvil, seleccionó función de cámara y aproximó el aparato al rostro de la chica. El flash produjo un destello cuando la cámara grabó la imagen.

Atley Greer enseñó su placa al portero del elegante edificio de la calle Ochenta y cuatro y caminó hacia el ascensor que había al fondo del vestíbulo. Pulsó el botón del piso 27 suponiendo que el número que figuraba en el carnet de identidad de la chica era correcto. Un momento antes de que la puerta del ascensor se cerrara, vio que el portero levantaba el auricular del teléfono de recepción, sin duda para avisar a los Stoneman de que un poli estaba a punto de subir a verlos.

Una vez en la planta 27, Atley recorrió un largo pasillo lujosamente alfombrado con moqueta de color crema hasta el apartamento de la esquina nororiental del edificio. La puerta ya estaba abierta. Una mujer atractiva y bien cuidada, pocos años más joven que Atley —¿treinta y ocho, quizá?—, le aguardaba allí con las manos fuertemente entrelazadas al frente. La expresión de su cara no podía ser más familiar para cualquier policía; sin duda la mujer había tenido que recibir a muchos agentes, los cuales, por supuesto, siempre le llevaban malas noticias. La señora Stoneman parecía resignada de antemano, pero decidida a hacerse fuerte ante una nueva andanada.

—¿Es usted la señora Stoneman?

—Sí —respondió la mujer—. ¿Qué es lo que ha hecho ahora?

—Soy el inspector Greer. Del Distrito Veinte. ¿Puedo hablar un momento con usted?

—Haga el favor de pasar.

El apartamento estaba amueblado con gusto, una mezcla de piezas modernas y antiguas, buenas alfombras y obras de arte originales aquí y allá. En una pared del salón había un gran retrato en blanco y negro, de factura profesional, de la señora Stoneman varios años más joven, rodeando con sus brazos a una hermosa muchacha: púber, rubia, con sonrisa de felicidad.

Atley oyó algo procedente de la cocina. Alguien rondaba por allí.

—¿Su marido está en casa, señora Stoneman?

—Hace casi seis años que no, inspector. Estoy divorciada. Jason, mi ex marido, vive en Virginia.

La noticia desconsoló a Atley; informar a uno solo de los padres sobre el fallecimiento de un hijo era especialmente duro, y la persona encargada de notificarlo tenía la obligación de procurar consuelo. Se preguntó quién podría haber en la cocina.

—Y su hija Wallis...

—Nosotros la llamamos Wally.

—¿Cuándo la vio por última vez?

Claire Stoneman dudó, visiblemente avergonzada.

—Hace tres semanas y media. Vino un martes por la tarde para ducharse y lavar algo de ropa. Le preparé el almuerzo y estuvimos charlando un rato. Se marchó a eso de las tres.

«Lleva la cuenta del tiempo —pensó Atley—. Días, semanas, incluso horas, esperando el regreso de su hija. ¡Mierda!»

—¿De qué hablaron ustedes?

—Últimamente hay pocos temas que no terminen en discusión. Procuramos charlar de cosas triviales, cuando no nos quedamos simplemente calladas.

—Y, dígame, que usted sepa ella ahora vive de... ¿de qué?

—No quiero ni pensarlo. Le he ofrecido numerosas alternativas, pero no ha querido aceptar ninguna. Por más que le insisto, nunca quiere que le dé más que unos pocos dólares. Wally va a su aire.

—Con dieciséis años.

—Si está insinuando que le he fallado, inspector, tiene toda la razón.

—¿No tiene idea de en dónde ha parado todo este tiempo o con quién?

—No, pero afortunadamente no está sola. Al parecer tiene amigos en su... en su misma situación. —Claire Stoneman hizo una pausa—. Antes estaba pendiente de ella. Quiero decir después de que se escapara. Los primeros meses solía salir a buscarla por las calles, y en una ocasión la vi, cerca de aquí. Resulta que no había ido muy lejos. Estaba con gente. Dos chicos y dos chicas, creo. Quise llamarla cuando la vi, pero no me salió la voz. Qué extraño, ¿verdad?

Greer y la mujer guardaron silencio unos instantes, ella batallando con su remordimiento, él temiendo la siguiente fase de la entrevista.

—¿Qué ha hecho Wally ahora? —volvió a preguntar Claire Stoneman.

Atley advirtió que le había mudado la expresión; la mujer estaba más nerviosa aún que antes, como si presintiera que esta vez las noticias iban a ser diferentes, más graves, más definitivas quizás.

Una mujer algo más joven que la señora Stoneman asomó en ese momento al umbral de la cocina. Por el aspecto, debía de ser la mujer de hacer faenas. Llevaba el pelo muy corto y vestía algo así como un uniforme de sirvienta, de color verde pálido y con delantal. No dijo nada; permaneció donde estaba como si esperara instrucciones.

—Señora Stoneman —dijo Atley—, se trata de un asunto personal. Creo que...

Claire se hizo eco de sus palabras.

—No —dijo con determinación, y mirando a la mujer imploró—: Quédate, Johanna, por favor.

Johanna se acercó a Claire como si no fuera la primera vez que se le pedía representar ese papel. Qué triste, pensó Atley —por no decir trágico—, que Claire Stoneman se hallara tan sola en el mundo como para tener que recurrir a la mujer de la limpieza como respaldo emocional.

—Está bien —dijo Greer, tomando aire—. Señora Stoneman, esta mañana han encontrado un cadáver en el lado sur de Riverside Park...

—¡Cielo santo! —Claire Stoneman agarró el brazo de Johanna mientras Atley continuaba.

—Era una chica joven, más o menos de la edad de Wally, la descripción concuerda, y además llevaba encima los documentos de su hija.

—No...

Claire contuvo el dolor, vertiéndolo hacia sí misma, en silencio. Se le escapó una especie de jadeo, que rápidamente hizo lo posible por reprimir. Luego, soltando a Johanna, juntó las manos y las apretó hasta que los puños quedaron blancos, sin sangre, al tiempo que se presionaba con furia el abdomen como si quisiera castigarse. Johanna, visiblemente emocionada, estrechó a Claire Stoneman entre sus brazos.

Greer sacó el móvil del bolsillo. Seleccionó en el menú «galería de fotos» y al momento apareció el rostro —la máscara— de la joven muerta, maltrecho, ensangrentado. En ese momento Greer se dio cuenta de que no tenía arrestos para enseñar a Claire Stoneman tan espeluznante imagen.

—Quiero verla —dijo finalmente Claire.

—No es necesario, señora Stoneman —replicó Greer—. Su hija tenía expediente. Las huellas dactilares se aceptan como identificación cuando se trata de una víctima.

—¿«Una víctima»? —Claire le miró a los ojos, sondeándolo, imaginando por primera vez la causa concreta de la muerte de su hija.

—Lo siento, señora Stoneman. Soy inspector de Homicidios.

La mujer miró para otro lado, agachó la cabeza y se echó a llorar.

Atley llevó a Claire Stoneman en coche al depósito de cadáveres de Brooklyn, sito en el Kings County Hospital, y una vez allí la acompañó hasta una sala de observación, desde donde podría ver los restos de su hija a través de un monitor de vídeo en circuito cerrado. Pero no bien Claire hubo asimilado la situación, insistió en ver personalmente el cadáver.

—Como quiera —concedió el ayudante del forense, encogiéndose de hombros.

Greer acompañó a la madre hasta la camilla de ruedas, le permitió unos segundos de preparación y luego retiró la sábana azul dejando al descubierto el cuerpo de la chica. Claire esperó un instante, sus facciones rígidas de angustia, y finalmente se inclinó para contemplar de cerca el rostro abotargado de su hija, ahora limpio de sangre e inmundicia. La madre permaneció así, a escasos centímetros del cadáver, durante largo rato. Luego, alargó el brazo para acariciar los cabellos de la chica mientras sollozaba en silencio.

—Es injusto —le susurró.

—Señora Stoneman...

La mujer se apartó del cadáver y encaró a Atley sin molestarse en secar las lágrimas que resbalaban por sus mejillas.

—Ésta no es mi hija —dijo claramente—. No es Wally.

2

Wally Stoneman iba despertándose poco a poco, tumbada boca arriba. El primer sol entraba a raudales e iluminaba el vistoso mosaico del techo abovedado, casi cinco metros más arriba de donde ella se encontraba: una escena de la guerra de Troya. La enorme habitación estaba sorprendentemente caldeada pese a que los conductos de calefacción habían quedado cerrados y la noche había sido fría; Wally había tenido suficiente con una manta de lana. Supuso que la caldera del edificio debía de estar en el sótano, sólo un piso más abajo de lo que antaño fuera el vestíbulo de un banco mercantil; el suelo de mármol siempre estaba tibio al tacto.

Como rincón privado para dormir, Wally había elegido la pasarela adosada a la pared septentrional. El terreno elevado le daba intimidad, además de una localidad de primera fila para contemplar la escena representada en el mosaico del techo. Cascos con penacho, petos labrados, corceles en plena carga y, naturalmente, héroes a lomos de sus monturas, listos para el combate.

Alguien subía por la escalera que había detrás y se aproximaba por la pasarela. Wally adivinó que era Tevin por el crujir de sus zapatos; era físicamente menos maduro que los otros chicos de diecisiete años que ella conocía, no llegaba a un metro setenta y ocho, pero tenía unos pies indómitos talla 45 con los que arañaba el suelo al caminar. Llevaba invariablemente unos pantalones holgados de excedente militar y una cazadora gris forrada y con capucha.

Tevin se sentó junto a Wally, que se había incorporado tapada con la manta. Se recostaron en la pared de piedra y medio adormilados contemplaron la planta baja del banco, ahora vacía de mobiliario a excepción de la hilera de ventanillas de caja a lo largo de la pared sur.

—Buenos días —dijo Tevin, bostezando, los ojos todavía entrecerrados en su agraciado rostro. Llevaba las sienes afeitadas y el pelo de la parte superior de la cabeza a lo indio mohicano, cosa que, sumada al color café con leche de su tersa piel, por ser de origen mestizo, le daba un aspecto exótico, extravagante. Tenía hermosas y largas pestañas, casi femeninas pese a que Tevin no lo era en absoluto, y era éste un rasgo en el que a Wally siempre le gustaba recrearse.

—Hey —dijo Wally, sonriendo. Tener a Tevin al lado era siempre un buen modo de empezar el día.

Tevin alzó la vista y se quedó mirando el mural del techo.

—¿Has conseguido entender qué pintan esos tíos a caballo decorando un banco, y encima en Nueva York?

—Pues no —respondió Wally—. Pero me gusta.

—Bueno, claro. No todo ha de tener una explicación.

Wally le miró apreciativamente.

—Caray, Tev. Cuánta razón tienes. Gracias.

—No pasa nada —dijo él bostezando de nuevo.

Se quedaron los dos callados escuchando los sonidos que llegaban de la antigua sala de descanso de los empleados.

—Ella ha encontrado chocolate en polvo en uno de los armarios —explicó Tevin—. Sólo hace falta agua para prepararlo. Se mete en el microondas y listo. Está bastante asquerosillo, pero todavía funciona.

—Estupendo.

Más sonidos les llegaron de abajo: Ella que se reía como una tonta, Ella que susurraba. Jake riendo en respuesta. Y después nada. Era bastante frecuente, este intercambio matinal entre Jake y Ella —cuando podían estar un ratito a solas—, y por supuesto lo era mucho más por las noches. Estaban en plena fase de algo parecido al amor, en su versión más intensa y codiciosa. A Wally le daba igual; era asunto de ellos dos y daba la impresión de que así eran felices. Pero, a veces, la proximidad de los dos enamorados hacía sentirse incómodos a Wally y a Tevin, incómodos entre ellos, confusos acerca de qué hacer con la tensión latente que provocaba entre ambos. Wally y Tevin eran... ¿qué eran? Amigos y como de la familia. Sí, pero quizás algo más. Algo que aún estaba por explorar.

—¿Qué vamos a hacer hoy? —dijo Tevin.

—Llevar las máquinas.

—¿Al estanco?

—Sí.

A Tevin no le entusiasmó la idea. Su niñez en Harlem, vivida en parte a una manzana o dos de la Smoke House, en la Ciento treinta y uno, había sido una larga lista de pesadillas domésticas, algunas perpetradas por su propia familia y otras por el departamento de Servicios Sociales. Harlem sólo le traía malos recuerdos.

—No hace falta que vengas —le dijo Wally—. Me apaño con Jake y Ella.

—No, no, iré. —Pero Tevin parecía estar pensando en otra cosa.

—¿Qué? —preguntó Wally.

—Tendríamos que ir a buscar a Sophie —dijo él.

Wally suspiró con impaciencia.

—No.

—Ya han pasado dos semanas.

—No podemos fiarnos de ella —dijo Wally—. Confiemos en que se aclare de una vez, Tevin, pero con nosotros no puede volver.

—¿Y si se tratara de mí? —insistió Tevin—, ¿si fuera yo el que estuviera en un aprieto?

—Te ayudaríamos.

—Ah, ¿y por qué a ella no?

—Porque tú te lo mereces —respondió Wally—. A Sophie no la dejamos ir nosotros, Tev. Fue ella la que nos dejó.

Antes de ponerse en camino, Wally y Ella procedieron al rito diario de maquillarse. Juntas una al lado de la otra frente al espejo del cuarto de baño, empezaron por las uñas, aplicando brillo de color morado oscuro sin quitar la capa anterior, creando así un efecto entre cutre y barriobajero que, curiosamente, hacía que tuvieran una ambigua sensación de control y descontrol simultáneos.

Eran dos chicas físicamente casi opuestas. Wally tenía la piel blanca, el pelo rubio y corto y una estructura ósea muy marcada (herencia rusa), mientras que Ella era menuda y de rasgos delicados, una chica de origen asiático-americano con lustrosos cabellos negros hasta más abajo de sus estrechos hombros. Sin embargo, sus respectivas maneras de vestir habían ido acercándose con el tiempo, y ahora llevaban atuendos casi idénticos al más puro estilo *emo/scene kid*: mallas superpuestas, faldas de cuadros escoceses o shorts de tela vaquera, y arriba varios tops de telas y colores contrapuestos, que rescataban de los saldos del Ejército de Salvación a veinticinco centavos la pieza o gratis, según el encargado del día. Y cuando la ropa estaba ya demasiado sucia, normalmente la tiraban e iban a por recambios. Les salía más barato que llevarla a la lavandería.

Una vez las uñas estuvieron a su gusto, las dos chicas empezaron con los ojos. Se aplicaron una espesa y crujiente capa de rímel en las pestañas hasta que éstas no pudieron aguantar ya más peso, quedando bajo los ojos un reguero de residuos negros. Luego comprobaron el resultado mirándose en el espejo: aspecto de vampiresas trágicas a la mañana siguiente. Jamás se cansaban de esta rutina.

—Como gemelas —declaró Ella, complacida—. Las princesas de las tinieblas.

Jake y Tevin toleraban bastante bien los preparativos cosméticos de sus amigas, y aguardaron sin protestar a que salieran del cuarto de baño. Después los cuatro sumaron fuerzas para sacar por la puerta de atrás —la de emergencia— dos enormes cajas de cartón y empujarlas por el estrecho pasadizo de servicio entre el edificio del banco y el de al lado. Cargaron las cajas en un desvencijado carrito de la compra que habían dejado escondido en el pasaje, detrás de los contenedores. Como siempre que entraban o salían del edificio, debían actuar con celeridad y sólo cuando estaban convencidos de que nadie los observaba. El antiguo banco era una buena vivienda para *okupas* y Wally y sus colegas no querían echarlo a perder alertando de su presencia a algún vecino entrometido.

—Hay mucho trecho hasta el estanco —dijo Tevin, mientras iban por la calle Ochenta y siete—. Podríamos tomar un taxi de los grandes.

—Seguro —dijo Wally—, somos el sueño de cualquier taxista.

—Lo haremos así —dijo Tevin con una sonrisa astuta—. Los demás nos escondemos, con cajas y todo, mientras tú te quedas ahí parada, luciendo piernas y demás. Seguro que alguno para.

—Ve tú delante y deja de pensar en mi «demás» —dijo Wally. Tevin se rio.

—Que le den por culo al estanco —terció Jake, en un tono más amargo de lo que era su intención.

Wally se encaró a él.

—¿Qué propones?

—Panama me da canguelo.

—Ese tío vive de hacer chanchullos —dijo Wally—. ¿Qué esperabas?

—Conozco a un tipo en el Bronx, un tal Cedric. Apuesto a que nos da más pasta.

—Demasiado lejos —dijo Wally—, y Panama tiene tarjetas de móvil.

La respuesta de Wally pareció no dejar margen para la discusión.

—Cedric es buen tío —insistió Jake, dando un puntapié a una caja sucia de pizza que había en medio de la acera. Luego continuó—: Y yo ya le he dicho que le venderíamos las máquinas.

Wally meneó la cabeza, mirándole con gesto de desaprobación.

—No debiste hacerlo.

—Al carajo. Lo hice y ya está.

—Ya —dijo Wally, tratando de mostrarse distante y ecuánime, pero en el fondo molesta. No quería poner a Jake en evidencia—. Bueno, pues otro día le damos una oportunidad, cuando tengamos alguna otra cosa que cambiar. Pero hoy vamos a ver a Panama.

—Me fastidia que tengas que ser siempre tú la que decide, Wally —dijo Jake, cabreado—. Ya estoy harto de eso.

Tevin y Ella aguardaban estoica y silenciosamente, acostumbrados a los arrebatos de Jake.

—De acuerdo, Jake —dijo Wally—. A la mierda. Si quieres cambiar las cosas, vale, no me vendrán mal unas vacaciones. Lleva tú el cotarro unas semanas. Móntatelo para ver de dónde sacamos dinero sin andar mendigando por la calle todo el puñetero día y busca un sitio para sobar para que no tengamos que meternos en los túneles, y encárgate de que no nos atraquen cuando tengamos algo que vender. Pero procura que el plan sea bueno, Jake, porque recuerda que no hace mucho tiempo seguíamos a Nick, y por poco nos caemos todos al precipicio.

Nadie dijo nada. Wally apartó la vista de Jake, sabiendo instintivamente que su amigo necesitaba espacio. Jake se alejó unos pasos con la intención de serenarse un poco y la emprendió otra vez con la caja de pizza, que fue a parar a un charco de agua que había en la zanja.

Wally siempre había sentido atracción por los chicos sensibles —incluso muy inteligentes— y Jake era lo opuesto a eso. En él todo era físico. Tenía las facciones cinceladas del típico musculitos de instituto —cosa que había sido—, unos ojos de un azul turbio que a veces quedaban cubiertos por lo que él llamaba su «melena de Sansón», cabellos de un rubio pajizo, siempre descuidados y mucho más largos de lo que sus entrenadores allá en Ohio insistían siempre en que los llevara. Jake conservaba parte de su pinta de atleta —siempre que podía dedicaba un rato a hacer flexiones y abdominales— y llevaba incluso una típica cazadora de lana, de color morado y mangas de cuero blanco y con una gran *P* universitaria en la pechera, que había conseguido por un dólar setenta y cinco en un puesto del Ejército de Salvación.

Jake no tenía la menor idea de a qué centro hacía referencia la *P*, aunque eso parecía traerle sin cuidado. Wally y la pandilla se daban cuenta de que la cazadora le hacía sentirse bien, como si fuera una reminiscencia de la vida cómoda y segura que había llevado antes de morir sus padres y su hermana en un accidente de tráfico y quedar al cuidado de unos primos que se sentían a disgusto teniéndolo en casa, y no se privaban de hacérselo saber.

Jake les había facilitado las cosas marchándose de Ohio en autoestop sin volver la vista atrás hasta que llegó a Nueva York. Se había adaptado bastante bien a la vida en la calle —y al liderazgo de Wally dentro de la pandilla—, pero de vez en cuando le salían ramalazos de su mentalidad de deportista, cierto rechazo a la idea de que fuese una chica quien llevara la voz cantante.

—Qué más da —dijo finalmente, tragándose sus objeciones—. Vámonos de una vez.

Y empezó a empujar el carrito hacia Riverside Drive, echándole músculo a la tarea, lo cual no resultaba fácil habida cuenta de que el carrito tenía una rueda delantera torcida. Ella caminaba a su lado —siempre estaba junto a Jake— dando sus característicos pasitos de bailarina y tarareando por lo bajo, pegada a él cual fiel satélite en su órbita. Viéndolos caminar así, en armonía, Wally sentía un poco de envidia. La autoridad y el respeto que se había ganado al tomar el control tras la marcha de Nick no impedían que hubiera surgido cierta distancia entre ella y el resto del grupo. O eso le parecía, en momentos así.

Como si presintiera que Wally se sentía un tanto aislada, Tevin se puso a su altura y le dio un golpe con la cadera, que la hizo trastabillar.

—Hace un día estupendo —dijo Tevin—. Tenemos un techo y dinero en mano. Las cosas van bien.

—Sí, ya —dijo Wally, convencida sólo a medias.

—Tengo hambre —dijo Ella desde más adelante.

—Sorpresa, sorpresa —contestó Tev.

Porque Ella siempre tenía hambre. Era como un colibrí, necesitaba constantemente combustible para su acelerado motor.

—Si queréis, podríamos echar mano del dinero de emergencia para Mitey Fine —dijo Wally.

—Fantástico —dijo Ella, dándole un apretón a Jake; la camioneta de la comida servía el pollo frito preferido de Jake, y comer en Harlem sería algo así como una oferta de paz por parte de Wally.

Jake lo pensó un poco (reacio al principio) y luego se volvió, miró a Wally y asintió brevemente con la cabeza.

La pandilla llegó a la parte alta de Riverside Pak en menos de una hora, y sólo veinte minutos de caminata después estaban ya de lleno en Harlem. Encontraron la camioneta Mitey Fine y pararon a tomar el prometido tentempié. Ella pidió tres trozos grandes y empezó por mordisquear la corteza ligeramente quemada, saboreando cada grasiento bocado antes de carne. Cuando llegó el momento de pagar y Wally fue a sacar las reservas para emergencias que guardaba en el bolsillo secreto de su macuto, se llevó una muy desagradable sorpresa; allí tenía que haber cien dólares y no había más que cuarenta. Peor aún, tampoco estaba su documentación falsa, el carnet que tanto le había costado y donde constaba que tenía veintitres años.

—¡Mierda! —exclamó, rabiosa consigo misma.

—¿Qué pasa? —dijo Jake, a la vez preocupado y sorprendido de ver a Wally fuera de sus casillas.

—Me falta el carnet, y ha desaparecido la mayor parte del dinero para emergencias.

—Pero ¿cómo? —preguntó Tevin—. ¿Cuándo miraste por última vez?

Wally intentó recordar.

—No sé, hará dos semanas.

Nadie tuvo que decirlo: dos semanas era aproximadamente el tiempo transcurrido desde la marcha de Sophie.

Para Wally, lo peor era el haberse quedado sin documentación. Aquel carnet era como un visado para las atracciones de la ciudad, atracciones para adultos jóvenes como bares, sobre todo, pero también alguna que otra *rave* si alcanzaba a reunir pasta para una buena tapadera, y cuando no había podido disponer de un buen carnet de identidad había tenido una sensación casi de claustrofobia. Por descontado, un menor de edad podía colarse a base de labia o de disimulo en muchos sitios, pero eso para ella era como pedir permiso. Y Wally odiaba pedir permiso.

—Mierda —mascullό Jake—. Sophie de los cojones.

Tevin fue a decir algo, pero cambió de idea. La chica no tenía defensa posible.

Continuaron su camino. Diez minutos después se hallaban a dos pasos de la Smoke House de la Ciento treinta y uno, esquina con Fredrick Douglas Boulevard, donde se toparon casualmente con Panama en persona, que regresaba cargado con una bolsa grande y grasienta del Harlem Papaya: al menos tres perritos calientes repletos de cebolla y pepinillos y chorreantes de mostaza por ambos costados.

—Hola, hermanita. —Panama saludó a Wally con su vozarrón, haciendo caso omiso del resto de la pandilla pero fijándose en las dos grandes cajas que llevaban en el carrito.

El tal Panama era un hombre gordo y alto con unas

manos enormes. Durante todo el año usaba camisas hawaianas de manga corta, ahora con ropa interior gris de manga larga debajo, y solía llevar el pelo recogido en una trenza gruesa que le llegaba a media espalda. Panama avanzó unos pasos hacia el carrito y, tras mirar a su alrededor para cerciorarse de que nadie le estuviera observando, echó un vistazo al contenido de las cajas de cartón.

—¿Cafeteras? —le preguntó a Wally.

—Nuevecitas —confirmó ella—. De fabricación suiza. Para dos servicios, carcasa de cobre fundido... Último modelo, vaya. Precio de venta al público, siete mil dólares.

—¡Venta al público! —Panama resopló, como si se sintiera insultado.

—Te las dejamos en mil quinientos —dijo Wally.

Otro resoplido de Panama.

—Ya lo veremos. Di que las lleven a la parte de atrás.

El grupo cubrió el corto trecho hasta la tienda y una vez allí Jake, Ella y Tevin se separaron para empujar el carrito hacia la puerta de un taller contiguo, donde dos hombres de Panama aguardaban para hacerse cago de la mercancía.

Wally entró detrás de Panama en el pequeño estanco y le siguió hasta un despacho en la trastienda donde artículos robados se amontonaban casi hasta el techo. Panama se sentó a una mesa atestada de cosas y abrió la grasienta bolsa, mirando con avidez los perritos calientes por desenvolver. Wally tomó asiento delante de él, en una silla plegable. Una segunda silla, vacía a su lado, le recordó a Wally que en muchas de aquellas reuniones Sophie se había sentado al lado de ella. Era Sophie, que acumulaba tres años de dura experiencia callejera, quien le había presentado a Panama.

El hombretón dejó a un lado la comida, sacó su móvil y empezó a llamar. Tras breves charlas con interlocutores anónimos, cerró el teléfono y sacó el primer *hot dog*.

—Trescientos —dijo.

—Ni pensarlo —respondió Wally—. Ya veo que tendré que buscar otro comprador.

—Pues me temo que sí —dijo Panama, con la boca llena—. A menos que te importe caminar. Porque, claro, ahora ya están en mi taller.

—Mira, si subes a seiscientos, vale —dijo Wally, presionada por el robo del dinero y la documentación; tenía que compensarlo de alguna forma, por ella y por la pandilla.

Panama se salió por la tangente:

—Por cierto, ¿de dónde las has birlado?

Wally se encogió de hombros. Un restaurante de Columbus Avenue había cerrado sólo unos meses después de inaugurar; Wally y los otros habían ido a husmear en busca de un posible dormitorio y se encontraron las cafeteras allí dentro, por estrenar. Panama no tenía por qué saber nada de todo aquello, pero para Wally significaba la oportunidad de recurrir a una táctica aprendida de Nick, un modo de evitar que basura como Panama le estafara de la peor manera: enseñarle al burro otra zanahoria, aunque fuese de plástico.

—No puedo decirte de dónde las saqué —dijo—, pero es posible que haya más, si puedes colocar éstas.

—Oh, por eso no te preocupes...

—Otra cosa —dijo Wally, cambiando de tema—. He perdido mi carnet bueno, el que tu hombre, Train, me hizo el verano pasado.

Panama dejó el bocadillo, se pasó la manga por la boca y meneó la cabeza.

—Train no estará disponible hasta dentro de año o

año y medio. Tengo algunos otros sitios buenos. Hay uno en Queens, luego hay un viejo comercio ruso en Brighton Beach que está bastante bien, y también unos nigerianos en Nueva Jersey...

—Brighton me va bien.

Panama le dio de memoria una dirección de Brighton Beach y Wally la anotó. Para conseguir un nuevo carnet, tendría que arañar al menos doscientos dólares de la venta de las cafeteras.

—No puedo bajar de quinientos —dijo al cabo—. La peña me miraría mal.

Panama se la quedó mirando con gesto escéptico.

—¿Aceptas tarjetas como parte del trato? —le preguntó.

Panama tenía un contacto que le conseguía tarjetas para teléfonos móviles de prepago. Siempre que se producía una catástrofe natural en el país, la agencia gubernamental que gestionaba la ayuda distribuía entre las víctimas teléfonos de prepago y tarjetas para recargar. Panama iba a recibir dentro de unos días una nueva remesa procedente del mercado negro. Se las vendería o canjearía a Wally y la pandilla por veinte centavos el dólar, y ellos podrían sacar el doble en la calle.

—Bueno, podríamos incluir tarjetas, sí... —concedió Wally sin entusiasmo, pero sintiendo por dentro la excitación de estar a punto de cerrar un buen trato.

—Haremos una cosa —dijo Panama. Abrió el cajón de su escritorio y sacó una cajita en la que era visible el logotipo de un fabricante de móviles. Abrió el estuche, extrajo un elegante teléfono último modelo (un *smartphone* provisto de una enorme pantalla táctil) y se lo pasó a Wally junto con el cargador—. Seré generoso —dijo—. Los trescientos por esas cafeteras, más unas cuantas tarjetas, que si te espabilas pueden salir por doscientos pavos en la calle. Y te quedas también este móvil. Es una copia exacta, y lleva mil minutos dentro. Lo puedes vender fácilmente por cien dólares. Aunque quizá te gustará saber que tengo negocios a la vista en cosa de unas semanas; creo que te podrían interesar. Si decides quedarte el móvil, podríamos estar en contacto...

—¿De qué clase de negocios estás hablando?

—Tú tranquila. Hay pasta en juego. Te llamaré cuando la cosa esté a punto.

Cuando Wally salió de la tienda, se encontró a los otros esperando dos puertas más allá.

—Tenemos trescientos en metálico —anunció Wally.

—¿Qué? —protestó—. ¡Menuda mierda!

—Cálmate —dijo Wally—. Además del dinero, unas tarjetas de móvil que podemos vender en el centro por doscientos, con un poco de suerte. Entre una cosa y otra, un buen negocio.

Los otros asintieron, aunque Jake parecía un poco escamado todavía.

—Pasa una cosa —dijo Wally—. Tengo que conseguir otra documentación por narices. Eso se comerá dos de los trescientos.

Los demás no pusieron en duda la necesidad de conseguir otro carnet. Sabían también que colocar las tarjetas de móvil sería bastante sencillo. Wally sacó los fajos de diez y de veinte que Panama le había dado, retiró doscientos dólares y entregó el resto a la pandilla junto con el paquete de tarjetas.

—Vosotros empezad a vender tarjetas, ¿vale? —dijo.

Los otros asintieron.

—¿Adónde vas tú? —preguntó Tevin.

—A solucionar lo del carnet. Y otros asuntos.

Los demás no protestaron. Estaban ya acostumbrados a la muralla que Wally había levantado en torno a su vida privada. En la pandilla cada cual tenía su propia historia secreta, de modo que respetaban la de ella.

Fueron andando hasta la boca de metro de la calle Ciento treinta y cuatro y tomaron la línea C hacia Manhattan. De camino, Jake sacó su reproductor de mp3 y, a una señal, los otros conectaron sus pequeños auriculares al divisor de señal que les permitía escuchar a la vez. La primera canción era una remezcla *techno/house* tan hipnótica que por poco pasaron de largo en Columbus Circle, donde tenían que hacer transbordo. Jake, el primero que se dio cuenta, avisó a los demás. Tevin, Ella y Jake dijeron adiós a Wally, salieron del vagón en el último momento y fueron a tomar la línea 3 para ir a Times Square.

Wally dejó escapar un suspiro de alivio cuando el convoy arrancó; incluso se estiró un poco en el banco del vagón, como si expandiera su espacio personal. Sus colegas dependían tanto de ella que, a veces, Wally se sentía atrapada bajo el peso de sus expectativas. Cuando iba sola por la ciudad, en cambio, se sentía completamente libre. Más de una vez había pensado en qué aventuras podía depararle subir ella sola a un tren y dejarse llevar hasta el final del trayecto y lo que hubiera más allá.

Salió del metro en la parada de la Octava Avenida y fue andando hasta Harmony House, el centro para jóvenes sin techo que había en la calle Cuarenta y uno. Se metió directamente en el vestuario de mujeres —un recinto de aspecto casi industrial— y pidió una ducha. La empleada le entregó una toalla limpia y la llave. Eran duchas individuales prefabricadas, de plástico, por lo general limpias, aunque un tanto amarillentas por los años y el uso. El reducido espacio apestaba a la lejía que el personal de Harmony empleaba cada noche para limpiar la porquería acumulada. Después de desvestirse, Wally se colocó bajo el fuerte chorro de agua caliente. La ducha se llenó enseguida de vapor. Mientras se enjabonaba por segunda vez, Wally imaginó cómo la espuma le iba arrancando del cuerpo el intenso aliento a cebolla y a perrito caliente de Panama. Después permaneció un buen rato sin moverse bajo el chorro, disfrutando del calor, hasta que se agotaron los seis minutos y el grifo se cerró solo.

Una vez se hubo secado, Wally sacó la ropa interior limpia que llevaba en el macuto y volvió a ponerse el resto de las prendas. En la hilera de lavabos —seis en cada lado sobre una precaria superficie de fibra de vidrio—, Wally se reunió con otras chicas de su edad que estaban limpiándose los dientes con los cepillos envueltos en plástico que proporcionaba el centro, o se maquillaban frente a unos espejos de metal pulido que ostentaban mensajes espontáneos como «Rico se folla bien a Juanie», «MS 13» o «Sandra es una zorra». En la pared había expendedores de compresas gratis, que las chicas cogían a puñados y se guardaban en el bolso o el macuto. Dentro de un retrete se oía llorar a una chica. Nadie le prestó atención.

Dos de las que estaban en la hilera tenían un aspecto saludable y muy puesto; cuando terminaran de emperifollarse podrían pasar por quineañeras corrientes, chicas con una casa, una familia, un futuro. Las demás mostraban señales varias de su ardua existencia callejera. Wally utilizó un secador adosado a la pared y después de cepillarse el pelo improvisó un moño —hasta donde lo permitía su melena corta— y se miró en el espejo. ¿A qué grupo pertenecía ella?, ¿al de las que tenían esperanzas o al de las desahuciadas? Su reflejo mostraba una chica de dieciséis años bastante sana, aceptablemente limpia, fuerte y bien alimentada. Todavía parecía una chica feliz, y eso le dio ánimos.

En la ducha se le había corrido el rímel. Wally sacó su estuche de maquillaje y empezó a retocarse las pestañas, buscando el aspecto siniestro que tan bien se le daba. Enseguida advirtió que una de las chicas la estaba mirando fijamente, una chica robusta que debía de pesar casi veinte kilos más que Wally, con una pinta muy tirada, el pelo grasiento, la cara como turbia: una desahuciada, seguro.

—¿Se puede saber qué coño miras? —le espetó Wally. Dudar estaba considerado una debilidad.

—Eso no te lo has comprado —dijo la chica, con sorna típica del Bronx, mientras señalaba el tubo de rímel.

Llevaba razón. Claire había metido el rímel en el macuto de Wally cuando ésta se disponía a salir tras su última visita. Chanel, nada menos. Aquel tubito valía más que todas las posesiones de las otras chicas juntas. La grandota debía de pensar que Wally lo había robado.

Wally se imaginó el panorama.

«¿Lo quieres? Pues ven a por él», le diría. A la otra quizá le sorprendería esta postura agresiva, pero no se echaría atrás por no quedar mal delante del resto de las chicas. Tendría que hacer algo, y entonces Wally se colocaría en la postura de ataque-defensa que había aprendido en la academia de artes marciales. Cuando la grandota se pusiera a tiro, Wally amagaría un puñetazo con la izquierda para propinarle acto seguido otro con la derecha en el plexo solar. La chica caería al suelo medio conmocionada de dolor, incapaz de respirar y muerta de miedo, pensando que aquello era el fin.

Imaginar todo esto no le sirvió a Wally para sentirse fuerte, sino solamente triste por la otra chica, que no tenía idea de lo que podía pasar.

—Toma —dijo Wally, lanzándole el tubito.

En cualquier caso, el rímel de Chanel tampoco era suyo del todo. El maquillaje lo compraban juntas con Ella en tiendas de baratillo, y a Wally le estaba bien así. Agarró el macuto y salió del cuarto de baño rozando al pasar a la chica grandota, que no se lo acababa de creer. Estaba en el pasillo, cerca ya de la puerta de salida, cuando oyó que alguien la llamaba. Al volverse vio a Lois Chao, una de las trabajadoras sociales de Harmony House, que caminaba rápidamente hacia ella agitando un pedacito de papel.

—Hola —dijo Lois, casi sin aliento, cuando alcanzó a Wally—. ¿Cómo te va?

—Bien, Lois —respondió Wally lacónicamente, para disuadirla de que le largara un sermón.

—Parece que tienes prisa, ¿eh? —Lois no se dejó engañar—. Pero le prometí a ese inspector que te daría esto. Así que toma.

Wally cogió la tarjeta de visita que le tendía Lois. «Inspector Atley Greer, Departamento de Policía de Nueva York, Distrito 20.»

—No parecía que fuese algo urgente ni nada —la tranquilizó Lois, al ver su cara de preocupación—. El policía dijo que sólo quería información sobre algo. ¿Quieres llamarle desde mi despacho?

—No hace falta. Gracias, Lois.

—De acuerdo. Cuídate, Wally.

Lois dio media vuelta y se alejó por el pasillo.

El primer impulso de Wally fue hacer caso omiso —¿qué podía sacar llamando a un poli?, nada bueno—, pero le picaba la curiosidad. Entonces recordó que su flamante teléfono móvil estaba programado para ocultar el número, de manera que no corría ningún riesgo. Wally marcó el número que constaba en la tarjeta del inspector Greer. Al tercer tono de llamada le salió el buzón de voz.

—Estooo... Hola —dijo Wally—. Soy Wallis Stoneman. Le devuelvo... quiero decir, es por el mensaje que me dejó en Harmony House. No tengo claro de qué se trata, pero... bueno, quizá le llamo más tarde.

Colgó, con la repentina sensación de que había hecho una tontería. ¿«Quizá le llamo más tarde»? Se sintió estúpida al pensarlo. Había motivos de sobra para que un poli de Nueva York quisiera hablar con ella, y entre los primeros de la lista no estaba una situación de emergencia con Claire. Wally decidió olvidarse del inspector, bajó de nuevo al metro y tomó la línea Q para ir a Brighton Beach.

3

Toda la pandilla sabía que era adoptada, pero Ella fue la primera persona a quien Wally se lo dijo. Un día de julio, en plena ola de calor, habían ido juntas en shorts y camiseta de tirantes al lago de Central Park y habían bajado hasta la orilla por las rocas de Hernshead. Una vez allí se quitaron los zapatos y metieron los pies en el agua fresca pero ligeramente verdosa del lago.

—No estoy hecha para esto —dijo Wally, abanicándose, sus blancas mejillas de un rosa encendido.

—¿Para qué?

—El calor. Soy rusa —dijo Wally como si tal cosa—. Allí siempre hace frío y el cielo está gris. Al menos, que yo sepa.

—¿Tus padres son rusos?

—Sí. Bueno... no. Mis padres americanos no. —Wally dudó un momento, lamentando de repente haber sacado el tema.

—O sea que ¿eres adoptada?

—Pues sí.

—¿De Rusia?

—Ajá.

Ella lo meditó un poco.

—Y no sabes quiénes son tus padres de verdad.

—No.

Wally miró a su amiga y se dio cuenta de que su imaginación estaba funcionando a toda pastilla. Los mundos mágicos eran la especialidad de Ella.

—Qué guay —dijo finalmente.

—¿Te parece?

—Claro —dijo Ella—. Igual eres, qué sé yo, una princesa rusa o algo, y tú sin saberlo.

—Humm. Creo que de eso ya no hay por allí...

Wally se recostó en las rocas y cerró los ojos, contenta de liquidar el tema. Había dedicado mucho tiempo a preguntarse sobre sus orígenes —hasta el punto de estar obsesionada con ello—, pero pensar en aquellas cosas nunca le había hecho el menor bien. Las preguntas —«¿Quién soy?» «¿Cuál es mi sitio?»— habían quedado en el aire y la frustración resultante había jugado un papel decisivo en la ruptura con Claire, su madre adoptiva.

—¿Y siempre lo has sabido? —preguntó Ella, que no estaba dispuesta a dar el asunto por zanjado—. Quiero decir, tus padres te dijeron que eras adoptada, ¿no?

Wally se incorporó de nuevo y suspiró, un tanto nerviosa. Estaba claro que iban a tener hablar de ello sí o sí, pero al menos confiaba en su interlocutora. El hecho de ser adoptada siempre le había parecido una cosa que defender, como si el mundo pudiera valerse de aquel detalle de su biografía para describirla o condenarla.

—Sí, bueno, me dijeron de dónde venía. A ver... yo de alguna manera ya lo sabía, pero más que nada era una idea, ¿entiendes? No tenía edad de ponerme a pensar en esas cosas, era una cría.

—Y ya no eres una cría.

Wally miró hacia el lago, rememorando el momento exacto que ella creía había marcado el final de su niñez.

—Tenía nueve o diez años —dijo—, estaba mirando un día la tele después del cole. Aburrida, cambiando de canal todo el rato, ya te imaginas. Y de repente veo en las noticias locales que hablan de un incendio en un restaurante o algo. En Brighton Beach...

—Cerca de Coney Island, ¿no?

—Sí, exacto. Brighton Beach está tomado por rusos. En las noticias se veía claramente, los rótulos de las tiendas en ruso y en inglés, la gente gritando (en ruso, claro) mientras los bomberos lanzaban agua con sus mangueras. Y yo allí sentada, mirando, como si no pudiera dejar de hacerlo. Me resultó extraño y a la vez familiar, aunque no sé si esto es un contrasentido.

—¿Y tú nunca habías estado allí? Rarísimo.

—Lo quise hablar con mi madre, pero se puso muy rara. Fue demasiado evidente que deseaba que yo me olvidara por completo de que tenía esa otra vida detrás. Me dio mucha rabia. Eran cinco años (o sea la mitad de mi vida entonces), y ella como si le estuviera hablando de algo venenoso o radiactivo.

—Seguro que estaba acojonada —dijo Ella.

Sus palabras sorprendieron a Wally.

—¿A santo de qué?

—De poder perderte, imagino. Suponiendo que llegaras a la conclusión de que no le pertenecías.

Al pensarlo, la idea le pareció a Wally de lo más sencillo y acertado. Naturalmente: a Claire le entró el pánico. ¿Cómo no se le había ocurrido pensarlo antes? A Ella no le había costado ni treinta segundos.

—Me asustas, Ella —dijo.

—¿Qué te habías creído?

Bien pensado, se dijo Wally, al final Claire había acabado perdiéndola, ¿no? Aunque eso quizás estaba todavía por decidir. Wally no lo tenía claro.

—Mi madre quería que yo dejara de pensar en Rusia (quizá tenía miedo, como tú dices), pero no hubo manera. Yo no paraba de darle vueltas en la cabeza, ¿sabes? En el edificio había gente que me conocía de cuando había llegado al país, así que fui a preguntarles qué aspecto tenía yo entonces.

Ella y los demás sabían que procedía de una familia acomodada, pero hasta entonces Wally no había explicado a nadie de la pandilla el menor detalle sobre esa parte de su vida. Le explicó a Ella que había hablado con Raoul, el conserje que llevaba atendiendo el portal desde que ella tenía conocimiento, y también con Johanna, la esposa del portero y quien lo hacía casi todo en casa de los Stoneman. Ambos le habían dicho casi lo mismo: Wally era una niña típicamente rusa cuando llegó, pero se había adaptado muy rápido a su nuevo entorno; a los dos o tres meses ya era tan norteamericana como cualquier otro niño del edificio. Johanna se acordaba (con compasión, le había parecido a Wally) de una canción rusa que la pequeña Wally de cinco años cantaba para sí cuando estaba en la bañera, pero le dijo que al poco tiempo la había cambiado por otras canciones infantiles, en inglés, y que ahí terminó la cosa.

—Fue como una amnesia forzada —dijo Wally—. Mis padres querían precisamente eso, borrar todo lo que hubo antes.

—Qué fuerte.

—Sí. Y cuando empecé a darme cuenta, las cosas entre mi madre y yo comenzaron a torcerse. Debía de ser contagioso, porque mis padres acabaron separándose poco tiempo después.

Wally notó que se ponía triste, pero no estaba dispuesta a darle mucha importancia. Su amiga Ella había vivido casi toda su vida en albergues, hija única de un desastre de madre alcohólica. El padre cumplía condena de veinte años en Rahway por robo a mano armada. Ella lo había visto sólo una vez —de visita a la prisión cuando tenía siete años— y él le había dicho que no volviera nunca más. El novio que la madre tenía desde hacía diez años —un segurata de lo más grosero y violento— se lo hacía con Ella casi cada noche en cuanto la madre se quedaba grogui de tanto beber. Tenía una pequeña cámara fotográfica y sacaba fotos de la niña, y de él violándola, el muy bruto. Con el tiempo, Ella desarrolló cierta inmunidad al dolor y se ponía a mirar el techo mientras él la forzaba, contando las punzadas, esperando a que tocaran a su fin. La vez que más, llegó a contar cuarenta y siete.

Comparado con eso, la historia de Wally era como un viaje en tiovivo; le escocía pensar que Ella hubiera sido tan maltratada. Quizá convendría organizar una visita de toda la pandilla al novio de la madre, y enseñarle un poco de contabilidad. Sólo de pensarlo, Wally se animó un poquito.

—Y tu padre, ¿dónde está? —preguntó Ella—. Me refiero al de adopción.

—Se marchó a Virginia —dijo Wally—. Él es de allí. Al principio telefoneaba a menudo y venía a verme de vez en cuando, pero luego se casó. Tiene dos hijos. Propios, quiero decir. Además, él y yo no ni siquiera somos parientes. La vida hizo que topáramos uno con el otro, como en un accidente de coche. No somos de la misma sangre. Punto.

Wally quedó sorprendida de la frialdad de su propia voz, pero, evidentemente, Ella no podía penetrar en el dolor de su amiga.

—No estés tan segura —dijo Ella—. Tú y yo no llevamos la misma sangre, pero yo te considero mi hermana para siempre.

Intercambiaron una mirada.

—Mala pécora —dijo Wally—. No conseguirás hacerme llorar.

Ella sonrió.

—¿Y qué ocurrió después?

—Maldades, cosas horribles. Años y años —dijo Wally, con un suspiro—. Por mi parte y por la de mi madre. —Hizo una pausa—. Supongo que necesitaba culpar alguien de la marcha de mi padre, y mamá fue quien pagó los platos rotos. Fue horrible. Como si toda mi vida hubiera sido una gran mentira... una farsa, una historia inventada. Y mi madre no quería ni oír hablar de ello. Yo creo que en realidad deseaba acercarse a mí, ¿sabes? pero al mismo tiempo no podía evitar gritarme a cada momento. Qué raro. Y yo le daba motivos de sobra. Todo lo hacía mal, en el cole, en casa, en todas partes. La cosa duró mucho. Yo me tiraba el día en la calle cuando conocí a Nick y luego al resto de la pandilla...

Ella sonrió al oírlo.

—¡Yupi! —dijo, con aquel brillo en los ojos que reservaba normalmente para un *cupcake* y para Jake.

—Sí. —Wally consiguió devolverle la sonrisa—. Yupi...

Estuvieron un rato moviendo los pies en el agua del lago, algo menos acaloradas ahora que el fuerte sol estaba más bajo.

—Y se puede decir que todo empezó por culpa de aquellas imágenes que viste de un incendio en Brighton Beach...

—Pues sí. Supongo.

—¿Has ido allí alguna vez?

—No. Nunca.

Wally hizo el trayecto de más de cincuenta minutos hasta Brighton Beach en el tren Q. Al salir de la estación —un tanto nerviosa ya— se encaminó hacia la dirección que Panama le había dado, el sitio donde podía conseguir un buen documento de identidad. Era media tarde de un día soleado y las tiendas de la avenida estaban haciendo su agosto. Había colmados bien surtidos de artículos de alimentación procedentes de Rusia, comercios con música y libros rusos, así como varias tiendas de ropa de mujer de un estilo muy diferente del habitual en tiendas autóctonas, con telas y colores vagamente exóticos. Para Wally fue una experiencia singular. Era la primera vez que iba a Brighton Beach, y el lugar le pareció extraño, excitante y familiar, todo a la vez.

Recorrió lentamente la avenida mirando en el interior de las cafeterías, algunos de cuyos clientes la miraban a su vez desde sus periódicos en ruso. Paseó un rato por el parque cercano a la playa y vio allí varios grupitos de hombres de habla rusa que fumaban, discutían a voces y jugaban al ajedrez. Se detuvo a contemplar un partidillo de baloncesto entre muchachos que, por su aspecto, podrían haber sido primos lejanos suyos. Wally sintió unas ganas irreprimibles de llamarlos como si fueran viejos amigos a quienes no hubiera visto en mucho tiempo y trató de imaginar qué sentiría si le sonreían al reconocerla.

Continuó paseando entre las mujeres del lugar por el mercadillo al aire libre; dos ancianas discutían por algún motivo y Wally entendió, más o menos, que estaban hablando de tomates. Fue la única palabra que pudo captar en medio de aquel marasmo verbal del que nada entendía, pero tuvo la íntima sensación de que una parte oculta de su ser estaba empezando a despertar.

Después de explorar la zona durante unos veinte minutos, Wally encontró el comercio que estaba buscando: el rótulo rezaba MISZIC & SONS, y en el escaparate había cartelitos de SE CAMBIAN CHEQUES, ENVÍO DE FAXES, NOTARÍA, APARTADOS DE CORREOS DISPONIBLES, con su traducción al ruso —en cirílico— debajo. Un hombre menudo y fornido parecía ejercer de guardia de seguridad junto a la puerta, o así lo sugerían sus miradas de recelo a todo aquel que pasaba por delante. A Wally la miró un momento apenas, pero no le hizo el menor caso cuando entró.

Dentro había varias fotocopiadoras en un lado y estantes repletos de cosas, sobre todo material de oficina. Al fondo había un mostrador amplio detrás del cual estaba trabajando un hombre ataviado con un jersey verde de lana, dos tallas demasiado grande para su escueta osamenta. Debía de tener sesenta años o poco más, pero aparentaba noventa, con aquellas tremendas ojeras y los dedos tan manchados de nicotina. La pared que tenía detrás estaba llena de pequeños buzones con candado.

—¿Qué hay? —le preguntó a Wally.

Wally sacó el carnet de identidad legal —donde constaba que tenía dieciseis años— y lo puso sobre el mostrador. Necesitaba que le falsificara uno, con todos los datos iguales salvo la fecha de nacimiento.

Un extraño cambio se produjo en el semblante del viejo mientras examinaba el documento. Antes de que ella pudiera decirle a qué había ido, el hombre habló.

—«Wallis Stoneman» —leyó, con un fuerte acento eslavo.

—Sí —dijo Wally, empezando a ponerse nerviosa; que aquel desconocido hubiera pronunciado su nombre le había producido una inexplicable sensación de miedo.

—*Da* —dijo él, mirándola ahora con detenimiento—. Ya lo he leído. Ahora se supone que deberías decirme tu verdadero nombre.

—Ya lo ha dicho usted —respondió Wallys, confusa—. Me llamo Wallis Stoneman.

—*Nyet.*

—Oiga, le digo que sí. Quizá me he equivocado de sitio. Alguien me dijo que usted...

—No te has equivocado de sitio, y tú lo sabes —dijo el viejo, con un aplomo que a Wally le resultó molesto.

—Mire, no sé qué es lo que pretende que le diga —contestó, frustrada.

El viejo soltó un suspiro.

—Otra vez —dijo, ahora en ruso—. Quiero que contestes a este viejo. *A teper skazhi mnye kak tebya po-nastoy-aschemu zovut?*

Wally casi respondió, como si su lengua estuviera dotada de vida propia. Fue una sensación misteriosa, casi aterradora.

—Perdone, pero... —dijo.

—*Dvortchka* —insistió el viejo—. Dime cómo te llamas.

Wally notó que se le encendía la cara. Nada odiaba tanto como el paternalismo de un adulto, y en el tono del viejo había algo que le sonaba petulante. Sin embargo, cuando le miró otra vez a los ojos vio algo más en su expresión. ¿Empatía? ¿Preocupación? ¿Quién era aquel hombre y por qué le importaba ella precisamente? Se disponía ya a repetir, tozuda, su nombre y apellido cuando lo que sucedió fue otra cosa; le vino a la mente una palabra, un nombre que parecía dotado de voluntad propia —la voluntad de ser dicho en voz alta—, y Wally no pudo contener el impulso y susurró, con impecable acento ruso:

—Valentina.

—La valiente —dijo el viejo, asintiendo con la cabeza—. ¿Qué más?

—Valentina Mayakova —respondió Wally, perpleja ante los sonidos que brotaban de sus labios. Era un nombre que no había pronunciado ni oído desde hacía once años. Tuvo de pronto la sensación de que diciendo el nombre en voz alta había traicionado la confianza de alguien, como si en algún momento de su infancia hubiera prometido guardar aquel nombre y mantenerlo siempre en secreto.

—*Da* —dijo el viejo—. Valentina Mayakova.

Se levantó del taburete y fue cojeando hacia una puerta que había detrás del mostrador. Estuvo ausente un minuto, mientras Wally permanecía allí quieta y desconcertada. Tenía ganas de echar a correr (su instinto callejero le decía que había que largarse de la tienda cuanto antes), pero no se atrevía a hacerlo mientras no se hubiera aclarado todo. Esperó, pues, un minuto apenas, aunque le pareció una hora. Mientras esperaba, el hombre de seguridad entró de la calle y se quedó junto a la puerta, mirándola con frialdad desde su tremenda estatura. Wally se preguntó qué veía él al mirarla, pero su semblante no delataba la menor emoción.

Regresó el viejo con un sobre acolchado grande, lo puso encima del mostrador y lo empujó hacia Wally. Llevaba escrito su nombre, Wallis Stoneman, y debajo del mismo dos palabras en cirílico. Wally intuyó que aquél era su nombre ruso. El sobre tenía manchas verdosas de moho por todas partes.

—Es para ti —dijo el viejo—. Hace bastantes años tuvimos un escape de agua. Quizás algunas cosas se han estropeado un poco. No se pudo hacer nada.

Wally volvió a abrir la boca para decir algo, pero se quedó sin palabras. Tímidamente alcanzó el sobre, dio media vuelta y caminó hacia la salida guardándose el sobre en el macuto. El viejo le habló entonces, y Wally volvió la cabeza.

—Ten mucho cuidado, *vnuchenka* —dijo—. El mundo es una jaula de fieras.

Wally asintió mecánicamente y fue hacia la puerta. Desorientada, pasó rozando al de seguridad en el momento de salir de la tienda, y había recorrido casi cincuenta metros cuando sintió un mareo y se dio cuenta de que llevaba un rato sin respirar. Se recostó unos segundos en un escaparate, tragando aire a bocanadas. Luego sacó el sobre del macuto.

—Pero ¿qué...? —dijo, para sí misma, en alta voz. ¿Cómo era posible? Había ido hasta ese rincón de mundo en busca de un nuevo carnet de identidad y en cambio salía con una... ¿con qué? Un sobre grande con su nombre ruso escrito encima; un nombre que ni la propia Wally era consciente de que recordaba. Esto no podía ser simple coincidencia, un capricho del azar.

El viejo no andaba equivocado en cuanto a los desperfectos; dos bordes del sobre tenían manchas profundas, señal de que el papel había estado sumergido en agua. La solapa estaba bien asegurada mediante un cordel. Wally retiró el cordel y empezó a rasgar la solapa, pero, de repente, se detuvo con la clara sensación de estar siendo observada.

Levantó rápidamente la vista y captó un movimiento en la acera, unos treinta metros detrás de ella, en el momento en que un hombre se escondía en un portal; le pareció que podía tratarse del tipo corpulento que guardaba la tienda de donde acababa de salir.

Volvió a meter el sobre en el macuto y continuó andando. Entró en una tienda de ropa femenina cuyo rótulo ostentaba el nombre en inglés y en ruso y se puso a mirar artículos tratando de que la oleada de adrenalina que sentía en las venas no delatara sus nervios. Mientras estaba mirando esto y aquello, dos dependientas muy serias —madre e hija, a juzgar por su parecido— la observaban con suspicacia, olvidándose de sus otras seis o siete clientas. Wally cogió un par de blusas y se dirigió hacia la zona de probadores que había al fondo, detrás de una cortina. La dependienta joven la siguió, fijándose en las blusas.

—Dos artículos —le dijo a Wally con un duro acento eslavo.

Wally hizo que sí con la cabeza y pasó a la zona de probadores. En la pared del fondo había una puerta con un rótulo que rezaba a SOLO PARA EMERGENCIAS - SONARÁ LA ALARMA. Sin dudarlo un instante Wally tomó impulso y dio un puntapié a la barra de la puerta, que se abrió de par en par entre el pitido de la alarma. Antes de que nadie en la tienda pudiera reaccionar, Wally se coló en un probador, cerró la puerta y se subió al taburete que había dentro, de forma que no se le vieran los pies desde el exterior.

Enseguida llegaron las dependientas, parloteando nerviosas en ruso, y maldijeron a Wally al ver la salida de emergencia abierta. Desde el probador, Wally oyó decrecer el volumen de sus voces a medida que se alejaban en su busca por el callejón.

Entonces oyó otros pasos, esta vez pesados, probablemente de hombre. Venían del interior de la tienda y cruzaron a toda prisa la zona de probadores camino de la salida de emergencia. Al oírlos pasar por delante de su probador, Wally abrió apenas la puerta y confirmó la identidad del perseguidor: en efecto, era el segurata de la copistería. Y traía cara de enfado, según pudo observar ella momentos antes de que se perdiera de vista en el callejón. Wally salió del probador dejando dentro las blusas, cruzó toda la tienda y salió a la calle.

Para volver a la estación de Brighton evitó en lo posible la avenida yendo por calles secundarias, y siempre a paso rápido, pero no tan rápido como para llamar la atención. Confiaba en que hubiera un tren a punto de salir, y así fue. Llegó al andén con el tiempo justo, un momento antes de que las puertas se cerraran. Cuando el tren arrancó Wally pudo ver a su perseguidor, que llegaba jadeando y visiblemente molesto por la carrera. El hombre paseó la mirada por los vagones, buscándola, pero Wally se agachó para que no la descubriese.

Una vez en marcha, Wally fue hasta el fondo del vagón de cola y eligió un asiento de ventana lejos de otros pasajeros. Después de tomar aliento y serenarse un poco, notó que el traqueteo la iba calmando a medida que el tren se acercaba a Manhattan. Pasado un rato echó un vistazo al sobre, que estaba aún por abrir dentro del macuto.

Atardecía, y los paneles de fluorescentes del vagón se encendían y apagaban según el estado de las vías del tren. Wally extrajo el sobre enmohecido, rasgó la solapa y sacó dos cosas: una gruesa carpeta, maltrecha por la humedad y llena de documentos; y un sobre marrón pequeño, lacrado, con algo que rodaba suelto en su interior.

Wally decidió abrir primero el sobre marrón, y al hacerlo salió rodando una piedrecita del tamaño de un guisante. Examinándola de cerca, vio que su superficie sin pulir despedía como un reflejo, un tenue brillo verdoso. Wally guardó la piedra en el sobre pequeño, dobló éste por la mitad y se lo guardó en el bolsillo interior de la cazadora.

Abrió la carpeta de documentos y pudo comprobar por sí misma los desperfectos que el agua había causado;

la colección de papeles de aspecto oficial, amarillentos por los años, estaba arruinada casi por completo. La tinta de los documentos se había disuelto empapando todas las páginas, de forma que lo único legible eran unas cuantas palabras sueltas aquí y allá —en ruso, en cirílico—, palabras que a primera vista no le dijeron nada. Aparte había unos papeles grapados; parecían viejas fotocopias de un artículo de periódico, del cual ya sólo se podían leer unas cuantas frases.

La carpeta contenía asimismo una fotografía en bastante buen estado. En ella se veía a un hombre cruzando una calle; estaba tomada desde arriba, como si alguien hubiera estado vigilando al fotografiado. El hombre en cuestión era robusto, de cabellos oscuros y patillas al estilo de otra época —tal vez los años ochenta—, y lucía unas gafas de aviador sobre la ancha nariz. Había algo en él que resultaba inquietante. Wally se fijó bien en la cara —estaba un poco borrosa debido a la mala calidad de la imagen de la cámara espía—, pero los rasgos no le resultaran familiares.

La última cosa que contenía la carpeta estaba totalmente intacta. Era un sobre corriente, de color azul pálido, probablemente encargado así a la papelería. El sobre despedía un ligero aroma. Wally se lo acercó a la nariz y concluyó que era un olor europeo, floral, almizclado. En el dorso estaba escrito «Wally» con letra de mujer. Tras una pausa, provocada por un cosquilleo de pánico, Wally se animó a rasgar la solapa con sumo cuidado. Extrajo un papel, una nota escrita en inglés con la misma letra de mujer que en el dorso del sobre. Empezaba así: «Queridísima Valentina.» Wally se saltó el texto para mirar al pie de la página, donde la carta terminaba: «Con todo mi amor ahora y siempre, Yalena Mayakova.»

«Yalena Mayakova.» Wally pronunció el nombre para

sí en voz baja, conmocionada y sin poder creer lo que veían sus ojos. Al llegar a la estación de Ditmas Avenue, el tren se metió en el largo túnel subterráneo; a la parpadeante luz del vagón, Wally empezó a leer la carta de su madre rusa.

4

Era ya casi de noche cuando Wally llegó al banco. Se sentía muy mal interiormente, y de seguro se le notaba por fuera, pues no en vano Tevin le preguntó al verla:

—Tía, ¿has visto un fantasma o qué?

Wally no supo qué responder. Estaba abrumada por lo sucedido durante la tarde, y el largo trayecto desde Brighton Beach no había mejorado las cosas. Demasiado tiempo sola, sentada en el vagón, esforzándose por analizar unos acontecimientos que podían darle la vuelta a su vida. Detestaba mostrarse vulnerable delante de sus amigos, pero dadas las circunstancias nada podía hacer para evitarlo.

—Está claro que necesita comer —dijo Ella.

Tevin salió para volver quince minutos más tarde con dos pizzas y doce latas de Dr. Pepper. La pandilla dejó que Wally comiera y se tranquilizara antes de hablar. Wally consiguió tragar un triángulo de pizza y beberse dos refrescos. La combinación de grasa, azúcar y cafeína dio finalmente resultados, y al cabo de media hora se sintió revivir, al menos en parte. Sacó del macuto el sobre acolchado y esparció cuanto contenía sobre el tibio suelo de mármol, disponiendo las cosas en el mismo orden en que ella las había encontrado. La pandilla hizo corro a su alrededor e inspeccionó cada cosa.

Primero, por supuesto, estaba la carta. Ella la cogió y, cuando ya se disponía a lerla en voz alta, miró a Wally y dijo:

—Puedo, ¿no?

Wally asintió con la cabeza, en el fondo deseosa de oír pronunciar las palabras que desde hacía casi dos horas resonaban machaconamente en su cabeza; tal vez así lo vería todo más claro.

—«Queridísima Valentina» —empezó Ella, y enseguida miró a Wally con aire inquisitivo—. ¿Valentina?

—Soy yo —dijo Wally—. Es mi nombre ruso.

Aunque los de la pandilla estaban al corriente de su adopción, no conocían su verdadero nombre.

—Nunca nos lo habías comentado —dijo Ella.

—Para mí también es una novedad. Más o menos.

—Uau —dijo Jake.

Ella continuó leyendo, ahora en un tono de voz más circunspecto:

—«Queridísima Valentina: Siempre he tenido la esperanza de que, algún día, tú y yo nos encontraríamos cara a cara y nos abrazaríamos, como madre e hija que somos. Si esta carta ha llegado a tu poder, querrá decir que el sueño no se hará realidad. Ya habré muerto. Al escribirlo, el corazón se me parte...»

Ella se atragantó un poco e hizo una pausa. Miró a Wally con gesto compasivo.

—¿Estás bien? —preguntó Tevin.

—Sí —dijo Wally.

Ella continuó leyendo:

—«Son tantas las cosas que me gustaría expresar. Temo que nunca puedas perdonarme por haberte abandonado, pero con gusto soportaría tu ira a cambio de estar unas horas contigo, de tener la oportunidad de explicarte las decisiones que he debido tomar a lo largo de mi vida. Puedes estar segura de que jamás he dejado de quererte, que en todo momento he deseado que llegara el día en que pudiésemos estar por fin juntas y a salvo. Tal vez en otra vida. No sabes cuánto lo siento.»

Ella hizo otra pausa, un tanto abrumada por la lectura.

—«No me cabe duda —continuó— de que sentirás curiosidad por saber de dónde eres y quiénes fueron tus padres. Adjunto aquí documentos que te ayudarán a comprender lo ocurrido. Tienes todo el derecho a saber por qué el destino tuvo que separarnos. Te ruego que aceptes que cuanto aquí se incluye es la historia completa, no hay más. Si no haces caso de mi advertencia te expondrás a peligros y a sufrimientos. Por favor, mi bella Valentina, acepta el milagro de estar viva y sigue adelante: sé feliz. Con todo mi amor, ahora y siempre, Yalena Mayakova.»

Se quedaron los cuatro callados un rato, recapacitando sobre lo que acababan de oír. Los demás miraban de reojo a Wally para ver cuál era su reacción. Aunque ella ya había leído la nota durante el trayecto en metro, sus palabras no habían perdido impacto. Se sentía como paralizada por una mezcla de excitación y duda.

—¡Joder! —exclamó Tevin.

—¿De dónde demonios has sacado esto? —preguntó Jake.

Wally les explicó lo sucedido por la tarde. Tevin, Jake y Ella tardaron unos segundos en hacerse una composición de lugar.

—O sea que tú entraste allí para que te hicieran un carnet nuevo —dijo Tevin— y un viejales al que no conocías de nada te dio esto.

—Y el segurata intentó seguirme. No tengo ni idea de por qué. No sé nada de nada.

—Esto es de locos —dijo Jake.

—Sí —concedió Wally.

—Yo pienso una cosa —terció Tevin—. La carta está equivocada. Tu madre (la persona que escribe), según la carta tendría que haber muerto, pero yo creo que no es así.

—¿Y por qué? —lo desafió Wally, aunque ella por su parte había sacado también esa esperanzadora conclusión.

—El sobre lleva tu nombre, o sea que tarde o temprano se suponía que tú lo ibas a recibir, ¿vale?

—Sí, y qué.

—Pues que la manera en que está escrito eso... —Tevin cogió la nota y buscó la frase que tenía en mente—. Aquí está: «Si esta carta ha llegado a tu poder, querrá decir que el sueño no se hará realidad. Ya habré muerto.» ¿Lo ves? Este sobre tenía que llegar a ti después de que ella muriera. Te lo han dado antes de lo que tocaba porque casualmente has ido a parar hoy a ese sitio.

—¿Y cómo sabes cuándo le tocaba recibirlo, Tev? —preguntó Jake, el eterno escéptico—. Es sólo una suposición. Nosotros no sabemos nada de cómo fue la cosa ni de cómo tenía que ir. Además, todo eso que hay ahí dentro es superantiguo. A esa Yalena de la carta pudo haberle sucedido cualquier cosa.

—Pero ¿qué tiene de malo que Wally se lo crea? —objetó Ella, dándole un codazo a Jake.

—Bueno, si sólo son chorradas —respondió Jake—, yo diría que no le conviene creérselo.

Era extraño para Wally estar en medio de aquel debate, asistir a la discusión como si la pandilla no tuviese en cuenta su presencia. En parte deseaba meter baza, insistir en que Yalena estaba viva, pero ella tampoco sabía hasta qué punto podía eso ser verdad.

—Y apostaría otra cosa... —dijo Tevin.

—Más vale que merezca la pena oírlo —bromeó Jake.

—Descuida. Veréis, yo creo que Yalena no anda lejos de aquí. Al menos cuando escribió esa carta.

—¿Por qué lo dices? —preguntó Wally.

—Para empezar —dijo Tevin—, ¿cómo se explica si no que el sobre llegara a Estados Unidos? ¿A Brighton Beach?

—Y fíjate en cómo te llama —intervino Ella, sin duda dando la razón a Tevin—. Mi bella Valentina. Eso quiere decir que te ha visto, Wally, que sabe lo guapa que eres.

—Vamos, hombre —dijo Jake—. Eso lo dice cualquier madre.

Pero Wally se dio cuenta de que aquellas palabras de amor les habían tocado la fibra, Jake incluido. Todos ellos tenían dolorosas historias familiares; ninguno había vivido una infancia en que las palabras de cariño fueran una cosa habitual.

Ella plantó cara al lúgubre cinismo de Jake.

—Yalena vive y vela por ti —dijo en susurros, dando a sus palabras un barniz romántico, de cuento de hadas.

«La soñadora Ella», pensó Wally, aun queriendo creerlo también.

—Pero si es como piensas —dijo con calma, decidida a emplear razonamientos lógicos— y Yalena estaba cerca, ¿por qué no se puso en contacto conmigo?

—Yo creo que tiene que ver con el tipo de la foto —dijo Tevin.

Volvieron a mirar todos la fotografía incluida entre los papeles: el hombre con gafas de aviador cruzando una calle desconocida de lo que podía ser cualquier área metropolitana del mundo. Aparentaba unos cuarenta años, si bien era imposible saber cuándo había sido tomada la instantánea. Tenía la complexión robusta de un trabajador manual, y el pelo —que era oscuro— lo llevaba muy corto. Al fijarse por segunda vez, Wally reparó en una mancha oscura que tenía en el cuello, mancha que a su vez quedaba oscurecida parcialmente por el cuello de la camisa. Era un tatuaje.

—¿Qué opináis de él? —preguntó.

—Que da miedo —dijo Ella.

—Aquí hay algo más —intervino Tevin, señalando al pie del papel de copia.

Wally le cogió la foto y vio que en la parte inferior había unas palabras medio borradas, escritas a lápiz y con la misma letra que la carta de Yalena Mayakova.

—«Este hombre es muy peligroso —leyó en voz alta Wally, con un escalofrío—. Él nos ha separado. Si lo vieras, echa a correr.»

Horas más tarde, Wally se encontraba en su dormitorio improvisado, contemplando el techo oscuro del banco. Cuando pasaba un coche por la calle, la luz de sus faros barría el mosaico de la guerra de Troya, dando vida a los héroes antiguos antes de abandonarlos de nuevo a la oscuridad.

«¿Es posible —se preguntaba Wally— desear algo intensamente toda tu vida y no ser consciente de que lo deseas?» Eso era lo que había sentido al leer por primera vez aquella frase: «Siempre he tenido la esperanza de que, algún día, tú y yo nos encontraríamos cara a cara y nos abrazaríamos, como madre e hija que somos.» Ahora más que nunca, Wally compartía esa furiosa necesidad de sentirse completa. Se había sentido abandonada toda su vida, había aceptado como un hecho que era una hija no deseada y que sus padres se habían desembarazado de ella sin más. Pero ahora, si había que creer la carta de su madre, parecía que era todo lo contrario. La pequeña Wally —la pequeña Valentina— había sido una niña querida.

Otra cosa le vino a la cabeza en relación con su visita a Brighton Beach, pero no fue hasta mucho más tarde: al pronunciar su nombre ruso, Wally pronunciaba la *V* a medio camino entre una *V* y una *U*, cosa que sabía era común en algunas zonas de Rusia. Claire nunca había llegado a explicarle con claridad el por qué de llamarla Wallis; sin embargo, no podía estar más claro. Wally era a Wallis lo que Vally era a Valentina. Con la ambigüedad fonética de la inicial, los apodos sonaban casi idénticos en inglés que en ruso. Claire había optado por Wallis como una manera de conectar la parte rusa con la norteamericana, tal vez para darle a aquella niña de cinco años una sensación de continuidad y ayudarla a que la transición entre una cultura y otra fuese más llevadera. Era un pequeño detalle, nada más, pero Wally le agradecía ahora ese gesto, como estaba agradecida porque, fuesen cuales fuesen sus diferencias, Claire la había querido y se había ocupado de ella de la mejor manera posible.

Wally oyó los pasos de Tevin por la pasarela en tinieblas. El chico fue a sentarse a su lado, con las piernas cruzadas.

—¿Estás bien? —dijo Tevin—. Ha sido un día muy largo...

—Sí —rio Wally, con forzada ironía—. Una historia de locos.

—¿Tú crees que es de verdad, la carta y todo eso?

—Mira, no lo sé —respondió Wally. Y a renglón seguido—: Quiero que lo sea.

—¿Qué piensas hacer?

—Buscar a mi madre. —El mero hecho de decirlo le hizo sentir bien. No feliz exactamente, pero sí más fuerte y decidida.

—Guay —dijo Tevin—. Te ayudaremos a buscarla.

—Gracias, Tev.

—Igual nos conviene a todos.

—No te entiendo.

Tevin se encogió de hombros.

—Cuando ya llevas un tiempo corriendo, no basta con que alguien o algo te persiga. Yo creo que también hay que correr hacia delante. ¿No lo has pensado nunca?

—Sí, más de una vez —dijo Wally. Y era verdad. Tenía desde hacía un tiempo esa misma sensación, pero no la había verbalizado. Ella, junto con el resto de la pandilla, se había buscado la vida para salir del paso. Muy bien, y luego, ¿qué?

Wally presintió que Tevin quería decirle algo, algo importante, pero que no sabía por dónde empezar. Le miró a los ojos, pero él apartó la vista y el momento pasó.

—Buenas noches —dijo Tevin. Se incorporó y echó a andar por la pasarela.

—Buenas noches, Tev —dijo Wally a su espalda, y de repente se sintió completamente agotada.

Acurrucándose en el saco de dormir de lana y franela, se tumbó boca arriba y contempló el techo oscuro. Poco a poco un recuerdo tomó cuerpo dentro de su cabeza, suscitado tal vez por las conversaciones en ruso que había oído en Brighton Beach. Sí, era una canción, una especie de nana. Se la había sabido de memoria, pero ahora estaba como velada por la distancia, se asomaba y volvía a esconderse. ¿Dónde la había oído Wally? ¿Cómo era la letra? Le asustó hacer tal esfuerzo de memoria, pero, al mismo tiempo, no pudo resistirse a ello. Finalmente las palabras empezaron a brotar tímidamente de sus labios: *Puskai prïdet pora prosit'sia. Drug druga...*

Comprobó, con gran frustración, que era incapaz de recordar nada más; por otra parte, no tenía ni idea de qué significaban aquellas palabras. Al final la venció el sueño, no gracias a la nana, sino al simple cansancio.

A la mañana siguiente —lunes—, Wally bajó temprano de la pasarela y despertó a los otros, que dormían en el suelo de la planta baja.

—Ayer me olvidé una cosa —anunció, sacando el sobrecito que contenía la extraña piedra brillante.

Tevin, Jake y Ella miraron el objeto sin que les llamara la atención.

—No lo entiendo —dijo Ella.

—Bueno, yo tampoco —dijo Wally—, pero seguro que si incluyó esto con lo demás lo haría por algo, ¿no?

—Supongo —dijo Tevin—. Sí, claro.

—Sea como sea, es un punto de partida —dijo Wally.

Los otros se mostraron de acuerdo. Una vez que estuvieron más o menos en condiciones, fueron a tomar la línea A en dirección sur hasta el Drop-in Center de la Treinta esquina con la Octava Avenida, donde les dieron café y huevos revueltos gratis. Después de desayunar, se encaminaron hacia la calle Cuarenta y siete por la Avenida de las Américas. Al este tenían el Diamond District de Manhattan, donde docenas de especialistas en piedras preciosas colmaban manzana tras manzana. A la pandilla todos los comercios les parecieron iguales.

—¿Por dónde empezamos? —preguntó Wally.

Ella señaló un rótulo que decía HAMLISCH BROTHERS.

—Siempre han sido mis favoritos —dijo, llevándose la mano a la frente en un gesto teatral, parodiando un inminente desmayo aristocrático—. Jamás podría llevar unas joyas que no fueran de ellos.

La pandilla se dirigió hacia la tienda predilecta de Ella, haciendo caso omiso de las suspicaces miradas que les lanzó un grupito de comerciantes hasídicos que estaban tomando café en vasos de plástico congregados en la acera, a punto de ponerse a trabajar.

Wally intentó abrir la puerta de Hamlisch Brothers, pero estaba cerrada con llave. Dentro, detrás del mostrador, el joven propietario de la tienda alzó los ojos, vio a Wally y a los demás y, aparentemente, no le gustó la pinta que traían. Hizo que no con la cabeza.

—¡Capullo! —le insultó Jake en nombre de todos. Luego agarró el tirador de la puerta y empezó a sacudirlo al tiempo que le hacía muecas al de dentro—. ¡Abre la jodida puerta!

Wally vio que el hombre bajaba el brazo —¿para sacar una pistola?, ¿para dar la alarma?— y tiró de Jake.

—Tranquilo, grandullón —le dijo.

—Que le jodan —mascculló Jake—. Aquí hay más joyerías que ratas en una cloaca.

—Y todas las puertas van a estar cerradas.

Jake se encogió de hombros, dándole la razón con desgana.

Wally se sacó del bolsillo interior el sobre pequeño que venía con los papeles de Brighton Beach. Lo abrió, dejó que la piedra rodara sobre la palma de su mano y luego golpeó suavemente el cristal de la puerta. Cuando el comerciante levantó la vista de nuevo, Wally le enseñó la piedra sosteniéndola entre el pulgar y el índice. El hombre entornó los ojos y luego se aproximó a la puerta para ver mejor.

—Por favor —le rogó Wally, lo bastante alto como para que el hombre la oyera desde dentro.

El comerciante volvió a mirar con recelo a la pandilla, pero finalmente se decidió a abrir. Nada más entrar, Wally y los otros se quedaron pasmados al ver la cantidad de joyas expuestas dentro de vitrinas de cristal supergrueso.

—La leche —exclamó Jake, y le dio un codazo a Tevin—. ¿Sí o qué?

—Caray —dijo Tevin en voz baja—. Esto es casi como un museo.

Ella señaló un collar con una esmeralda enorme, rodeada de un halo de diamantes idénticos.

—¿Esto lo hicieron para mí? —dijo, sin ironía.

Wally se plantó delante del mostrador con la piedrecita en la mano. El comerciante estaba visiblemente intrigado, parecía ansioso por tener en sus manos el objeto de su curiosidad.

—Usted hace valoraciones, ¿verdad? —le preguntó Wally.

—No compro objetos robados —dijo él, casi desdeñoso, con acento hasídico. Pero sus ojos estaban fijos en la piedra.

—Yo no he dicho que quiera vender esta piedra —dijo Wally—. Sólo preguntaba por su valor.

—Ah, bueno —dijo el hombre, y le tendió la mano.

Wally hizo ademán de ponérsela en la palma de la mano, pero en el último momento dudó. El hombre la miró con impaciencia. Finalmente, Wally le entregó la piedra con una sonrisa. El hombre se acomodó en el ojo una lupa de joyero y examinó la piedra con detenimiento.

Antes, sin embargo, volvió a mirar receloso a la pandilla, como si quisiera cerciorarse de que no le iban a robar nada mientras él estuviera distraído. Luego se apartó del mostrador y se llevó la piedra consigo a un rincón de la tienda donde tenía su reducido espacio de trabajo. Una vez instalado allí, puso en marcha una muela y empezó a trabajar con la piedrecita. La pandilla aguardó en expectante silencio hasta que el joyero desconectó la muela y volvió al mostrador. Lo hizo con una sonrisita en los labios —la del entusiasta que acaba de resolver un interesante enigma— y miró a Wally con una expresión nueva, sin censura, como si tratara de calibrar la procedencia de la misteriosa gema.

—¿Puedo preguntar cómo has conseguido esto? —le preguntó.

—Me la dejó mi abuela en herencia —respondió cansinamente Wally.

El joyero la miró con malicia y dijo:

—Esto es una alejandrita, una piedra semipreciosa poco habitual. Se llama así por el zar Alejandro II y fue descubierta en los montes Urales, en Rusia. Una vez pulida, esta piedra será verde durante el día y roja de noche. Los colores de la realeza rusa, verde y rojo. Algunos la consideran la piedra nacional rusa. Bien trabajada puede ser una piedra muy bella.

—¿Qué más nos puede decir? —preguntó Wally, empezando a meterse en la historia. Aquello parecía realmente un buen principio.

—Las producen por lo general minas de pequeña escala, y muchas veces las de una mina en particular tienen una composición propia. En ésta en concreto hay un hilo apenas perceptible de color ámbar. Si no me equivoco, procede de la mina Lemya, que cerró hace más de veinte años. Estoy casi seguro de que no ha habido en el mercado ninguna alejandrita de la mina Lemya en casi todo este tiempo, lo cual es extraño —dijo—. Francamente extraño.

—Entonces se trata de una piedra valiosa —aventuró Wally.

—Así es. No me importaría quitártela.

—¿Cómo de valiosa? —preguntó Jake, sin duda sorprendido. Su escepticismo respecto a los papeles de Brighton Beach le había hecho suponer que la piedra no tendría ningún valor.

El joyero se inclinó pensativo sobre el mostrador, frotándose la barba. Luego fue hasta un ordenador portátil, tecleó unas búsquedas, examinó los resultados y volvió.

—Mil dólares el quilate —dijo, y dirigiéndose a Wally—: Ocho mil.

¡Ocho mil dólares! Tevin, Ella y Jake intercambiaron excitadas miradas secretas, casi incapaces de aguantarse. Ella tuvo que ahogar un grito de júbilo.

Wally, por su parte, no estaba pensando en la impresionante suma. Dudaba, preguntándose si vender la piedra no sería una especie de traición. Acababa de recibir ese regalo de su madre... ¿Estaba bien desprenderse de él sin más?

Tevin se le acercó, tomándola suavemente del brazo. A Wally le hizo bien tenerlo al lado, sentir el calor de su presencia. Así estaba menos sola con su dilema.

—Haz lo que te parezca mejor —dijo Tevin—. Pero creo que ella quería que la utilizaras, y para buscar a tu madre necesitarás dinero.

Wally meditó estas palabras y, a regañadientes, tuvo que darle la razón. Se volvió hacia el joyero.

—¿Me escribirá también en un papel todo eso que explicaba sobre la alejandrita, por favor?

El joyero sonrió de oreja a oreja, premiando así a Wally por mostrar un interés por la piedra que iba más allá de su valor monetario.

—Así me gusta —dijo—. Ahora mismo te lo escribo.

Hicieron el canje, piedra por dinero. El pago se efectuó en billetes de cien dólares; a la pandilla se le salían los ojos de las órbitas mirando cómo el joyero iba amontonando pulcros billetes sobre el mostrador. Para una transacción de estas características, el comprador necesitaba información del vendedor. El papeleo se completó en escasos minutos; el comerciante anotó varios detalles relativos a la piedra en el formulario con membrete, y Wally se guardó la nota y los billetes. Por último, el hombre le tendió la mano, diciendo:

—Me llamo Isaac Hamlisch.

—Gracias, señor Hamlisch —dijo Wally, sintiendo buenas vibraciones al estrecharle la mano.

—De nada, señorita —dijo él, sin molestarse en verificar el nombre que Wally había escrito en los formularios de procedencia.

—Que pase usted un buen día, caballero —dijo Ella, con su tono de aristócrata, haciendo una ligera venia.

Isaac Hamlisch le dedicó una graciosa inclinación de cabeza y los cuatro jóvenes abandonaron el establecimiento.

Isaac Hamlisch los vio salir a la acera y ponerse inmediatamente a dar saltos de alegría y gritos de triunfo, que pudo oír a través de la puerta.

Isaac sonrió, contento de que fueran felices, y luego se sentó frente al portátil. Abrió el explorador y fue directamente a un sitio internacional de intercambio de piedras preciosas y semipreciosas. Tecléo su nombre de usuario y la contraseña. Abrió la página del mercado libre e introdujo los datos y descripción exacta de su nueva adquisición. Donde había que hacer constar la procedencia reciente, puso «herencia familiar». Tras una breve búsqueda en la misma página web, Isaac halló confirmación a su hipótesis de que las marcas de color ámbar eran una característica de la mina Lemya, una explotación de pequeño calibre, cerrada desde hacía mucho tiempo, en la zona septentrional de los Urales. El joyero añadió estos datos a la descripción de la piedra.

Al cabo de milisegundos, toda esa información estaría disponible en la página de intercambio, donde la alejandrita constaría para «venta o cambio» a la vista de millares de agentes de todo el mundo.

5

Cinco horas después de partir de Krasnoyarsk, Tigr no había visto señales de vida humana en más de ciento cincuenta kilómetros. El Mercedes Benz robado se agarraba bien a la carretera helada y su tubo de escape expulsaba remolinos de vapor a medida que consumía la distancia a ciento veinte por hora. La grisácea claridad previa al amanecer iluminaba apenas un monótono paisaje de permafrost a ambos lados de la carretera de dos carriles. Cuando el sol saliera por fin, quedaría como pegado al horizonte durante apenas tres horas, antes de rendirse a la plomiza oscuridad del invierno siberiano.

Tigre creyó ver algo más adelante. Por fin. Se preguntaba si Klesko le reconocería, después de casi doce años. Bajó la visera y se contempló en el pequeño espejo de cortesía. A sus diecisiete años tenía aspecto de hombre hecho y derecho; su madurez y su fuerza habían sido ya puestas a prueba innumerables veces en las calles de Piter [San Petersburgo]. Sus ojos, por supuesto, seguían siendo del mismo gris oscuro y sus poblados cabellos negros le rozaban los hombros, tal como los llevaba de niño. Klesko le conocería... siempre y cuando Klesko se reconociera a sí mismo. Doce años en ITK-61 eran muchos años; cualquier hombre podía perder la razón en aquel helado abismo sin fronteras.

Como a quinientos metros del recinto, Tigre redujo la marcha y se aproximó a una velocidad más moderada. ITK-61 constaba de dos bloques de celdas —uno completamente vacío y a oscuras ahora—, un cuartelillo y dos torres de vigilancia. En tiempos había habido un muro alrededor del recinto, pero los elementos habían dado cuenta de él. El perímetro lo constituía, de hecho, una alambrada de tres capas, pero los reclusos estaban rodeados de algo mucho más imponente: casi 500 kilómetros de tundra, hielo y más hielo, y al otro lado un mundo en el que ya no tenían cabida. Tigre sabía que solamente quedaban ocho reclusos con vida, todos ellos treinta años más viejos que Klesko, además de seis guardianes fijos que, sin duda alguna, estaban apostados allí como castigo.

Frenó delante de la entrada y se apeó del coche dejando el motor en marcha. Un guardia armado se había aproximado a la verja y aguardaba allí con la vista fija en el visitante pero el arma todavía enfundada.

—Klesko —dijo, mientras terminaba de ponerse el grueso tres cuartos que había cogido del coche.

El guardia permaneció a la espera. Tigre se sacó del bolsillo de la americana un grueso fajo de billetes —dólares estadounidenses— y se lo pasó a través de la alambrada. El guardián cogió los billetes y los contó torpemente con sus manos enguantadas. Luego dio media vuelta y se metió en el bloque más cercano, para salir un minuto después escoltando al preso, a quien metió prisa con un rápido puntapié en las corvas.

Al ver a Klesko, Tigre se vino abajo. El tiempo, el aislamiento y las brutales condiciones de internamiento le habían pasado factura, parecía que el hombre hubiera envejecido dos años por cada uno del calendario. La barba gris, la cara surcada de arrugas. Iba envuelto en una manta para protegerse del frío implacable; llevaba unas botas viejas medio destrozadas, tres tallas demasiado grandes para él, y a modo de calcetines varias capas de trapos. Respiraba con dificultad.

De repente, Tigre no estuvo tan seguro de su plan, ni de si debería haber ido hasta allí. Lo que le habían contado de Klesko lo pintaba como un hombre de fuerza singular y gran determinación, un hombre que prefería morir antes que ceder un palmo de terreno. Historias sobre su denodada lucha por subir en el escalafón y sobre incursiones fronterizas a Bulgaria y Eslovenia sembrando el pánico entre la milicia local. ¿Dónde estaba ahora ese hombre? El Alexis Klesko que tenía delante era aparentemente una piltrafa, un hombre vencido.

Klesko alzó los ojos y miró a Tigre a través de la alambrada. Al principio no le reconoció; estuvo observando sus facciones durante un rato hasta que, finalmente, después de cotejarlas con la imagen que guardaba de aquel niño de cinco años, pudo identificarlo. Habían pasado doce años.

—Tigr...

Tigre saludó con un gesto de cabeza.

Klesko se quedó callado e inmóvil mirando al joven que tenía delante. Su cabeza era un hervidero de preguntas. Se pusieron a hablar en inglés, pues el guardián seguía allí cerca.

—¿Cuánto le has dado? —preguntó Klesko—. A este tipo.

—Quinientos dólares —respondió Tigre.

Klesko resopló indignado y lanzó una maldición:

—*Hooi morzhoviy*.

Tigre advirtió un incipiente brillo en los ojos del

hombre, como si su cabeza estuviera poniéndose en movimiento otra vez. Le pareció incluso que todo él se enderezaba un poco al pasear la vista a su alrededor.

—Ha aparecido una piedra —dijo Tigre, ufano por poder darle esa noticia y deseoso de que Klesko notara que se enorgullecía de ello.

Esperaba una reacción, y la obtuvo. Klesko le miró fijo a los ojos, intensamente, buscando una confirmación a la veracidad de la noticia.

Tigre asintió con la cabeza.

Klesko se quedó callado y Tigre se dio cuenta de que trataba de serenarse, de controlar sus nervios. Era justo el momento que Tigre había estado esperando.

—¿Sólo una? —preguntó Klesko.

—Una —respondió Tigre—. En América.

Klesko asintió asimilando la información.

—Esas piedras —dijo— son un legado, ¿eh?

—*Da*.

—Son tuyas. Te pertenecen a ti. ¿Has entendido?

—Sí. Son mías —concedió Tigre.

Klesko le observó de nuevo como buscando un indicio de algo. ¿Determinación?, ¿ira, tal vez?

—¿Acaso mereces menos? —dijo Klesko—. ¿Menos de lo que es tuyo?

—No.

Klesko seguía dudando.

—¿Tienes papeles? —preguntó.

—Sí —respondió Tigre—. La cosa está organizada.

—¿Y dinero?

—Algo.

Klesko asintió.

—Bien —dijo, mirando de nuevo a Tigre a los ojos. Luego dio media vuelta y se alejó de la alambrada.

Tigre se volvió también como para regresar al coche,

pero después de dar unos pasos giró bruscamente hacia el recinto y, rápido con el rayo, se sacó un arma del bolsillo y acto seguido la lanzó por encima de las alambradas. Klesko levantó la cabeza y vio girar el arma sobre sí misma al tiempo que descendía en parábola hacia él: era una flamante Pernach.

Klesko se desprendió de las mantas, alargó el brazo y alcanzó la culata de la pistola automática en pleno vuelo. Giró luego hacia el estupefacto guardián y en una fracción de segundo las ráfagas de la Pernach atravesaron el cuello del hombre, decapitándolo. Klesko vio que el guardián de la entrada iba hacia él, aterrorizado, mientras trataba de sacar una pistola que probablemente no había salido de su funda en cinco años. La demora fue fatídica: Klesko hizo fuego y regó de balas el pecho de su enemigo.

Con la misma rapidez, las dudas de Tigre desaparecieron. Aquel legendario Alexei Klesko con el que Tigre fantaseaba en sus sueños de adolescencia, había estado aletargado todo estos años, sin llamar la atención, fingiéndose vencido, a la espera de una oportunidad para renacer. Y ese momento había llegado. Tigre vio cómo su héroe arrancaba un llavero del cinturón del guardián y se dirigía sin prisas hacia la verja. Klesko empleó la llave para activar las cerraduras y luego, de una patada, hizo saltar el seguro del contrapeso. Éste cayó, tirando a su vez de la polea y abriendo así la verja delantera de la prisión.

Al instante, Tigre estaba dentro del recinto con una pistola automática en cada mano. A pesar de su juventud llevaba años como soldado callejero con los Tambov, estaba sobradamente preparado para esto. Se lanzó hacia el cuartelillo, de donde acababan de salir otros dos guardianes, que en ese momento trataban de cargar sus respectivas armas. Tigre no les dio opción.

Cuatro muertos. Quedaban dos guardianes más.

Desde la torre de vigilancia dispararon ráfagas de ametralladora acribillando el suelo mientras Klesko y Tigre corrían a ponerse a cubierto.

—Cúbreme —dijo Klesko (esta vez en ruso), y se lanzó en solitario hacia el patio de la prisión.

Tigre disparó sin tregua hacia la torre con su automática. Klesko llegó al otro extremo del patio, donde estaban aparcadas las camionetas, y subió de un salto al volante del vehículo más cercano. Tiró del estárter, pero el motor se resistía. Disparos de ametralladora impactaron en el techo de la camioneta y varias balas atravesaron la chapa, una de las cuales arañó el muslo derecho del frustrado conductor. Klesko soltó un grito de dolor, pero siguió insistiendo con el estárter hasta que por fin el motor cobró vida. Enseguida puso la marcha atrás y pisó a fondo el acelerador. La camioneta retrocedió a gran velocidad y fue a incrustarse en las patas de apoyo de la torre. A los pocos segundos, las patas cedían bajo el peso de la caseta superior y la torre se venía abajo, chocando con gran estruendo contra el suelo del patio y lanzando en direcciones distintas a los dos guardianes que quedaban. Con vida, pese a todo, trataton de ponerse a cubierto arrastrándose por el patio, pero Tigre ya los tenía a tiro con sus automáticas recién cargadas. Una última ráfaga segó la vida de los dos guardianes.

Haciendo caso omiso de su propia herida sangrante, Klesko se acercó al que llevaba un manojo de llaves en el cinto, se lo arrebató y atravesó el patio, ahora en compañía de Tigre, camino del bloque donde estaban las celdas. Abrieron la celda de Dal Yaminski, «enemigo del Estado», recluido en ITK-61 desde hacía treinta años y el más joven de los reclusos, descontando a Klesko.

Yaminski no opuso resistencia cuando Klesko lo

sacó al pasillo y lo hizo entrar en la que había sido su propia celda. La visión de aquel inmundo agujero dejó estupefacto a Tigre. No eran sólo la porquería y la falta de un mínimo espacio, sino que, además, la única defensa contra el frío intensísimo eran unas cuantas tablas de madera claveteadas sobre el hueco de la ventana. Vivir allí años y años tenía que ser un infierno. Tigre no pudo evitar preguntarse qué consecuencias negativas podía tener una experiencia como aquélla, en qué se habría convertido su padre.

Klesko empujó a Yaminski hacia el viejo colchón podrido que había en el suelo y, sin pensarlo dos veces, le metió una bala entre los ojos.

Tigre captó la idea. Cuando llegaran los funcionarios de la prisión, encontrarían un cadáver en la celda de Klesko, y tanto mejor si no les resultaba fácil de identificar. Tigre sacó un encendedor del bolsillo y prendió el colchón por varios puntos. Segundos después las llamas empezaban a consumir el cadáver.

Tigre y Klesko salieron de allí y procedieron a abrir las otras celdas del bloque para liberar a los demás presos. La mayoría de ellos dudaba en salir, tal era su miedo. Tigre confió en que al final se decidieran a huir del recinto, pues eso dificultaría aún más el trabajo de la policía territorial cuando llegara por fin al escenario de los hechos.

—Ya no son ni hombres —le dijo Klesko, meneando la cabeza.

Tigre advirtió que Klesko estaba en otra cosa, como si se hubiera distraído, vio que dirigía la mirada hacia la desierta tundra más allá de las alambradas.

—Demasiado tiempo recluidos —dijo Tigre, haciendo que Klesko volviera en sí—. No recuerdan lo que es la libertad.

—*Da* —asintió Klesko, y luego, gritando—: ¡Si no os movéis os dejo fritos! —Apuntó hacia los presos con su arma y éstos, al ver que el humo empezaba a llenar las celdas, fueron saliendo a toda prisa para dispersarse por el exterior.

Tigre y Klesko abandonaron también el bloque y salieron tranquilamente por la verja. El coche estaba todavía en marcha. Montaron —Tigre al volante— y enfilaron la helada carretera rumbo al oeste. A sus espaldas se fue perdiendo de vista la prisión, adornada ahora por una gruesa columna de humo negro mientras el bloque donde Klesko había estado años recluido ardía ya sin remisión.

—¿Listo, Tigr? —le preguntó Klesko.

Se dirigían a toda velocidad hacia un aeródromo cercano al mar de Kara y, desde allí, en cuestión de días, rumbo a América.

—*Da, otyets* —respondió Tigre. «Sí, padre.»

6

Eran poco más de las seis de la tarde cuando el inspector Atley Greer llegó a la dirección de Central Park West donde Claire Stoneman —por lo visto, una agente inmobiliaria de campanillas— estaba enseñando una de sus propiedades. Un portero acompañó a Atley hasta un ascensor particular e introdujo su tarjeta de seguridad para franquearle el paso. El ascensor subió treinta pisos en misterioso silencio hasta que finalmente las puertas se abrieron al alfombrado vestíbulo del ático del edificio. Atley encontró allí a una Claire Stoneman de aspecto muy diferente a la que había visto hacía sólo siete días. Ahora irradiaba profesionalidad y compostura, con su caro traje chaqueta azul y negro y una visita reciente a la peluquería: elegante pero conservadora.

Su aspecto físico cuadraba a la perfección con el escenario: un ático de mil metros cuadrados que daba sobre Central Park. Los suelos eran de parquet de bambú, encerados y pulidos hasta darles una pátina oscura y exótica. La gran sala tenía dos pisos de altura y la pared exterior —toda ella de vidrio— iba desde el suelo hasta el techo ofreciendo una amplia vista panorámica del parque. Atley se había preguntado cómo podía Claire

Stoneman —madre y soltera— permitirse el tren de vida que tanto le había llamado la atención la primera vez, en su casa, y ahora entendía por qué: la comisión que se llevaba el agente por colocar una propiedad de alto copete como aquel ático tenía que muy sustanciosa.

—Gracias por tomarse la molestia, inspector —dijo Claire, avanzando para estrechar la mano de Greer—. Hoy han venido ya cuatro clientes a ver esto, no he podido escaparme ni cinco minutos.

—Descuide —dijo Atley.

Claire inspiró hondo y se preparó para cualquier cosa, acostumbrada a las malas noticias.

—Supongo que trae novedades...

—Ha pasado una semana desde lo de Riverside Park. Hemos podido identificar a la víctima. Se llamaba Sophia Manetti. ¿Le dice algo ese nombre?

—No, lo siento. No conozco a ninguno de los amigos de Wally (suponiendo que esa chica lo fuera), así que no puedo decirle si se conocían.

—De momento no tenemos gran cosa —dijo Atley—. Tomaba drogas con asiduidad (hay un largo historial de arrestos por metanfetamina), pero eso es casi todo. La autopsia reveló varias cicatrices y huesos rotos que curaron por sí solos tras un largo período de tiempo, prueba de que sufrió abusos reiterados desde muy temprana edad. Por desgracia es algo bastante corriente entre los chicos de la calle.

—¿Me va a preguntar si Wally sufrió abusos sexuales, inspector?

—No. Tengo plena confianza en que ése no es su caso.

Claire Stoneman inclinó apenas la cabeza en un gesto de agradecimiento.

—La chica fue vista a menudo en compañía de su hija —continuó Atley—. Es decir, hasta hace unas cuantas semanas, porque últimamente Sophia iba sola. Intenté contactar con Wallis, por si podía aportar alguna información. Ella me llamó una vez, el jueves pasado, me dejó un mensaje en el móvil.

Atley vio que Claire aguzaba el oído, y enseguida lamentó no tener más noticias que darle sobre su hija.

—Pero ya no ha vuelto a dar señales —continuó—. Por el tono de voz, yo diría que está perfectamente bien. Esperaba que volviera a llamarme, pero si he de serle franco... no creo que en su lista de prioridades esté la de relacionarse con un poli.

—¿Cómo la localizó, inspector?

—Bueno, los jóvenes que están en la situación de su hija tarde o temprano aparecen por ciertos lugares. Wallis estuvo en la Harmony House de Midtown la semana pasada, y una de las monitoras que hay allí le dio mi tarjeta.

Claire no dijo nada durante un rato, absorta en sus pensamientos.

—Entonces, inspector, no ha hecho usted muchos progresos con respecto a esa chica Manetti. ¿Cómo ha dicho que se llamaba de nombre?

—Sophia —respondió Atley—. En la calle la llaman así, Sophia. Por desgracia, muchas de las pistas no han dado resultados. Nuestra esperanza es que aparezca alguien con información para canjear, y eso es bastante probable, lo que no sabemos es si sucederá mañana o el año que viene.

—Le agradeceré que me tenga al corriente del caso, inspector —dijo Claire—. Ya sé que esa pobre chica y yo no tenemos ninguna conexión, pero...

—Lo comprendo —dijo Greer. Y era sincero. La víctima no era hija de la señora Stoneman, pero podría haberlo sido.

7

Entre el inesperado encuentro de Wally en Brighton Beach y luego la visita con la pandilla a la tienda de los hermanos Hamlisch, había sido una semana extraña. Los papeles de Brighton Beach habían generado mucho escepticismo —sobre todo por parte de Jake—, pero el valor de la alejandrita los tenía a todos casi convencidos de que el material era auténtico. Por supuesto, que la piedra fuera tan singular no hizo sino suscitar más preguntas: ¿por qué Yalena había incluido la alejandrita entre los documentos?, ¿era un regalo para Wally, o acaso tenía una relevancia especial al margen de su valor monetario? Wally no tenía respuestas.

Ocho mil dólares. Ocho mil Benjamin Franklins, nuevecitos, muchos más billetes de los que ninguno de ellos había visto juntos. Wally estaba ansiosa por iniciar la búsqueda de Yalena, pero no podía resistirse a darles un gusto a sus amigos. El resto de la pandilla, a diferencia de ella, tenía un historial familiar de tristeza, miserias, violencia; Wally disponía ahora de los medios para hacer algo al respecto. Decidió aplazar unos días sus pesquisas; la pandilla iba a disfrutar de un fin de semana a todo tren.

La sorpresa fue que gastar dinero era más difícil de lo que habían imaginado. Apenas si necesitaban nada para ir pasando, y poseer cosas era básicamente un estorbo. Jake y Tevin estaban empeñados en comprar una consola de videojuegos Wii, y las chicas accedieron a acompañarlos a una tienda de electrónica que había en Broadway para probar la consola.

—¿Y qué se supone que vamos a hacer con ese trasto? —preguntó Ella una vez en la zona de demostraciones del establecimiento—. ¿Cargar con él cada vez que cambiemos de casa?

—Bueno, para eso son los carritos de la compra —dijo Jake.

—No, señor. Además, esa pantalla mide como dos metros de ancho.

Wally permanecía al margen, dejando que discutieran. (Entre otras cosas, era divertido.) Al final, claro, ganó la sensatez de Ella y los chicos se limitaron a pasarse casi dos horas jugando con la máquina de demostración, hasta que un par de tipos fornidos —guardias de seguridad— les insinuaron que quizás era hora de largarse.

Gastaron, eso sí. Ella venía soñando hacía tiempo con unas botas militares nuevas, y las consiguieron en una tienda de excedentes del ejército, junto con ropa interior térmica para los cuatro. Las chicas compraron nuevas provisiones de rímel y laca de uñas. Al pasar frente a una tienda de ropa del Oeste, Tevin y Jake no pudieron aguantarse y se compraron sendos sombreros Stetson de cowboy. Iban caminando otra vez por la calle cuando Jake se vio reflejado en la luna de un escaparate.

—¡Tío! ¡Qué pinta de capullo! —gritó, arrepentido de su compra, pero haciendo caso omiso de las miradas de los transeúntes.

—¡Y yo! —dijo Tevin—. Ese espejo de la tienda debía de tener truco. Nos han estafado.

—¿Por qué no nos decíais nada? —preguntó Jake a las chicas, con gesto acusador.

—Pues yo creo que estáis guapísimos —dijo Wally muy seria, pero luego miró a Ella y las dos reventaron a carcajadas.

—¡Dais pena! —masculló Jake.

Regresaron los cuatro a la tienda del Oeste y devolvieron los sombreros a un dependiente cascarrabias. En una boutique para moteros del Village, Ella se compró un bonito chaleco de piel y Jake un cinturón de cuero con tachuelas, de la misma marca. En una tienda cara de artículos de deporte, Tevin compró una elegante mochila pequeña con correas reflectantes. Wally se decidió por un vistoso gorro de lana a franjas, muy cálido, pero el mejor regalo fue compartir la alegría de sus amigos.

Vieron un par de malas películas en 3-D, comieron como cerdos —cuatro ágapes al día—, hasta el punto de que la propia Ella acabó hartándose. Fueron a patinar sobre hielo al Rockefeller: divertido pero hasta los topes de gente. El domingo por la tarde, cuando parecía que la cosa empezaba a decaer peligrosamente, Wally tuvo una idea luminosa. Subieron a un taxi los cuatro y Wally le dijo al conductor: «Al Madison Square Garden.»

—¿Juegan los Knicks? —preguntó Tevin, ilusionado.

—No. —Wally prefería tenerlos en ascuas.

Llegaron al Madison Square Garden. Wally los condujo hacia la taquilla, donde en una pantalla de vídeo estaban pasando un trailer de *KÀ*, el espectáculo del Cirque du Soleil sobre piratas del espacio. Wally guardaba buen recuerdo de un espectáculo anterior titulado *O*, al que Claire y Jason la habían llevado como regalo al cumplir ocho años.

—No fastidies —dijo Jake—. Nada de tíos con mallas, ¿eh?

—Confía en mí —dijo Wally, y compró cuatro buenas localidades.

El espectáculo era fascinante. Las protestas de Jake cesaron en cuanto llegó el primer y explosivo desafío a la ley de la gravedad. La puesta en escena era completamente innovadora, mejor que cualquier película con muchos efectos especiales, porque estaba sucediendo allí mismo, ante sus propios ojos. Incluso el atuendo cursi —con todas aquellas plumas de colores— les parecía apropiado. Cuando salieron del teatro, eran todo sonrisas y tenían la sensación de que el fin de semana había sido perfecto. Wally estaba contenta de que todo hubiera salido tan bien; así podría empezar la semana llena de energía para dedicarse en cuerpo y alma a buscar a Yalena, para lo cual contaba con la ayuda de sus amigos.

El lunes, muy de mañana, Wally sacó una vez más el sobre de Brighton Beach. Estaba decidida a no dejarse llevar por las emociones y a intentar analizar todos los documentos con objetividad científica. Mientras los demás miraban, esparció las cosas por el suelo del vestíbulo y las examinó una por una, nuevamente desilusionada por el mal estado de todo ello. En la mayor parte de los casos la mala calidad se debía a los desperfectos causados por el agua. Sin embargo, varios de los documentos más antiguos resultaban prácticamente ilegibles. En cualquier caso, la mayoría de ellos estaba en ruso, y aunque ahora podía permitirse pagar a un traductor, dudaba de que esos documentos en concreto pudieran darle pistas sobre el paradero de su madre. Si había interpretado correctamente la carta, aquellos papeles llenaban vacíos en la propia historia de Wally, no eran para ayudarla a buscar a nadie.

Examinó las dos páginas grapadas que parecían una fotocopia de un artículo de periódico.

—Aquí se pueden leer algunas cosas —dijo.

Tevin se inclinó por detrás de ella y reparó en una línea que todavía no se había borrado. Parecía un nombre: «...amin Hatch».

—Eso de ahí... yo diría que es Benjamin. Benjamin Hatch.

—Espera un momento —dijo Jake. Desapareció por la salida de emergencia y regresó a los pocos segundos con un montón de periódicos atados con un cordel, probablemente para tirarlos al contenedor de reciclaje. Jake se valió de sus músculos para arrancar el cordel y rebuscó entre la pila, sacando un ejemplar de cada diario local—. No sabemos si el artículo es de la prensa de Nueva York, pero podemos averiguarlo.

—Es verdad —añadió Wally—. Muy bien, Jake.

—¿Ves como tengo mucho que ofrecer? —dijo él con una mirada irónica—. No sólo soy guapo y fuerte. También tengo cerebro.

—Acabas de abrirme los ojos, Jake —replicó Wally—. Ahora no me decepciones.

Wally y Jake se trababan a menudo en una suerte de lucha por el poder, pero ella sabía que siempre que le necesitaba podía contar con él. Se sintió agradecida por que estuviera arrimando el hombro, a pesar de su eterno escepticismo.

Wally acercó el fragmento de artículo a cada uno de los periódicos —el *Times*, el *Post*, el *Voice*, el *Daily News*, el *Journal*—, y enseguida vieron que el tipo de letra concordaba con uno.

—*Wall Street Journal*—dijo Ella—. No hay ninguna duda.

—Podemos mirar los archivos en la bilbioteca—dijo Tevin.

Llegaron a la Biblioteca Bloomingdale a eso de las diez y fueron los primeros de la cola para conectarse a Internet. Jake y Ella decidieron ir a matar el tiempo en la sección de prensa mientras Tevin acompañaba a Wally al ordenador que le habían asignado. Entraron en la página del *Wall Street Journal* y buscaron en los archivos el nombre de Benjamin Hatch. Enseguida encontraron un artículo en la sección Pequeños Negocios de mayo de 1992. Era, básicamente, uno de eso escritos «con interés humano», que relataba las experiencias de Benjamin Hatch, un empresario que había intentado crear una compañía de importación y exportación en la Rusia postsoviética. Hatch se había encontrado con muchas dificultades, entre las que se citaban prácticas mercantiles anticuadas y la corrupción general.

Según el artículo, Hatch era un antiguo profesor, natural de Nueva York, cuya idea fue comprar una antigua marca de vodka, popular en Rusia pero desconocida fuera de sus fronteras, y cambiarle el nombre. Quería ofrecer un artículo de primera calidad con un envoltorio atractivo, y la campaña publicitaria debía hacer hincapié en la idea de que el vodka era un tesoro del Telón de Acero todavía por descubrir. Para cuando apareció publicado el artículo, los planes de Hatch ya se habían venido abajo, sin que él apuntara las causas del fracaso.

No estaba claro todavía qué conexión podía existir entre Hatch y la madre rusa de Wally, ni si él sabía cómo localizarla. Lo único que estaba claro, pensaba Wally, era que si el artículo del *Journal* estaba entre los papeles de Brighton Beach era por algo. El siguiente paso sólo podía ser encontrar a Benjamin Hatch y preguntárselo a él. Hicieron una búsqueda en Google, pero no dio otro resultado que ese mismo artículo del *Journal*, visto lo cual Wally tomó la decisión de gastar 79,95 dólares en uno de los buscadores de personas de Internet y probar suerte. A los pocos segundos ya tenía resultados, pero, desafortunadamente, la búsqueda localizó a 183 personas llamadas Benjamin Hatch de más de treinta y cinco años (la edad que estaban buscando) y residentes en Estados Unidos, muchos de ellos tan lejos como en Hawái o Alaska.

—Demasiados Benjamines —dijo Tevin—. Quién me lo iba a decir.

Wally y Tevin se reunieron con Ella y Jake frente a la biblioteca y les mostraron la larguísima lista.

—Jopé —dijo Ella—. Pues sí que hay.

Wally sacó del bolsillo su flamante teléfono móvil.

—Según Panama, con esto puedo hablar más de mil minutos —dijo.

No bien hubo mencionado a Panama, Wally recordó que él había sido su primera referencia en relación con Brighton Beach. Dado que Panama tenía contactos con todo el mercado negro de la ciudad, o casi, Wally decidió que la próxima vez le preguntaría al respecto.

Regresaron al banco y empezaron a hacer llamadas, con el cargador del móvil enchufado en todo momento a una toma de corriente. Se turnaron en la labor, leyendo de un texto previamente escrito, como en un *prompter*. «Hola, ¿podría hablar con el señor Benjamin Hatch? Hola, señor Hatch, le llamo de parte de una amiga, Yalena Mayakova. ¿No? Dígame, ¿por casualidad ha vivido alguna vez usted en Rusia o en la Unión Soviética, o ha tenido allí intereses comerciales?»

El proceso se prolongó durante tres días, no por culpa de tantas llamadas, sino debido a las inevitables esperas, a rellamadas que alguien habría calificado de acoso, y a tener que jugar al ratón y al gato con los distintos husos horarios. La mayoría de la gente les colgaba. En un momento dado, Wally tuvo que correr hasta una tienda especializada para recargar dos mil minutos. A medida que descendía la lista de candidatos, tanto ella como el resto de la pandilla empezaron a tener la sensación de que era inútil continuar.

Al final, ni uno solo de los números o direcciones sirvió para dar con el Benjamin Hatch que buscaban.

«Mierda», había exclamado Wally cuando llegaron al último nombre de la lista. Ben Hatch Jr., de Flagstaff (Arizona), dijo que no conocía a ninguna Yalena y que no había salido nunca de Arizona, pero que en cuanto tuviera edad para conducir sería lo primero que haría.

»—Pienso ir al observatorio Sommers-Bausch de Colorado —aseguró Ben, de nueve años—. Tienen un telescopio de veinticuatro pulgadas y dejan mirar.

»—¡Caramba! —exclamó Ella—. ¿Y ahí en Flagstaff te dedicas a mirar el cielo?

»—Pues claro —dijo Ben—. Tengo un telescopio, bueno, no es tan gordo como el Sommers-Bausch, pero desde el patio veo cantidad de cosas.

»—Qué guay —dijo Ella.

Justo entonces Benjamin Hatch, padre, le cogió el teléfono a su hijo y les confirmó que tampoco conocía a ninguna Yalena ni había estado nunca en Rusia. Ben hijo le chinchó para que le dejara ponerse otra vez al teléfono, pero el padre dijo que nones y colgó. Era la última llamada después de tres días de esfuerzos, y no habían conseguido a cambio una sola pista.

Se pusieron las chaquetas y salieron del banco camino de un restaurante japonés de la calle Ochenta y seis, donde pensaban ponerse morados de fideos a cuenta del dinero de la alejandrita. Comieron sentados a la barra, prácticamente en silencio, mientras cada cual pensaba en alguna otra manera de llegar a Hatch.

Wally hizo una lista mental de personas que quizá podrían ayudarla, pero le frustró darse cuenta de que debía descartarlas a todas, cada cual por un motivo diferente. En primer lugar Claire, que era lista y tenía recursos, pero que se vendría abajo si descubría que Wally estaba buscando a su madre biológica. Después estaba la abogada de Claire, Natalie Stehn, la persona más serena y equilibrada en la vida de aquélla, y que además parecía muy enrollada. Pero Natalie vivía casi del trabajo que le proporcionaba Claire con los asuntos inmobiliarios, y todo ese dinero creaba sin duda un fuerte vínculo de lealtad. Wally se figuró que lo primero que haría Natalie sería contárselo a Claire.

La última idea que le vino a la cabeza fue, con mucho, la mejor, y le pareció tan obvia que no pudo evitar darse un manotazo en la frente. Terminó los fideos que le quedaban y se echó el macuto al hombro.

—Creo que tengo algo —dijo, y los otros tres se alegraron de dejarla marcharse sola. Después de tres días perdidos haciendo llamadas telefónicas, estaban bastante quemados.

8

Era en un tercer piso sin ascensor, justo enfrente del YMCA de la calle Noventa y dos, a la altura de Lexington Avenue. En la planta baja había varias tiendas, entre ellas una pastelería, y el agradable olor de las rosquillas subía por la escalera.

Wally llegó a la tercera planta y recorrió el pasillo hasta el final. La puerta de madera tenía un pequeño logotipo —la silueta de un oso— y debajo estas palabras impresas: ASOCIACIÓN ÚRSULA. Todo era muy discreto, nada llamaba la atención en este rincón perdido del Upper East Side. Wally dio unos toquecitos en la puerta antes de entrar al pequeño despacho, donde un hombre mayor (debía de tener ochenta años largos) vestido con traje y corbata desvió la vista de la pantalla del ordenador que había sobre una de las mesas de la oficina. La otra estaba desocupada.

—Hola —dijo. Tenía un ligero acento australiano—. ¿En qué puedo ayudarte?

—Pues... Verá, la última vez que vine hablé con una señorita —contestó Wally, poco deseosa de explicárselo todo a un desconocido—. Una mujer asiática. Creo que se llamaba Carrie...

—Sí —dijo el hombre, e hizo un gesto con la cabeza hacia el escritorio desocupado—. Carrie está haciendo un máster y estos días no sigue un horario fijo.

—Ah.

—Pero seguramente yo puedo ayudarte. Me llamo Lewis Jordan.

—Yo Wally. —Se sentó en la silla que había frente a la mesa de Lewis—. Wallis Stoneman.

Lewis tecleó el nombre en su ordenador.

—Estamos empezando a digitalizar todos nuestros archivos, ¿sabes? pero hemos comenzado por los más recientes y vamos retrocediendo. El tuyo ya debe de estar... Sí. Aquí lo tengo. Wallis Stoneman.

Lewis examinó en silencio el archivo que acababa de abrir. Wally se fijó en que, a diferencia de muchas personas mayores de sesenta, él parecía totalmente familiarizado con el ordenador.

—Veo aquí que viniste por primera vez hace casi tres años —dijo Lewis mientras seguía leyendo en el monitor—, y que la última visita fue hará dos.

—Sí, más o menos —respondió Wally, pensando de repente que no había hecho bien las cosas—. ¿Tendría que haber...

—Oh, no, no —dijo Lewis.

Tres años atrás Wally había leído un artículo sobre personas adoptadas —de todas las edades— que estaban buscando a sus padres biológicos. Una de las fuentes que mencionaba el escrito era la Asociación Úrsula, una ONG dedicada a ayudar en búsquedas particularmente difíciles. Wally había acudido a la oficina ella sola —naturalmente, sin conocimiento de Claire— a la edad de trece años y había sido atendida por una joven coreano-americana de nombre Carrie, que se ocupó de abrir un archivo a su nombre con todos sus datos. La búsqueda no había dado frutos. Durante varios meses, Wally había ido llamando a Carrie para ver si tenía novedades, pero la respuesta siempre era la misma y con el tiempo Wally dejó de llamar.

—Me temo que está todo igual —dijo Lewis Jordan—. Pero te prometo que seguiremos buscando. ¿Quizá querías añadir algún dato a tu archivo?

—Tengo un nombre —dijo Wally—. Es alguien que quizá conoció a mi madre en Rusia. Lo malo es que he intentado localizarlo de todas las formas posibles y no he podido dar con él.

—Entiendo. —Lewis meditó el asunto con una expresión de cautela en la cara—. Creo que tomaré una taza de té. ¿Negro o verde?

—Oh, gracias —contestó Wally—. Que sea negro. —Había observado un cambio de humor en Lewis y le pareció que eso no auguraba nada bueno.

Lewis calentó agua en una tetera eléctrica y luego la vertió en dos tazas junto con las bolsitas de un té que olía a tierra. Wally no le quitaba ojo de encima. El hombre parecía como triste, desamparado. Tal vez por el tipo de trabajo; sin duda la asociación debía de cosechar más fracasos que éxitos.

—Quema —dijo el hombre al pasarle una taza. Luego se sentó.

—Gracias.

—Una cosa, Wallis —empezó Lewis—. Los datos a los que tenemos acceso... quiero decir la información y todo eso... Verás, es una situación muy delicada.

Wally asintió con la cabeza. Carrie le había explicado eso mismo en términos muy ambiguos, la primera vez, pero la idea básica era que la Asociación Úrsula lograba sus propósitos mediante recursos no convencionales que iban más allá de lo habitualmente disponible, cuando no más allá de los márgenes de la ley.

—Años de experiencia nos han llevado a adoptar ciertas normas en cuanto a lo que estamos dispuestos a hacer o no, y por ellas nos regimos.

—Bien... —dijo Wally, que no perdía la esperanza.

—Te diré lo que puedo hacer en tu caso. Tú me proporcionas el nombre de la fuente, yo me ocupo de localizarla y de ver si la fuente está interesada en cooperar. Que sí, estupendo; que no, lo dejamos correr.

Wally se sintió un poquito desilusionada.

—Creo que lo entiendo —respondió—. Supongo que a veces vendrá gente inventando historias, ¿no? Dicen que quieren encontrar a alguien, pero no porque sean hijos adoptados...

—Ha ocurrido, sí —dijo Lewis—. Y las consecuencias fueron horribles. Imagínate que un peligroso criminal nos utiliza para localizar a un enemigo. O bien un marido maltratador que miente para que le ayudemos a encontrar a su esposa, que resulta que se esconde de él. Son ejemplos muy extremados, pero...

—Yo no pretendo nada parecido —contestó Wally.

—Y te creo. Pero, como he dicho, hay motivos para ser muy estrictos con las normas de la casa. —Lewis advirtió el gesto de impaciencia por parte de Wally—. Es un proceso que puede resultar frustrante.

—Sí, entiendo —dijo ella—. Sólo que a mí, en estos momentos, sus normas me parecen muy poco importantes.

Lewis hizo un gesto de aquiescencia.

—Durante la Segunda Guerra Mundial estuve en el ejército australiano. Mi novia... bien, resulta que se quedó embarazada y yo no me enteré. No supe que teníamos un hijo, un varón, hasta que volví a casa después de la guerra, pero para entonces ella lo había dado ya en adopción. El abogado que había hecho las diligencias se negó a dar más detalles, aparte del hecho de que la familia había emigrado a Estados Unidos. Todo el mundo me decía que renunciara, que me olvidara del asunto. Yo, sin embargo, decidí venir a este país en busca de mi hijo. Han pasado sesenta y dos años y todavía sigo buscándolo.

—Sesenta y dos años... —repitió Wally. Le pareció una eternidad.

—Hay documentos del gobierno a los que nunca he podido acceder, y eso que con los años he hecho muchos contactos aquí y allá. Sólo sé que su nombre está ahí en alguna parte, pero...

—Lo siento mucho.

Lewis asintió con la cabeza.

—Perder a mi hijo ha sido la gran pena de mi vida, Wallis. Quiero decir que entiendo tu frustración y tu tristeza. Pero después de ocuparme de millares de casos aquí en la asociación, he aprendido algo. Hay cosas peores que no saber. Hallar respuesta a tu pregunta quizá te parezca la cosa más importante del mundo, pero no lo es. Si pones esa búsqueda por delante de todo lo demás, hija, acabarás lamentándolo.

—Buen discurso —dijo Wally, después de meditar las palabras del hombre—. ¿Le hacen caso alguna vez?

—No —contestó Lewis, sonriendo ante la bravura de Wally—. El que viene aquí es porque está empeñado en encontrar una respuesta.

—Como yo —dijo Wally.

—Así es. Como tú.

—Lo haré por mi cuenta —dijo Wally, afianzándose en esa idea—, pero yo no soy detective ni nada parecido. Esos recursos de que hablaba, ¿no podría usted echarme una manita?

—Me temo que no, Wallis —respondió él con firmeza, pero comprendiendo su insistencia—. La situación es la siguiente: durante mucho tiempo (va para medio siglo) hemos ayudado a una gran cantidad de personas de toda condición. Gente de todo tipo de oficios, de todos los sectores de la sociedad. Somos una organización sin ánimo de lucro y no aceptamos honorarios. Sin embargo, muchas de las personas a las que hemos ayudado se ofrecen para contribuir por otras vías.

—Ah —dijo Wally—, o sea que sus clientes se convierten en fuente de información...

—Exacto. Tenemos socios entre las fuerzas del orden, en el gobierno, en el departamento de Estado, en la judicatura. Agencias de inteligencia en diversos países. También hay gente en el sector comercial que, gracias a todo eso de las redes sociales y la extracción de datos, tiene acceso a más información privada que todos los demás juntos. La gente que nos ayuda corre riesgos, viola leyes, juramentos y contratos para colaborar en nuestras búsquedas.

—Ya veo.

—Garantizamos pleno anonimato a todas nuestras fuentes, eso por descontado. En realidad, es como si fueran de la familia, ¿me entiendes?

Wally ya no tenía margen de acción, y una vez más hubo de poner freno a su frustración; quería mostrarle a Lewis que no se dejaba vencer por ese contratiempo. Sacó un papel y escribió el nombre de Benjamin Hatch, seguido de «Empresario. Posiblemente conoció a Yalena Mayakova en Rusia hacia el año 1992».

—De todos modos —dijo, pasándole la nota a Lewis—, podría añadir esto a mi archivo, no sea que surja algo nuevo que pueda tener alguna relación.

Lewis leyó la nota.

—Haré lo que esté en mi mano, Wallis. Y revisaré tu

archivo, por si hay algún dato que se pueda actualizar. No dejaremos de buscar, descuida.

—Y yo tampoco —respondió Wally. Se levantó para ir hacia la puerta y Lewis hizo lo propio. Después de despedirse, él permaneció en el umbral y Wally, tras dar unos pasos, se volvió y le dijo—: Siento lo de su hijo, señor Jordan, de verdad.

Lewis se encogió de hombros.

—Sigue adelante, Wallis. Decide cómo quieres vivir. No te consumas buscando.

Wally sonrió, un poco triste, comprendiendo en cierto modo que el de Lewis era un buen consejo, pero lamentando también el poco caso que iba a hacerle.

Enfiló el pasillo hasta la escalera y bajó a la calle. Se disponía a dejar Lexington Avenue y torcer por la Noventa y dos cuando se le ocurrió mirar hacia el edificio del que acababa de salir. Arriba, enmarcado por una ventana, estaba Lewis Jordan, taza de té en mano, viéndola partir. Agitaron la mano a modo de despedida final y Wally se encaminó hacia la parada del autobús.

Aquella noche, el sonido de móvil vibrando contra el suelo de la pasarela despertó a Wallis. La pantalla del teléfono mostraba este mensaje: «Número desconocido.»

—¿Diga?

—Hola. ¿Sabías que santa Úrsula es la patrona de los huérfanos? —Era Lewis Jordan.

—No lo sabía, no.

—Pues me parece que vela por ti —dijo Lewis.

Wally pensó: «Bienvenida al club.»

—Qué bien —replicó—. Toda ayuda es poca.

—No debería contarte esto, Wally, pero he pensado que ateniéndome a las normas de la casa durante cincuenta años no he conseguido un solo avance en la búsqueda de mi hijo. Sigo estando a dos velas...

—Lo siento de veras, Lewis. —Wally le notó un deje de tristeza y de frustración en la voz, y comprendió que el hombre se enfrentaba a un gran dilema. Guardó silencio, confiando en que Lewis se pusiera de su lado.

—El Benjamin Hatch al que estás buscando murió hace tres años en un accidente de tráfico —dijo Lewis.

El desconsuelo de Wally no pudo ser más grande; con él desaparecía la mejor pista para encontrar a Yalena.

—Dejó dos hijos varones de un anterior matrimonio —siguió diciendo Lewis—. Robert y Andrew. La madre murió de un cáncer de ovarios cuando ellos eran pequeños. Actualmente viven juntos en la que fuera su casa paterna. No está muy lejos. He intentado contactar con ellos, pero como no me devolvían las llamadas... —Lewis carraspeó—. Según las normas de la asociación, no debería haberte dicho nada de todo esto.

—Muchísimas gracias —dijo Wally, no sólo agradecida, sino animada por la posibilidad de tener una buena pista que seguir al día siguiente—. Le prometo que no se arrepentirá.

Wally sacó papel y bolígrafo de su macuto y Lewis le dictó la dirección y el teléfono de los Hatch. La casa estaba en un lugar llamado Shelter Island.

9

Wally marcó el número (había puesto el móvil en manos libres para que los demás pudieran escuchar) y, al sexto tono de llamada, se disponía ya a colgar cuando alguien contestó.

—¿Sí? —dijo una voz de hombre.

—Hola. ¿Es la casa de los Hatch? Necesitaba ponerme en contacto con Andrew o Robert Hatch.

—Yo soy Andrew. —La voz sonaba impaciente.

—Señor Hatch, soy Wallis Stoneman, hija de una mujer que se llama Yalena Mayakova. ¿Le dice a usted algo ese nombre?

Tras un breve silencio, el hombre respondió:

—No.

—¿Está completamente seguro? La mujer es rusa. Si no me equivoco, tuvo algún tipo de relación con su padre, quizás en la época en que él estuvo allí por cuestión de negocios...

Esta vez el silencio al otro extremo de la línea fue mucho más largo.

—Murió.

—¿Su padre? Sí, ya lo sé... Siento mucho que eso ocurriera —tartamudeó Wally presa del pánico, al presentir que Andrew Hatch estaba a punto de colgar el teléfono—. Verá, sólo trato de localizar a Yalena; confiaba en que usted hubiera oído hablar a su padre de ella...

—No sabemos nada de Rusia. No tenemos nada que ver con su empresa ni con nadie de Emerson.

—Entiendo, pero si hubiera algo que...

—Es todo lo que tengo que decirle. —El hombre colgó.

Wally y los demás se quedaron callados, hasta que Jake dijo:

—Ese tío sabe mucho más de lo está dispuesto a decir.

—Qué listo —replicó Ella—. ¿Y qué será eso de Emerson que ha dicho al final? Que no tenían nada que ver con nadie de Emerson.

—Ni idea —contestó Wally, sintiendo el subidón de estar ante una nueva pista—. En el artículo sobre Hatch no salía ese nombre, Emerson.

—Hay que ir a ver a ese tío y a su hermano —dijo Tevin.

—Desde luego —dijo Wally.

Al día siguiente se pusieron en marcha temprano. Tomaron la línea J hasta el final del recorrido —Jamaica—, y allí empalmaron con el ferrocarril de Long Island para ir hacia el este. Las dos horas de viaje hasta la estación de Greenport los dejarían a escasa distancia del transbordador que iba a Shelter Island, donde estaba la casa de los Hatch. El vagón iba casi vacío, de modo que los cuatro pudieron ocupar asiento de ventanilla.

Wally conocía la zona de los Hamptons, había ido allí de vacaciones varios años con su familia de adopción, pero para los otros fue todo un descubrimiento: el mar, las fincas en primera línea de playa, las enormes mansiones. Jake, Ella y Tevin no paraban quietos, ahora a las ventanillas de la derecha, ahora a las de la izquierda, señalando las casas, más y más ostentosas a medida que avanzaban.

Ella fue a sentarse al lado de Wally.

—¿Tú has estado alguna vez en una casa así? —le preguntó.

Wally miró por la ventanilla y vio un edificio descomunal a pie de playa; al menos tenía cincuenta habitaciones.

—Tan grande quizá no.

—Dentro debe de ser una pasada de bonita, ¿no?

—Seguro que sí. Pero ¿a que en el techo del dormitorio no tienen un mosaico con la guerra de Troya?

—Lo que se pierden... —concedió Ella. Y luego se quedó un rato callada—. Además —continuó—, para tener un hogar no hace falta tanto espacio. Con un poquito basta.

—Claro.

—Oye, quizá podríamos hacer algo de eso...

—¿De qué?

—Pues montarnos una casa propia —dijo Ella, haciendo un gesto para indicar que era una idea cogida al vuelo, como quitándole importancia. Pero a Wally no se le escapó que Ella había meditado seriamente esa idea—. Nada del otro mundo. Simplemente un sitio donde pagáramos alquiler, en plan oficial.

Ella continuó mirando hacia el exterior, fingiendo que no estaba pendiente de la reacción de Wally.

—Sí, bueno —dijo Wally, desprevenida, sintiendo un misterioso cosquilleo de resistencia en la boca del estómago—. Podríamos hablarlo, por qué no.

—Si consiguiéramos trabajo se podría hacer. Vi que en Starbuck's te enseñan los trucos del oficio, preparar el café con leche, el capuccino y todo eso. Yo creo que sería capaz de aprender.

—Naturalmente que sí.

Ella asintió con la cabeza, sin más. Wally se dio cuenta de que la había decepcionado al no sumarse a la iniciativa, pero no supo qué más decir. Su vida parecía estar inmersa en una especie de caos; no quería decirle ninguna mentira a Ella. Se sintió triste por no poder ofrecer nada más. Obedeciendo a un impulso, le tomó la mano y entrelazó los dedos con los de su amiga, pero ya no volvieron a hablar durante el resto del viaje.

Era la una de la tarde cuando se apearon los cuatro del tren en Greenport, la pequeña estación que era final de trayecto de aquella línea de tren. Era un día soleado pero fresco, pues de la parte del mar soplaba una brisa helada. Wally había mirado los horarios del transbordador en Internet —zarpaba uno cada media hora aproximadamente, desde las seis de la mañana hasta las doce de la noche— y comprobó que habían llegado en el momento justo. El muelle estaba a sólo doscientos metros de la estación, y aparentemente había un barco a punto de zarpar.

Wally entró a toda prisa en una tienda de regalos, compró un buen mapa de Shelter Island y se reunió con los otros en el muelle. No había más pasajeros esperando y solamente un coche, un viejo y destartalado taxi Mercedes con una inscripción descolorida en la puerta —FANTASY ISLAND TAXI—, y una pequeña bailarina de hula-hoop colgando del espejo retrovisor. Wally, Tevin, Ella y Jake subieron a bordo mientras el barquero llamaba a la tripulación, y el taxi avanzó por la rampa hasta la zona de vehículos. Zarparon tras un toque de sirena. La pandilla se congregó en la proa. Tevin sonreía de oreja a oreja mientras el barco iniciaba la breve travesía de la bahía.

—Es la primera vez —les confesó.

—Lo mismo digo —terció Ella—. ¿Tú crees que nos va a dar mareo y acabaremos vomitando? —Por su expresión jovial, no parecía que eso le preocupara.

Wally se sintió bien al verlos tan contentos. Estaba ansiosa por lo que pudiera pasar en la isla, pero compartir con sus amigos un simple viaje en transbordador justificaba casi por sí solo la aventura.

El taxista salió del coche para fumar. Era un joven de la zona, tendría unos veinte años, con el pelo rizado de color naranja y un raído jersey de marinero debajo de un chaleco acolchado. Debía de estar en su elemento, porque se le veía relajado y seguro de sí mismo. Después de observar un momento a la pandilla mientras fumaba, se dirigió a Wally.

—Necesitáis un taxi —dijo. No era una pregunta.

Wally se lo quedó mirando un momento y luego asintió. El taxista asintió también y se recostó contra el capó del coche, contemplando el perfil de Shelter Island cada vez más cerca. En el pequeño puerto había al menos una docena de veleros, pero todos ellos parecían tener las escotillas cerradas; seguramente nadie los iba a utilizar hasta al cabo de seis o siete meses. Llegaron enseguida al muelle y la pandilla montó en el asiento trasero del Mercedes.

—¿Adónde vamos? —dijo el joven taxista.

—¿Sabes dónde está Crichton Road? —preguntó Wally.

El taxista respondió que sí y enfiló Ferry Road para ir hacia el noreste de la isla. Atravesaron una pequeña zona comercial donde había un colmado, una tienda de vídeos, una gasolinera y dos restaurantes. Todo estaba muy tranquilo. Wally iba mirando en el mapa la ruta que seguían para familiarizarse con la isla y ubicar la zona donde se encontraba la casa de los Hatch.

—¿Vives aquí, en la isla? —preguntó Tevin.

—¿Yo? —dijo el taxista—. Qué va. Mi abuela. Yo vengo varios días a la semana para acompañarla a hacer la compra. Ya no la dejan conducir.

—Esto es bastante tranquilo —comentó Ella.

—Durante nueve meses al año, pero en verano se pone hasta los topes.

—¿Conoces a...?

—¿A los hermanos Hatch? —la interrumpió él—. No mucho. Van muy a su aire.

Wally notó una pequeña descarga de adrenalina en su organismo. Quién podía imaginar que el taxista estaría al corriente de que la pandilla iba a casa de los Hatch. Wally le miró con recelo por el espejo retrovisor, y el taxista se dio cuenta.

—Crichton es una calle pequeña —dijo él—. Sólo hay siete u ocho casas. Los únicos que viven allí todo el año son los Hatch.

—Ah.

Después de una travesía de menos de cinco kilómetros, sin pasar nunca de sesenta por hora, llegaron a una intersección. Al lado del rótulo de Crichton Road había un segundo rótulo que señalaba en la dirección contraria: RESERVA DE MASHOMACK. Wally consultó el mapa y vio que la reserva ocupaba una amplia extensión de terreno; parecía que todas las casas del lado oriental de la calle lindaban con la reserva. Esa parte de la isla era una zona especialmente privada.

El taxista torció por Crichton y siguió unos cincuenta metros más hasta detenerse en el lado derecho de la calle.

—Es ahí —dijo el taxista.

Wally y la pandilla contemplaron la casa, un edificio de dos plantas con desván y tejado a dos aguas. Estaba un poco apartada de la calle y debía de tener al menos cinco habitaciones. En un costado había un garaje como para tres coches; en la parte de atrás se veía un cobertizo. Todo estaba muy bien cuidado, aunque la casa en sí parecía necesitada de mantenimiento, pues faltaban algunas tejas y alrededor de las ventanas la pintura estaba en bastante mal estado. Por detrás, la finca daba a un trecho de bosque —la margen occidental de la reserva—, tal como Wally había observado en el mapa.

El taxista debió de notar que Wally y la pandilla no acababan de decidirse. La casa estaba completamente a oscuras.

—¿Los Hatch no saben que veníais? —dijo.

—No exactamente —respondió Wally. No era la situación que ella esperaba, desde luego, pero ahora no iba a volverse atrás.

—Puedo esperar aquí —dijo el taxista—. A lo mejor ni siquiera están en casa.

—Da igual, gracias —dijo Wally—. Es que quizá tardaremos un rato. Tu empresa es Fantasy Island, ¿verdad? Llamaremos si nos hace falta un taxi para regresar al muelle.

El taxista se encogió de hombros y le pasó una tarjeta de la compañía.

—Como quieras —dijo.

Wally pagó la carrera y se apearon del coche. El taxista hizo una maniobra en tres movimientos y volvió por donde habían venido.

Wally y los otros contemplaron la casa.

—Quizá tenía razón —dijo Tevin—. No parece que haya nadie.

Entraron por la verja, cubrieron los quince metros de césped cuesta arriba hasta llegar al porche delantero de la casa y luego subieron media docena de escalones hasta la puerta principal. Wally llamó al timbre. Oyeron cómo resonaba en el interior. No acudió nadie, y daba la sensación de que la casa estaba desierta.

—Maldita sea —exclamó Wally.

Fueron por el porche —que daba toda la vuelta a la casa— hasta la parte de atrás y se asomaron a las ventanas de los cuartos traseros. El mobiliario era escaso. Al lado de la cocina había una zona familiar con una mesa de comedor antigua y un sofá encarado a un televisor. Al lado había una estufa de leña, dentro de la cual se veía apenas un fulgor de brasa. Aparte de esto, ninguna otra señal de que hubiera alguien en casa.

Wally trató de abrir una puertaventana, pero vio que estaba cerrada con llave. Siguió probando suerte en otros puntos de la casa hasta descubrir que la ventana que daba sobre el fregadero no estaba cerrada.

—¿Es que vamos a entrar? —preguntó Jake.

—Sólo yo —dijo Wally, que ya estaba mentalizada para ejercer de comando especial. Tenía cosas que hacer dentro de la casa y no quería estar pendiente de la pandilla mientras rondaba por allí.

—Entonces, ¿para qué demonios hemos venido? —le espetó Jake.

—Ya lo sé, perdona, pero si las cosas van mal necesitaré que estéis fuera para ayudarme a salir. Montad guardia y avisadme si aparece alguien, ¿vale? Dais unos golpes en la puerta de atrás o lo que sea, y así me enteraré.

A Jake no se le pasó el enfado, pero el planteamiento de Wally era bastante razonable. Wally le pasó el macuto a Ella y empujó la ventana del fregadero. Izándose a pulso, se coló por el hueco y luego se apoyó en el canto del fregadero y se deslizó poco a poco hasta quedar en cuclillas sobre la encimera. Al saltar al suelo, el ruido de sus botas resonó por toda la casa. Wally se descalzó, dejó las botas junto a la encimera e inició en calcetines su silenciosa búsqueda.

Al igual que el exterior de la casa, el interior estaba limpio pero bastante destartalado. Wally abrió una puerta y pasó al salón, donde hacía mucho más frío que en la cocina. Evidentemente, no había otra fuente de calor en la casa más que la estufa de leña, de modo que habían dejado las puertas cerradas para conservar caldeada la zona de estar. En el salón no había un solo mueble, y Wally tuvo la impresión de que los hermanos Hatch habían ido vendiendo todo el mobiliario de la casa, pieza por pieza.

Volvió a la cocina y empezó a mirar en los armarios. Había comida suficiente para una buena temporada, pero sólo de dos clases: cosas básicas como arroz y copos de avena en paquetes grandes y diversos alimentos que seguramente habían recolectado en la zona: mermeladas, hortalizas. Wally empezaba a pensar que los Hatch eran casi indigentes y que ahorraban todo lo posible con la idea de no renunciar a la casa paterna.

Junto a la cocina halló una estrecha escalera de servicio. Subió al piso de arriba y se encontró un pasillo largo que ocupaba todo el ancho de la casa, con puertas que daban a seis habitaciones, entre las cuales dos dormitorios grandes, uno en cada lado de la casa. Estas dos piezas eran las únicas que tenían muebles: había una cama —nada más que un simple colchón sobre una plataforma improvisada— y mesitas auxiliares con lámpara. En el armario ropero había una escasa pero práctica selección de prendas masculinas.

Se disponía a salir del segundo dormitorio cuando oyó un ruido seco, algo que golpeaba la ventana. Tuvo que sofocar un grito. Asustada, se asomó a la ventana y tardó un poco en localizar a la pandilla: estaban agachados junto a la cerca que rodeaba la propiedad, como a una docena de metros de la casa. En los rostros de los tres había una idéntica expresión de alarma. De repente, Wally oyó que una puerta se cerraba abajo, y luego ruido de pasos —¿dos pares de botas?— recorriendo la primera planta de la casa. Wally volvió a mirar hacia fuera y Tevin levantó dos dedos para darle a entender que había dos personas abajo, y acto seguido juntó dos dedos estirados formando un «cañón» para indicar un arma de fuego.

¡Horror! Por lo visto los hermanos Hatch estaban en casa y, a saber por qué, iban armados. ¿Les habrían avisado de que alguien había forzado la entrada? Wally se sintió muy inquieta, pero hizo señas a los otros de que se quedaran donde estaban. Se le ocurrió llamar a la policía, pensando que acabar en comisaría sería preferible a que le pegaran un tiro tomándola por ladrona, pero recordó que el móvil estaba dentro del macuto, y que el macuto lo tenía Ella.

Entonces se acordó de las botas. Las había dejado cerca de la ventana del fregadero, en la cocina. ¿Había cerrado la ventana después de entrar? No conseguía recordarlo.

Se le ocurrieron muchas cosas a la vez. Por ejemplo, dar voces diciendo que se rendía; hacerles saber a los hermanos que estaba allí y pedir disculpas, explicando que sólo trataba de encontrar a su madre rusa y que al ver que no había nadie había decidido entrar... No. Imposible. Si les daba un susto, se arriesgaba a que le dispararan; pero, aun así, se enfadarían tanto con ella por violar su intimidad que no querrían ayudarla a buscar a Yalena. Por el momento, los hermanos Hatch eran su única pista decente.

Oyó pasos —sólo una persona, hombre, corpulento, avanzando con cautela— en la escalera principal, subiendo hacia donde ella se encontraba. Wally se alejó corriendo en calcetines por el pasillo, camino de la escalera de atrás, la que había utilizado para subir. A pesar de que no hacía ruido con los pies, las viejísimas tablas del suelo crujieron ligeramente a su paso; las pisadas en la escalera se detuvieron de golpe. Silencio. Wally se quedó quieta, paralizada. El hombre —fuera quien fuese— no se movió durante al menos diez segundos, tal vez a la escucha, pero luego continuó subiendo. Wally recorrió el último tramo de pasillo hasta llegar a la estrecha escalera, empezó a bajar a toda prisa, y al llegar abajo se detuvo.

Seguía habiendo dos personas moviéndose por la casa; el del piso de arriba parecía, por sus paradas y cambios de dirección, estar registrando todas las habitaciones; el otro seguía en la planta baja y se movía despacio, abriendo armarios, mirando en todos los rincones. Wally, desde su escondite al pie de la escalera de atrás, alcanzó a ver sus botas, las de ella, donde las había dejado, en el suelo de la cocina; comprendió que habían quedado medio escondidas, sin ella pretenderlo, y que no eran fáciles de ver a menos que alguien las estuviera buscando. Vio también que sí había cerrado la ventana del fregadero. Pero, entonces, ¿qué era lo que había alertado a los Hatch sobre la presencia de alguien en la casa? ¿Por qué estaban buscando a un intruso?

Tenía que salir pitando de allí. Dejó atrás la escalera de servicio y se coló con sigilo en la cocina, caminando muy despacio por el linóleum hacia donde estaban sus botas. De pronto, el sonido de los pasos en la planta baja cambió de dirección y pareció dirigirse hacia la cocina. Wally giró en redondo, corrió de nuevo hacia la escalera y consiguió guarecerse debajo en el momento justo en que el hombre ponía el pie en la cocina.

Wally le oyó detenerse y merodear por allí. Oyó también el chirrido de uno de los armaritos al abrirse la puerta. Decidió arriesgarse a mirar y pudo ver al hombre de espaldas. Tenía el pelo oscuro, era de estatura normal pero muy fornido. Pelo canoso y corto, vaqueros, cazadora negra de piel... y en la mano una pistola que Wally supo reconocer gracias a las clases sobre manejo de armas a las que su padre adoptivo, Jason, había insistido en que asistiera: era una automática calibre 45.

Mientras lo veía registrar los armaritos de la cocina, Wally comprendió que aquél no era uno de los hermanos Hatch, sino un intruso igual que ella. Pero, entonces, si no la buscaban a ella, ¿qué era lo que estaban buscando?

El hombre continuó su quehacer hasta que, de repente, algo le llamó la atención, algo en lo que Wally no se había fijado antes. En la zona de comedor, claveteadas a una pared por lo demás vacía, había una colección de fotos, viejas imágenes en blanco y negro que los años habían amarilleado.

Vio que el hombre se fijaba sobre todo en dos de las fotos. En una se veía una pequeña barca de remo varada en la playa, al borde de un mar oscuro. En la segunda se veía a una pareja joven con... ¿no era un niño pequeño lo que había entre ambos? Estaban los tres delante de una especie de alquería rústica. El intruso arrancó de la pared la segunda foto, la de la pareja con la criatura, y volvió a mirarla detenidamente.

—Yalena —dijo en voz alta, con acento eslavo.

A Wally le dio un vuelco el corazón. Aquel desconocido acababa de pronunciar el nombre de su madre.

En ese momento sonó el timbre de la puerta (la casa vacía se convirtió en una enorme caja de resonancia) y el hombre volvió la cabeza hacia la parte delantera del edificio, permitiendo así que Wally le viese la cara, de perfil. Se le hizo un nudo en la garganta. El hombre había envejecido, estaba un poco demacrado, y ya no llevaba el pelo a lo años ochenta ni las patillas, pero a Wally no le cupo la menor duda. Era el hombre cuya foto estaba entre los papeles de Brighton Beach: «Este hombre es muy peligroso —había escrito Yalena en el reverso de la foto—. Si lo vieras, echa a correr.» Lo que le había causado inquietud al ver la foto era ahora evidente, pero en grado extremo; aquel hombre irradiaba una sensación de peligro, irradiaba violencia, y el arma que empuñaba no hacía sino acrecentar esa sensación. El hombre se metió la fotografía en el bolsillo

—*Gost!* —gritó el hombre en ruso. «Visitas», entendió Wally.

Comprobó, horrorizada, que los pasos del que estaba arriba se dirigían hacia la escalera de atrás —la misma bajo la cual estaba ella escondida— y empezaban a descender. Hacia Wally.

No sabía qué hacer. Cuando el de arriba estaba a media escalera, el de la cocina empezó a andar hacia la puerta que daba al recibidor y la entrada principal. Wally vio que se guardaba la pistola en la espalda, miraba hacia la puerta y salía de la cocina para comprobar quién llamaba. Viendo el campo libre, Wally salió a toda prisa de donde estaba y se lanzó hacia la izquierda, al hueco entre la escalera y el frigorífico, donde había viejas escobas y utensilios de limpieza. El segundo hombre llegó al pie de la escalera de servicio y pasó a menos de dos palmos de donde estaba Wally, que contenía el aliento, encogida como estaba para no ser vista. Por suerte, el hombre no reparó en su presencia.

Este segundo intruso era muy joven —Wally le echaba menos de veinte años—, más alto y más flaco que el otro, con una melena negra hasta los hombros. Empuñaba en su mano derecha una automática calibre 9 milímetros. El joven siguió la estela del otro y salió de la cocina en dirección al recibidor. Tan pronto como se perdió de vista, Wally atravesó corriendo la cocina —para no hacer ruido, se deslizó sobre los calcetines como si patinara—, llegó a la encimera, agarró las botas sin detenerse y se escabulló por una de las puertaventanas que había al fondo. Antes de ir hacia la parte posterior de la finca, se cuidó de cerrarla bien otra vez.

Justo entonces oyó un silbido procedente del cercado, más o menos allí donde había visto agazaparse a la pandilla. Sí, estaban aún allí, y le hacían señas de que se diera prisa. Wally atravesó el patio, saltó la cerca tirándose en plancha y aterrizó en las matas del otro lado.

—¿Estás bien? —le preguntó Ella, aterrorizada.

—Sí, sí —respondió Wally, jadeante pero respirando aliviada—. ¿Habéis llamado vosotros a la puerta?

—Sí —respondió Jake—. El viejo truco del timbrazo y la carrera. Para distraerlos un poco.

—Lo sentimos mucho, Wally —dijo Tevin—. Esos tíos se han colado por la otra parte de la casa. No los hemos visto hasta que estaban en la puerta de atrás.

—No pasa nada —dijo Wally—. Lo habéis hecho muy bien. Pero larguémonos de aquí cuanto antes.

Se metieron por unos matorrales hasta el patio de la finca vecina, aguardaron un poco y después salieron directamente a la calle, a Crichton Road. Wally recuperó el macuto que Ella le había guardado y se disponía ya a sacar el móvil cuando vieron que el taxi de Fantasy Island enfilaba la calle y frenaba para aparcar frente a la casa de los Hatch. Wally salió a la calzada e hizo señas al taxista, y éste aceleró y se detuvo delante de la casa de al lado, donde estaban ellos. Les indicó por gestos que montaran, así lo hicieron los cuatro, y el taxista arrancó.

—Se me ha ocurrido pasar por aquí, no fuera que os hiciese falta un taxi —dijo, mirándolos por el retrovisor y dándose cuenta de que estaban los cuatro sin aliento y con cara de susto—. ¿Qué tal ha ido la visita?

El taxi los dejó en el puerto deportivo de Shelter Island. Wally le dio las gracias al apacible taxista y una generosa propina.

—¡Uau! —exclamó el chico al ver los cincuenta pavos de más—. ¿No te has equivocado? Sólo han sido unos kilómetros de nada.

—Tranquilo. Gracias por todo.

El taxista se encogió de hombros y guardó la propina.

—Ya tienes mi tarjeta —dijo, con una sonrisa encantadora, y arrancó.

Pocos minutos más tarde Wally y la pandilla se encontraban de nuevo en la proa del transbordador, esta vez con el viento helado a la espalda, contemplando las olas y esperando a que se les calmara el pulso.

—Era él, ¿verdad? —La primera en hablar fue Ella—. Uno de esos dos tipos era el de la foto. Creo.

—Sí —dijo Tevin—. Yo he podido verle bien. Era el mismo.

—La está buscando —dijo muy convencida Wally, recordando el tono de alivio en la voz del hombre cuando había visto la foto en casa de los Hatch y había pronunciado el nombre («Yalena») antes de arrancar la foto de la pared y metérsela en el bolsillo. ¿Y qué hacía una vieja fotografía de su madre rusa pegada en la pared de la casa? Todo parecía estar relacionado: Yalena, los Hatch, los dos intrusos.

»Están buscando a Yalena —repitió.

—Y siguen las mismas pistas que tú —dijo Jake.

—Así es —respondió Wally, con una creciente sensación de apremio—. Tengo que encontrarla yo antes.

10

Las farolas de Centre Street estaban empezando a encenderse cuando Atley Greer aparcó el coche y entró en el pub Bergin's. Buscó una mesa al fondo y pidió una cerveza para ir tomando mientras echaba un vistazo al expediente de Wallis Stoneman. Esperando a que llegara la bebida, echó un vistazo a su buzón de voz; había dos mensajes, uno de su lugarteniente y otro del jefe de turno. A ambos les extrañaba que no hubiera conseguido nada sobre el asesinato de Sophia Manetti pese a las horas que estaba dedicando al caso. Sólo había otro mensaje y ya lo había escuchado antes: el de su gran amigo Bill Horst, agente especial del FBI, sección Manhattan.

«Qué tal, Atley —decía la voz de Bill—. Tengo algo que podría interesarte. Estaré en Bergin's a eso de las cinco.»

El inspector borró los mensajes del buzón y miró su reloj. Tenía unos quince minutos por delante.

Llegó la pinta de Stella bien fría que había pedido. Atley tomó un largo sorbo —cansado de todo un día de trabajo— antes de abrir el expediente de Wallis, y enseguida se dio cuenta de que la lectura iba a ser interesante.

La colección de documentos abarcaba los dos o tres

últimos años, es decir, cuando Wallis Stoneman empezó a emanciparse para terminar en la calle. Había, naturalmente, absentismo escolar, así como varias comparecencias ante el tribunal de menores, casi todo asuntos de poca monta: un par de hurtos en comercios, un cargo por oponer resistencia a la autoridad al ser detenida en compañía de varios amigos en el East Village a las tres de la mañana. Por motivos disciplinarios, Wallis fue expulsada de Harpswell y de otros institutos privados.

Según los informes, Wallis había entablado relación con un tal Nick Pierce y con la recién fallecida Sophia Manetti. Nick era sólo un año mayor que Wallis, pero tenía un largo historial delictivo, incluidas dos acusaciones por drogas. Al parecer, Nick y Wallis ya no mantenían contacto. El expediente no mencionaba nada más en relación con Sophia Manetti.

Buena parte de los problemas de Wallis Stoneman, sostenían los papeles, tenía que ver con el hecho de ser hija adoptada, detalle que no había salido a la luz durante la entrevista con Claire Stoneman. Atley tenía amigos que habían pasado por una experiencia similar. Cuando el hijo adoptado llega a la adolescencia, la rebeldía normal en esa edad suele exacerbarse, como si de pronto un día se despertara viviendo en casa de unos desconocidos. En general, parecía que la madre, Claire, había hecho todo lo posible por salvar la situación —entre otras cosas, se mencionaban visitas a diferentes psicoterapeutas—, pero con resultados desiguales.

Según el expediente, Wallis habría recibido más de una advertencia por parte de la asistente social asignada a su caso. En un intento de ayudar a la niña a canalizar sus emociones y aprender disciplina, Claire Stoneman había apuntado a Wallis a un programa de artes marciales en un reputado *dojo*. La chica había aguantado allí dos años,

Al iniciar dichos cursos, Wallis tenía doce años y era una muchacha huraña y retadora. Transcurridos dos años de clases de alto nivel seguía siendo una muchacha huraña y retadora, sólo que ahora conocía cincuenta maneras distintas de dejar a un hombre tullido. Por si fuera poco, el ex marido de la madre, Jason Stoneman, poseía licencia de armas y por razones de seguridad había instruido a Wallis en el manejo de diversas armas de fuego.

«Fabuloso —pensó Atley—. Qué padres tan estupendos.» Los señores Stoneman habían convertido a su hija en una especie de bola de demolición humana que, a estas horas, campaba por las calles de Nueva York sin nadie que le echara el lazo. Desde hacía un año existía una orden de vigilancia contra ella, pero en todo ese tiempo no la habían cazado ni una sola vez.

Atley terminó el expediente, y la cerveza, justo cuando llegaba Bill Horst.

—Hermano Atley —dijo Bill con una sonrisa, mientras tomaba asiento y pedía dos Stellas más a la camarera.

Bill había sido compañero de clase de Atley en la academia de policía, casi veinte años atrás. Una vez, durante una pausa entre clases, dos agentes del FBI se habían llevado a Bill, presumiblemente para adiestrarlo ante una misión clandestina para la que se requería un rostro nuevo, sin historial en el cuerpo. Atley nunca llegó a saber por qué los federales habían elegido a Bill —un novicio—, ni en qué había consistido la misión. Su amigo estuvo fuera de la circulación durante casi diez años, al cabo de los cuales reapareció en la ciudad como agente de a pie en el cuartel general del FBI de Manhattan.

—¿Qué tienes para mí? —preguntó Atley.

Llegaron las cervezas. Bill dio las gracias a la camarera con un gesto de cabeza y esperó a que se alejara.

—¿Has difundido una orden general de búsqueda para una chica del Upper West?

—Sí —dijo Atley, sorprendido. Era cierto lo de esa orden, pero en teoría su ámbito era estrictamente local. No entendía cómo una adolescente de dieciséis años podía tener el menor interés para el FBI—. Se llama Wallis Stoneman. Vive en la calle.

—¿Delincuente?

—No —respondió Atley—. Testigo, si todo va bien. Fuente, a lo mejor. ¿Cómo te has enterado tú de esto?

—¿Lo preguntas en serio? Los de la oficina de Manhattan somos grandes admiradores de tu trabajo —dijo Bill—. Hasta tenemos un tablón de anuncios donde llevamos cuenta de los casos en los que trabajas.

—Que te den.

Bill sonrió.

—Ayer hubo un doble homicidio en la costa. ¿Conoces Shelter Island?

—De oídas, pero no he estado nunca.

—Las víctimas... —Bill hizo una pausa, sin duda calibrando hasta qué punto debía revelar información a alguien que no era federal—. Está bien, verás, teníamos a un tipo en la lista de vigilancia; primero él solo, pero luego añadimos también a sus dos hijos. Benjamin Hatch, se llamaba; los hijos, Andrew y Robert. ¿Te suenan de algo?

—No, de nada. —Atley seguía sin ver cómo encajaba Wallis en una investigación del FBI.

—En fin —continuó Bill Horst—. Ese tal Hatch... tenía un negocio de importación. Hace unos años el FBI se enteró de que el tipo esquivaba las normas aduaneras. Acabamos anotando su nombre y el de sus dos hijos en una lista de vigilancia, por si las moscas; ya sabes que a los de Seguridad Interna les pone un montón todo lo que sea actividad comercial en ultramar. Pasan los años y nada, ningún misterio aduanero por parte de Hatch o de sus hijos.

—¿Cuántos años?

—Diez o más. Hatch la palmó hace cosa de tres. Por lo que respecta a los hijos, nunca más se supo... hasta ayer. Parece ser que habían salido a hacer unos recados y al llegar a casa se toparon con unos visitantes inesperados. Quienquiera que fuese, se aplicó a fondo. Andrew y Robert muertos; muy muertos, mucha sangre. La poli de la isla buscó los nombres de los Hatch en la base de datos y, zas, aparece una lucecita que los conecta con nosotros, porque todavía constan en nuestra lista. De modo que fuimos a la isla para que se viera que estábamos por la labor.

—¿Averiguaste algo?

—No que nos incumba. A primera vista, es sólo un homicidio. Hemos dejado el caso a los polizontes locales.

—Bueno, ¿y...? —dijo Atley, todavía a la espera de saber qué tenía que ver todo eso con Wallis Stoneman.

Bill sacó su *smartphone* y se puso a buscar entre los archivos. Cuando hubo encontrado lo que quería, pulsó *play* y le pasó el aparato a Atley. Era un vídeo, en color y con la imagen muy nítida, filmado desde arriba con una cámara de seguridad en lo que parecía el andén de una estación. Se veía a cuatro adolescentes, todos con indumentaria *emo*. Al fijarse mejor, Atley identificó a una de las dos chicas: era Wallis Stoneman. Al poco rato llegaba un tren a la estación, los chavales subían a bordo y el tren se alejaba.

—Es ella —dijo, devolviéndole el móvil a su amigo—. ¿Qué estación era?

—Greenport, final de trayecto. Cerca del transbordador para ir a Shelter Island. Está filmado ayer. El día de los asesinatos.

Atley frunció el entrecejo.

—Oye, no estarás pensando que esos chavales tienen algo que ver... —dijo.

—No, hombre —dijo Bill—. La poli local ha calculado bien la hora en que sucedió todo y tienen una descripción general de los dos sospechosos y del vehículo. Además, esos chicos salieron de Greenport como dos horas antes. Estuvimos mirando las filmaciones de las cámaras de seguridad de la estación y el aparcamiento, confiando en pillar a los sospechosos en las cercanías...

—Vale —dijo Atley—. Entonces, el sistema de reconocimiento facial del FBI escaneó las caras de la gente que había en la estación y las cotejó con las órdenes de vigilancia, y ahí es donde aparece lo mío, ¿no? Y digo yo, ¿tu sofisticado software no podría explicarme qué hacía Wallis Stoneman tan lejos de Long Island?

—No tengo ni idea, Atley. —Bill le ofreció una sonrisa, lavándose las manos respecto a lo que el grupito de adolescentes pudiera traerse entre manos—. Por ahora, lo considero tu problema, no el mío. ¡Salud!

11

El día después de la excursión a Shelter Island, Wally se despertó más centrada que nunca. Las pesquisas para encontrar a su madre biológica habían comenzado como en un mundo de ensueño, de cuento, pero esa sensación se había desvanecido al ver a los dos hombres armados en casa de los Hatch, sobre todo aquel cuya foto salía en los papeles de Brighton Beach, un individuo calificado de muy peligroso y cuya sola presencia inspiraba pavor. Wally sospechaba —no, daba por cierto— que sus respectivos caminos se habían cruzado por una razón: ambos estaban buscando a Yalena. Como también estaba convencida de que si ella no encontraba a su madre antes que él, ya no la vería nunca.

Wally fue a ver a los otros, que estaban tomando chocolate calentado en el microondas y comiendo bollos medio rancios en lo que había sido sala de descanso para los empleados del banco.

—Me marcho a la biblioteca —anunció—. A ver si puedo sacar algo en claro sobre eso que dijo Andrew Hatch de Emerson....

—Estamos un poco asustados —le confesó Ella.

—Ahora la cosa incluye pistolas, Wally —dijo Jake—. Sea lo que sea, te has topado con gente que va muy en serio.

—Sí, ya lo sé.

—No pensarás volver a la isla, ¿verdad? —preguntó Tevin—. Lo de los hermanos Hatch queda olvidado, supongo.

—De momento sólo quiero tratar de averiguar qué es eso de Emerson —dijo Wally, preguntándose si no había ido ya demasiado lejos, pero sabiendo que si renunciaba no se lo iba a perdonar nunca—. Tengo que seguir adelante, eso es todo. Nos vemos luego.

Se echó el macuto al hombro y fue hacia la parte trasera del banco para salir a la calle a través del estrecho callejón. Una vez fuera, miró a un lado y a otro; quería cerciorarse de que nadie la vigilaba, pues el incidente en la isla la había puesto sobre aviso. Si aquellos hombres también estaban buscando a Yalena, era lógico pensar que sus caminos volvieran a cruzarse en cualquier momento. En la calle Ochenta y siete todo parecía normal. Aparentemente, no había peligro, de modo que caminó hacia Amsterdam Avenue. Acababa de torcer en dirección norte cuando oyó pasos a su espalda, y al girarse vio a Tevin allí parado.

—¿Estarás bien tú sola? —preguntó él.

Wally se dio cuenta de que Tevin quería que lo invitara a acompañarla, quería sentirse necesitado por ella. Pero Wally no podía asumir, de momento, más responsabilidades.

—Gracias, Tev. —Le sonrió—. Sí, estaré bien.

Tevin asintió, procurando que no se notara su decepción, y dio media vuelta para meterse en el banco.

La biblioteca tenía una zona de acceso a Internet con veinte terminales. Cuando Wally llegó, todas estaban en funcionamiento, pero sólo tuvo que esperar diez minutos a que quedara una libre.

Se quitó la chaqueta y después de acceder a la página principal, abrió un motor de búsqueda. Luego tecleó «Emerson» sólo para ver qué salía: más de cuatro millones de resultados. Wally pensó un momento y tecleó Emerson y Hatch. Ciento cuarenta mil resultados. A continuación probó con Emerson, Hatch y Rusia. Las posibilidades se reducían, pero no mucho: varios centenares. La primera página empezaba con una referencia a Cabott Emerson III, ex embajador de Estados Unidos en la Unión Soviética.

Wally buscó en la Wikipedia y le salió la biografía completa del tal Emerson. Había estado en la URSS casi veinte años y había sido asesor para asuntos soviéticos de cuatro presidentes estadounidenses. Fallecido a mediados de los años setenta. Al final del artículo había una lista de enlaces relacionados con los términos de la búsqueda, y el tercero de ellos le llamó la atención: Colegio Emerson (por Cabott Emerson III), en Moscú.

¿No ponía en el artículo del *Wall Street Journal* que Benjamin Hatch había sido «profesor»? Wally hizo una búsqueda básica por Colegio Emerson y clicó el primer enlace. Apareció en pantalla la página web del Colegio Emerson, pero enseguida surgió el primer obstáculo; la página de inicio sólo servía para que el usuario introdujera su nombre y contraseña.

«Qué extraño», pensó Wally. Una página de Internet de cualquier escuela, más aún si era privada, venía a ser como un folleto con información sobre el centro, programa de estudios, instalaciones, cómo solicitar el ingreso. Pero el Colegio Emerson no ofrecía nada de eso.

Aquella pantalla de acceso era como un rótulo que dijese PROPIEDAD PRIVADA - PROHIBIDA LA ENTRADA. Decidió cambiar de táctica. Volvió a la Wikipedia e hizo desde allí una búsqueda del Colegio Emerson. Esta vez tuvo éxito; el artículo de la enciclopedia incluía bastante información sobre la escuela, un repaso a su historia, los objetivos pedagógicos, fotos del campus y una lista de alumnos destacados.

Con razón la página del centro era tan poco hospitalaria, pensó Wally: el Colegio Emerson, con sede en Moscú, era una escuela privada de enseñanza primaria y secundaria regentada por norteamericanos; se llamaba así por el distinguido embajador de Estados Unidos y estaba enfocada a los miembros del cuerpo diplomático occidental con residencia en Rusia. El cuerpo de estudiantes estaba formado básicamente por hijos de diplomáticos y ejecutivos de Estados Unidos y otros países occidentales, y la seguridad de los alumnos era de máxima prioridad.

¿Había dado clases Benjamin Hatch en Emerson durante su estancia en lo que entonces era la Unión Soviética? ¿Tenía también Yalena Mayakova algún tipo de relación con Emerson? De ser así, tal vez su relación con Benjamin Hatch procediera de allí. En tal caso, quizás Hatch había ayudado a Yalena a llegar a América. Lo más adecuado, pensó Wally, quizá sería retroceder en el tiempo en vez de ir hacia delante, investigar cómo llegó Yalena a América y a partir de ahí saber por qué había abandonado Rusia y adónde había ido a parar finalmente.

Demasiadas opciones abiertas y muy pocas certezas. Wally no estaba segura de que investigar sobre el Colegio Emerson pudiera acercarla a descubrir el paradero de Yalena, pero aquella ristra de posibles relaciones

—Yalena-Emerson-Benjamin Hatch-América— era la única pista buena que tenía. Necesitaba encontrar la manera de acceder a la página del Colegio Emerson.

De toda la gente que Wally había conocido, sólo había una persona con suficientes conocimientos como para acceder a un sitio web seguro; antes de iniciar su vida al margen de la ley, Nick Pierce había sido un obseso de la informática en su instituto de Nueva Jersey. Sí, Nick podía ayudarla; que quisiera hacerlo o no era otra cuestión. Habían quedado resentidos el uno con el otro.

Wally probó en varios sitios del Lower East Side donde Nick había vivido de *okupa*, pero no tuvo suerte; dos estaban tapiados, y un tercero —antigua nave industrial— había sido reconvertido en *lofts* para gente con mucho dinero. Wally tomó por la Avenida B y cruzó East Houston en dirección al último lugar donde confiaba encontrar a Nick, la estación de metro de Essex Street.

A medida que se acercaba, fue sintiéndose cada vez más nerviosa. Si encontraba a Nick, casi seguro estaría colocado (cuando la pandilla decidió separarse de él, su adicción era ya patológica); además, Wally había oído rumores de que Nick estaba muy enganchado todavía. Su estado de ánimo dependería en gran medida de lo que se hubiera metido ese día; podía tratarse de crack, heroína, metadona, más cualquier otra cosa que tuviera a mano.

Fuera cual fuese la sustancia, seguro que Nick seguía enfadado con ella. Era él quien la había iniciado en la vida de la calle; él la había invitado a formar parte de su pandilla; él le había enseñado buena parte de los trucos para sobrevivir. Pero al final fue Wally quien demostró ser la más fuerte de los dos.

Se habían conocido un año y medio antes de la ruptura. Hacía unos meses que Wally se había marchado de casa, y una tarde había hecho novillos en compañía de Darien —una amiga del colegio— para ir a mirar unas tiendas en la zona de la universidad. En un puesto callejero de Waverly compraron burritos, y se los estaban comiendo sentadas en un banco de Washington Square Park cuando se les acercó Nick, que estaba repartiendo *flyers*, pues aquella noche había una *rave* en Chinatown.

Nick Pierce era muy apuesto entonces, alto y flaco pero bien, con una rebelde mata de pelo rizado y unos traviesos ojos verdes. No era ni un año mayor que Wally, pero transmitía una seguridad en sí mismo —y problemas a la vuelta de la esquina— que Wally no había visto en ninguno de los chicos de su instituto privado.

—Vengan esta noche a la superfiesta, señoritas —dijo Nick, pasándoles unos *flyers* a Wally y a Darien—, y la vida no volverá a ser igual.

—¿En qué sentido? —preguntó Wally, procurando no delatar que se había fijado en él—. Tendrá usted que ser más concreto, caballero.

—Vale. Concretemos, entonces: si entre mis amigos y yo repartimos quinientos anuncios de éstos, entraremos gratis en el club.

—¿Y qué pasa dentro? —dijo Wally.

—Bueno, eso depende —dijo él, mirándola a los ojos—. ¿A ti qué te gustaría?

«Vaya, vaya», pensó Wally.

Las chicas no fueron a la *rave* aquella noche porque, en opinión de Wally, Darien estaba cagada de miedo. Pero a partir de aquel día Wally empezó a frecuentar los parques —el de Washington Square o el de Tompkins— para reunirse con Nick y su peña: Sophie, Jake, Ella, Tevin —que eran los fijos—, más unos cuantos que variaban de semana en semana. Rondar por ahí con nuevos colegas era un mundo totalmente aparte de estar encerrada en casa con Claire; se sentía relajada, se lo pasaba en grande, nadie se metía con ella por esto o por lo otro. Era la primera vez en su vida que Wally tomaba una decisión propia. Y le gustó.

Al cabo de seis meses abandonaba definitivamente el hogar y se pasaba todo el día en la calle con la pandilla. La fase eufórica de su relación con Nick duró como un mes o dos. Después las cosas se torcieron.

Nick era un fumador habitual de hierba, pero, en un momento dado, empezó a tomar metadona —sin que la pandilla lo supiera— y de un día para otro se enganchó de la peor manera posible. Con el fin de costear su nuevo hábito, Nick comenzó a poner en peligro a la pandilla —sobre todo a Sophie— con todo tipo de timos y chanchullos callejeros así como robos de droga, que al final iban a tener graves consecuencias.

Al principio Wally había arrimado el hombro; se daba cuenta de lo que estaba pasando pero le faltaba voluntad para cambiarlo. Se sentía en deuda con Nick por haberle abierto las puertas de la pandilla y por enseñarle a sobrevivir en la calle, aparte de que en esa época estaba medio enamorada de él. Motivos todos ellos que, durante un tiempo, justificaron guardar silencio. Pero al final no pudo más. Llegó un momento en que pensó incluso en dejar la pandilla y volver a casa, pero las cosas tomaron un rumbo inesperado.

Una tarde, en los túneles de la estación Grand Central, Wally descubrió a Nick compartiendo una pipa de crack con Ella y Jake, la primera vez que los dos tomaban algo más fuerte que alcohol o marihuana. Era la táctica perfecta para Nick: si otros integrantes de la pandilla consumían con él, comprenderían su desesperación por conseguir droga y le ayudarían en sus cada vez más arriesgados planes para obtener dinero.

Wally se había puesto hecha una fiera, hasta tal punto que llegó incluso a propinarle una patada a Nick. Éste, medio colocado como estaba, no fue rival para una Wally furiosa y conocedora de la artes marciales, pese a que Nick abultaba mucho más. El desafío de Wally obligó a los otros a tomar partido, y Jake y Ella no dudaron en seguirla cuando dejó allí tirado a Nick.

—Déjate de crack y esas mierdas y podrás volver con nosotros —le dijo Wally, pensando que era un gesto de generosidad por su parte. Ésas fueron las últimas palabras que le dirigió.

—Que te jodan —le espetó Nick, sangrando por el labio y con el ego por los suelos—. No lo conseguirás, Wally.

Lo dijo sin convicción. Para él como para el resto de la pandilla, estaba claro de lo que Wally era capaz, y así lo había demostrado ella desde aquel mismo día. Exceptuando a Sophie, Wally había logrado que la pandilla no consumiera ni se metiera en líos por ese motivo, y ya no pensó nunca más en volver con Claire.

Wally bajó al andén de la estación de metro de Essex Street y, una vez segura de que ningún empleado la estaba observando, saltó a la vía y se perdió en la oscuridad de la desierta parada de tranvías abandonada desde hacía décadas. El lugar estaba lleno de inmundicia, sus paredes repletas de graffiti acumulados durante varias generaciones. Un olor a la vez acre y empalagoso a meados, mierda y vómito permeaba el aire y Wally tuvo que luchar contra las arcadas.

Sacó una linterna del macuto y caminó hacia el viejo

cuarto de la caldera que había al fondo de la estación. Wally notó que además de nervios sentía algo más en el estómago, y hubo de admitir que, pese al infecto entorno en el que se encontraba, en parte tenía verdaderas ganas de ver a Nick, de compartir con él la aventura de su búsqueda de Yalena. Sabía que pensar eso era absurdo, pero en el fondo no había renunciado a la idea de que Nick quizás habría cambiado, que sería otra vez el que era cuando se conocieron.

Nada más entrar en el cuarto de la caldera, sus necios pensamientos se desvanecieron. Tres o cuatro velas casi consumidas iluminaban pobremente el reducido espacio. Mugrientas cañerías de calefacción —tan viejas como oxidadas— tapizaban el techo y las paredes. Cuatro o cinco colchones raídos y mohosos cubrían la mitad del suelo, a su alrededor jeringuillas desechadas y pipetas rotas. Dos chicas muy jóvenes vestidas con vaqueros y parkas estaban acurrucadas sobre uno de los colchones —tal vez dormidas o tal vez drogadas—, envueltas en una vieja manta de mudanzas para combatir el frío.

Nick era el otro que estaba en el cuarto, sentado en otro colchón con la espalda muy tiesa, fumando un cigarrillo. Estaba esquelético, llevaba el pelo muy corto y sus verdes ojos se veían hundidos y como en una sombra perpetua. Tenía el aspecto fantasmagórico de quien acaba de pegarse una farra.

Al verle, Wally se desanimó de golpe.

Nick se la quedó mirando un momento sin expresión, un tanto confuso, hasta que la reconoció.

—No me jodas —dijo, con la voz ronca de fumar crack—. ¿Esto es una tomadura de pelo? Wallis, mala puta, tú por aquí. Mira, lárgate ahora mismo y no te me acerques nunca más, ¿vale?

—Necesito una cosa, Nick —dijo Wally, y él se rio a carcajadas.

—Oh, claro, faltaría más —replicó—. Siempre tan pragmática. Esto no es una visita de cortesía, no. ¿Qué tal los chicos? ¿Me concederás el placer de una visita?

—Están todos bien —dijo ella—. Limpios, no toman nada.

—Me alegro por vosotros. Una bonita, limpia y presentable pandilla. Humm... ¿los has llevado ya a conocer a Claire? ¿No? Entonces quizá no están tan limpios, ¿eh? Quizá no son tan presentables. Bueno, y quién lo es...

Nick siempre había sabido instintivamente que la relación de Wally con Claire era la clave de todo, el punto vulnerable de la bien pertrechada psique de su antigua amiga. El comentario sobre la dicotomía de la separación dio en el clavo. Wally se sentía culpable todavía por haberse marchado de casa y por hacer sufrir a Claire, y le daba vergüenza reconocer que procuraba que la pandilla no llegara a saberlo.

—Yo pienso a menudo en Claire —dijo Nick, con una sonrisita que resultaba macabra en sus cadavéricas facciones. La sustancia que pudiera tener todavía en el organismo pareció darle nuevas energías—. La cara que puso cuando entró en el cuarto y nos pilló a los dos desnudos en tu catre, el de la colcha rosa con volantes, rodeados de aquel montón de Barbies o animales de peluche o qué sé yo qué chorradas de niña de casa bien. —Su semblante se fue ensombreciendo a medida que hablaba—. ¿Te crees que no sé que lo planeaste todo?, ¿que lo hiciste de manera que Claire nos pillara en pelotas, follando, y le entrara aquel telele? Estabas amargadísima viviendo en aquel piso con ella y querías una excusa para largarte. Su rabieta te dio esa excusa y tú, visto y no visto, la dejaste plantada.

Las palabras de Nick dolían tanto más cuanto que eran verdad; Wally lo supo entonces, aun cuando en su momento todo lo había hecho de manera inconsciente.

—Todavía me da rabia —continuó él— haber tenido que hacer ese papelón en tu miserable tragedia doméstica.

—Oh, sí, pobrecito Nick —le cortó Wally, enojada, casi escupiendo las palabras—. Tú solo fuiste una víctima, ¿verdad? Sí, claro. Como si alguna vez hubiera conseguido que hicieses algo que tú no quisieras.

—He pensado mucho en aquel día —continuó Nick, ignorándola—, y me parece que ya lo entiendo. Te criaste en una familia que estaba basada en mentiras, Wally, puede que muchas pequeñas o quizás una sola gorda. Yo creo que te daba pánico que Claire te explicara la verdad. Quizá pensabas que eso os destrozaría a las dos. Te juro que daría cualquier cosa por estar allí cuando por fin lo sepas.

—Enhorabuena, Nick —le espetó Wally, encendida por la rabia y la vergüenza—. Nadie sabe mejor que tú lo jodida que estoy. Y sin embargo yo no te importé nada, estuviste dispuesto a mandarlo todo a la mierda a cambio de... ¿de qué? ¿De unas pipas? ¿De unos chutes? ¿O qué es lo que te metes ahora, Nick? ¿un poco de desatascador?

—¡Ya estamos! —gritó, casi, Nick, como si le alegrara el tono ácido de Wally—. Mi preciosa chica enfadada. —Y dicho esto, la cabeza se le vino un poco hacia delante, como si verbalizar todas aquellas acusaciones lo hubiera dejado sin las pocas energías que le quedaban—. Mira, dime qué coño quieres —murmuró—, y luego te largas.

La propia Wally quería irse cuanto antes de allí, de modo que le explicó lo poco que sabía del Colegio Emerson y su presentimiento de que en la página web podía haber algún dato que la ayudara a averiguar el paradero de Yalena. Vio que Nick la escuchaba asimilando la información con frialdad, como si le estuviera contando la historia de otra persona, de un desconocido. La indiferencia de Nick le partió el corazón.

—Debería sentirme halagado, supongo —dijo él, con un hilo de voz, como si en cualquier momento fuera a quedarse dormido.

—Ah, ¿sí? ¿Y por qué?

—Porque la respuesta no puede ser más sencilla. Es evidente que no has venido hasta aquí sólo por eso. Has venido porque querías verme a mí, aunque sólo fuera para comprobar si todavía respiraba. Qué amable de tu parte.

Consiguió alzar un poco la cabeza, esperando la reacción de Wally a sus palabras, y ella vio aquellos ojos que la abrazaban con la mirada, como en los viejos tiempos; había en ellos todavía una brizna de vida y de amor.

—Sí, es verdad —reconoció Wally—. Quería verte. —Notó que acudían lágrimas a sus ojos e hizo un esfuerzo por contenerlas.

—Eh, eh, no llores —dijo Nick, con una sonrisa cómplice—. Nada de lágrimas.

Wally se sobrepuso —como obedeciendo a la orden de Nick— y esperó.

—Toma nota —dijo él, y le recitó una lista de diez contraseñas posibles, que Wally se apresuró a anotar en un trozo de papel.

—¿Y eso lo sabes sin necesidad de piratear el sitio? —le preguntó ella, perpleja.

Nick soltó un bufido.

—Bah —dijo—. Esos sitios están pensados para gente estúpida. Viejos que no entienden de informática. Incapaces de recordar una contraseña segura. Me juego algo a que la primera que te he dicho es la buena.

La primera contraseña de la lista era «Emerson-Alum».

—Y ahora lárgate de una puta vez.

Wally dudó, pensando que aún quedaba alguna cosa que aclarar, pero si la había, no logró concretarla.

—Adiós —dijo, y dio media vuelta.

—Es Tevin, ¿verdad? —dijo Nick a su espalda—. Entonces ya me parecía que podía haber algo entre vosotros.

Nick era tremendamente perzpicaz, y eso hizo que Wally le recordara de nuevo como en otros tiempos.

—No, la verdad —respondió, volviéndose hacia él—. De momento.

—Tiempo al tiempo —contestó él, los ojos casi cerrados ya—. Ese chaval siempre me cayó bien.

Y eso fue todo. Pocos segundos después todo su cuerpo quedó fláccido, sumido en un sueño profundo.

Wally salió del cuarto de la caldera y, avanzando a tientas en la oscuridad, regresó al andén de la estación. Subió las escaleras del metro hasta la boca de Delancey Street y se encaminó hacia el este sin saber adónde iba. Había recorrido poco más de cincuenta metros cuando le sorprendió notar las mejillas bañadas en lágrimas.

12

Wally regresó en metro al Upper Est Side, salió de la estación y fue directamente a la biblioteca de Mulberry Street. Durante el camino la atormentó el doloroso desenlace de su encuentro con Nick, incapaz de quitarse de la cabeza la idea de que no volvería a verle con vida. Al final decidió —y consiguió— dejar de lado la angustia que eso le suponía y seguir con sus planes de localizar a Yalena.

No había ningún ordenador libre en la biblioteca. Pidió uno para cuando alguien terminara, pero tenía media hora de espera por delante. Salió a la calle y del bolsillo más escondido de su macuto sacó un paquete de cigarrillos «electrónicos». Le asqueaba estar enganchada al tabaco, pero a veces no podía evitar fumar. Encendió el cigarrillo, dio una fuerte calada y expulsó el humo.

Hacía frío y tiritó. Ver que todavía tenía un cuarto de hora hasta que quedara libre un ordenador le produjo una sensación de vacío en la boca del estómago. Hacía días que se aguantaba las ganas de hablar con Claire; decidió que había llegado el momento. No tenían contacto desde hacía bastantes semanas, y para Wally oír la voz de Claire se había convertido casi en una adicción, aquella voz que sonaba al mismo tiempo reconfortante, retadora y enervante.

Por más complicadas que fueran sus relaciones, lo cierto era que Wally no había conocido otra madre que Claire y no se imaginaba la vida sin ella, de un modo o de otro. Las duras palabras de Nick respecto a su forma de tratar a Claire habían hecho más acuciante su necesidad de contactar con ella.

Apagó el cigarrillo y sacó el teléfono móvil. Pulsó el código para bloquear el número y que no apareciera en la pantalla del de Claire y luego marcó. Claire contestó al cabo de varios tonos de llamada.

—¿Diga?

—Hola —dijo Wally. Le llegó una especie de jadeo al otro lado de la línea.

—¡Wally!

—Hola, mamá. —Wally procuró mantener el tono de voz sereno, una pista para que Claire no se alterara y pudieran hablar con cierta normalidad.

—Bonita...

—Estoy bien —la interrumpió Wally—, estoy bien.

—No, si ya... ya lo sé, Wally. —En la voz de Claire pudo notar que reprimía las lágrimas—. Pero puedo estar preocupada, ¿verdad? Eso no lo voy a poder evitar.

—Lo sé, mamá.

—¿Necesitas algo? —preguntó Claire—. Ven a casa. Puedes lavarte la ropa. Te prepararé algo de comer... —Hizo una pausa—. Puedes venir con quien quieras. Sé que tienes amigos, es lo más natural. Y ellos también necesitan cosas. Tráetelos si quieres.

Claire hablaba como a borbotones, las frases le salían atropelladas. Wally se dio cuenta de que intentaba dar con el tono adecuado, pero que no sabía muy bien cómo hacerlo.

—¿Te encuentras bien? —repitió Claire.

—Sí. —Wally empezó a ponerse tensa—. ¿Y tú cómo estás?

—Bien, Wally, bien. Aquí todo como siempre...

Wally suspiró. Ése era el problema con las llamadas a Claire: casi siempre terminaban ahí, después de intercambiar «¿Cómo estás?» y «Yo estoy bien» y que Wally se negara a dar más información.

—Cariño —tanteó Claire—, ¿tú tienes una amiga que se llama Sophia?

Wally se quedó un momento callada. Esto no pintaba bien, lo presentía. Estaba completamente segura de que jamás había mencionado en casa el nombre de nadie de la pandilla.

—¿Por qué lo preguntas? —Procuró disimular su impaciencia.

—Wally, por favor. No creo que sea tan difícil responder sí o no.

Wally dudó.

—Sí.

—¿Sophia Manetti?

Esto fue demasiado para Wally. Nombre y apellido. Sonaba tan oficial, tan frío, tan... clínico.

—¿Qué pasa? —quiso saber Wally, muy asustada.

—¿Has... has tenido noticias de ella últimamente? —le preguntó Claire.

—Mamá, dime de una vez lo que tengas que decir.

—Sophia ha muerto —dijo Claire, en voz baja—. Lo siento mucho, cariño.

—Que ha...

—La asesinaron, Wally. Han matado a tu amiga.

De repente Wally notó que las piernas le fallaban. Se dejó resbalar hasta el suelo y apoyó la espalda en la fachada de la biblioteca. Al ver que su hija no decía nada, Claire habló, ahora con una voz chillona de puro miedo.

—Lo siento, Wally. La asesinaron en Riverside Park. Hace como una semana.

—Pero ¿de qué me estás hablando, mamá? ¿Tú cómo te has...?

—Wally, ¿no ves que es una locura? —gimió Claire—. ¿Te das cuenta de cómo terminan estas cosas? ¿Se puede saber en qué andas metida? ¡Perdona! Perdóname por lo que yo pueda haberte hecho que te ha llevado a...

—¡Basta! —le gritó Wally, creyendo que la cabeza le iba a explotar—. ¡Deja de pedir disculpas por todo! Tú no has hecho nada malo.

—Claro que sí.

—¡No! Yo soy yo, tú no me has hecho nada. Ni a Sophia tampoco. Cada cual es como es. Tú, yo, todo el mundo. No hay nada que arreglar.

—¡Pero podemos hacerlo, Wally! Ven a casa, anda...

—Tengo que irme, mamá.

Wally colgó. Sentía náuseas, pero hizo un esfuerzo por controlarse para no vomitar en medio de la calle. Sentía ganas de llorar, pero su organismo estaba demasiado conmocionado para dar rienda suelta al llanto. Aunque deseó estar con sus amigos, se le hizo insoportable la idea de tener que comunicarles la noticia. No podía decirles otra cosa que lo que ellos ya sabían: Wally en persona había expulsado a Sophia Manetti. Nadie más era responsable.

«Dios mío», dijo Wally para sí. Se puso de pie y echó a andar hacia el banco haciendo caso omiso de las bocas de metro por las que pasaba, resuelta a caminar los casi ocho kilómetros como en una marcha forzada, mientras el sol se iba poniendo tras los edificios del lado oeste y la ciudad se volvía más fría cada vez.

Estaban en la sala de descanso. Ella tenía todo el rímel corrido y la cara apoyada en el cuello de Jack; estaba llorando. Tevin, sentado aparte, parecía conmocionado.

—¿Qué ocurre? —preguntó Wally, temiéndose más malas noticias.

Los otros dudaron antes de contestar.

—No es culpa tuya, Wally —respondió Tevin—. Tú dirás que sí, pero no lo es...

—Fuimos a Washington Square a vender más tarjetas de móvil —explicó Jake—, y estaba James. Y Greta y Stoney también. Todos lo sabían. Parece que algún poli ha estado haciendo la ronda por allí.

Entonces Wally comprendió, aunque los otros no se atrevieran aún a decírselo. Se habían enterado por su cuenta de lo de Sophia.

—Sophia... A mí me lo acaban de contar —dijo, y de pronto reapareció toda la tristeza, salpicada de imágenes: Sophie cubierta de sangre. Sophia sola—. Ha sido por mi culpa —empezó a decir, pero antes de que pudiera continuar, Tevin se le acercó y la rodeó con sus brazos. Wally no pudo contenerse y por fin rompió a llorar.

—No. Lo que dijiste era verdad —la consoló Tevin—. Lo de que fue Sophia quien se apartó de nosotros.

—Yo la expulsé, Tev...

—Sí —dijo Ella—, ya lo sabemos, pero hiciste todo lo que pudiste.

Era casi como si los demás necesitaran absolver primero a Wally y así perdonarse a sí mismos por haber decepcionado de alguna manera a Sophia. Lloraron juntos y abrazados hasta que, poco a poco, se fueron separando.

—Me encantaba su manera de bailar —dijo Wally, mientras se enjugaba las lágrimas—. Hasta cuando daba un poco de vergüenza mirarla.

—Que era casi siempre —dijo Tevin esforzándose por sonreír.

—A mí me encantaba cuando se quedaba callada —intervino Ella— y de golpe sonreía sin venir a cuento...

—Y por mucho que le insistieras no te decía en qué estaba pensando —dijo Jake.

—Me gustaba que fuese tan apasionada —dijo Tevin—, incluso cuando no tenía razón. —Algo le vino a la cabeza, y añadió—: Yo creo que eso fue lo que nos distanció.

Meditaron todos estas palabras y Ella se echó a llorar otra vez, bajito. Los demás se acercaron para abrazarse de nuevo, hasta que el sonido de su llanto dejó de oírse.

Mucho más tarde, cuando el resto de la pandilla se disponía a acostarse, Wally salió al callejón que había en la parte de atrás. Sacó del macuto la tarjeta que Lois Chao le había dado en Harmony House, la sostuvo a la luz de la farola y leyó el nombre allí escrito: «Inspector Atley Greer, Distrito 20.» Con tantas cosas juntas, Wally se había olvidado por completo del mensaje del policía. Hasta saber lo de Sophia.

¿A santo de qué se había puesto el poli en contacto con ella? Wally se acordó del carnet de identidad que había volado. Si Sophia lo llevaba encima cuando la encontraron, habrían visto la dirección de Wally. Por eso Claire se había enterado del asesinato. Sacó el móvil y marcó el número del policía, decidida a saber todo lo posible acerca de la muerte de Sophia Manetti.

—¿Sí? —dijo la voz. Aparentemente estaba atareado.

—¿Inspector Greer?

—Yo mismo.

—Soy Wallis Stoneman.

Una pausa.

—Vaya. ¿Cómo te va, Wallis?

—Bien.

—¿Bien? ¿Seguro que estás bien? —El tono de poli, ya desde el principio. Siempre preguntando, siempre pinchando.

—Usted me llamó.

—Te llamé hace ya una semana —dijo Greer—. ¿Sabes por qué?

—Ahora creo que sí. Acabo de saber lo de Sophia.

—Sí. Siento mucho lo de tu amiga, Wallis. Me gustaría que nos viéramos. Estoy haciendo todo lo posible para averiguar quién es el asesino, y creo que tú puedes ayudarme. ¿Qué te parece si vienes a la comisaría y...?

—Y qué más.

—Oh, claro. Tienes asuntos pendientes con la ley, ¿verdad? Mira, te prometo que no intentaré...

—Dejémoslo.

—Está bien. Di tú el sitio, entonces.

Wally lo pensó un poco. Todo lo que tenía que decirle al poli podía hacerlo por teléfono, pero consideró ventajoso saber qué aspecto tenía para futuras referencias. Si ese Greer hacía trabajo de calle, podía ser que algún día sus caminos se cruzaran.

—De acuerdo. En esta dirección dentro de media hora —dijo Wally, y le cantó un número de la calle Ochenta y dos.

—Media hora —dijo Greer. Y colgó.

Atley Greer aparcó el coche en Columbus y siguió a pie hacia el oeste por la Ochenta y cinco buscando la dirección que Wallis Stoneman le había dado. Era casi medianoche y la calle residencial estaba tranquila. No había señales de la chica. Atley se preguntaba todavía por qué habría elegido ese lugar para su encuentro. Estaba pasando junto a un pequeño jardín público —lleno de maleza, las plantas sin cuidar— cuando oyó que le llamaban.

—¿Greer? —dijo una voz de chica.

Atley tuvo un sobresalto. Rápidamente se hizo a un lado y ya tenía la mano casi en la pistola cuando distinguió un rostro de muchacha detrás de la cerca, semioculto entre la densa maleza. Era una versión mayor de la niña que aparecía en el retrato de madre e hija que había visto en casa de Claire Stoneman. Greer se serenó un poco.

—¿Wallis? —dijo, caminando hacia ella—. Me has asustado.

Contempló a la chica. Era de estatura media, pelo rubio corto alborotado y unos formidables ojos gris oscuro que le miraban fijamente. Iba vestida como muchos chavales de la calle: diversas prendas oscuras superpuestas, y maquillaje *destroyer* en la onda *emo*-discotequera. En ella, parecía natural.

Atley hizo un rápido reconocimiento visual del entorno. Daba la impresión de que era un espacio ganado por los vecinos —probablemente hacía décadas— para uso como jardín y huerto comunitario, pero que con el tiempo se había convertido en una jungla, tan densa que apenas si se veía lo que había al fondo. La cerca era alta y cubierta de vegetación; la cancela estaba asegurada mediante un herrumbroso candado. Atley no tenía ninguna intención de cazar a Wallis Stoneman a cuenta de sus asuntos pendientes, pero en caso contrario no le habría sido fácil; aunque consiguiera escalar la cerca, ella tendría tiempo de sobra para desaparecer, seguramente por alguna entrada posterior.

Atley sonrió para sí. Empezaba a entender cómo era que los de Servicios Sociales no conseguían atrapar a Wallis.

—Tú te criaste en este barrio —dijo, deduciendo el motivo de que Wally conociera aquel sitio. La casa de los Stoneman estaba a sólo una manzana, en la Ochenta y cuatro.

—Sí —dijo Wally—. Cuando iba a primaria tenía una amiga que vivía en uno de estos bloques. Veníamos aquí a fumar.

Atley asintió con la cabeza.

—Siento lo de Sophia. ¿Erais muy amigas?

—Era de la familia, por así decir. —Wally hizo un esfuerzo por no dejarse llevar por los sentimientos delante de Atley. No quería mostrarse débil.

—De la familia... —Atley meditó un poco—. Ya. Pero parece que últimamente no tanto.

—Sophia tenía un problema con las drogas. En eso somos muy estrictos.

Atley se la quedó mirando.

—¿En serio? —dijo—. ¿Sois estrictos con la droga?

—¿Le extraña? ¿Y por qué? ¿Usted permite la metadona en su familia?

—Bueno, yo... De hecho no tengo familia todavía, pero ahora que lo dices, si alguna vez llego a formar una, está claro que habrá tolerancia cero contra la metadona.

—¿Piensan atrapar al que la mató? —preguntó Wally.

—Puedes estar segura de ello. ¿Se te ocurre quién pudo ser?

—Sophia compraba a varios camellos —respondió Wally, sorprendiendo a Greer con su voluntad de cooperar—. Uno está cerca del parque de Washington Square. Se hace llamar Bright Eyes.

—El apodo que le ponía la doctora a Charlton Heston en *El planeta de los simios*. «Ojos claros.»
—¿Qué? No, Bright Eyes, como la banda *indie*.
—Ah. —Greer sacó su libreta y empezó a tomar notas.
—Luego hay otro en Harlem —continuó Wally—, lo llaman Furia. Creo que Furia es el proveedor de Bright Eyes. Para ser una adicta, Sophia era bastante de fiar, de vez en cuando pasaba mierda a cuenta de esos dos que le digo. Ya no sé más.
Wally pensó si mencionar a Panama, pero que ella supiese Sophia y Panama llevaban meses sin hablarse. Aparte de eso, los tratos que Wally tenía con Panama y el estanco eran demasiado importantes para su supervivencia y la de la pandilla.
—Anotado: Bright Eyes y Furia —dijo Greer—. Gracias por tu ayuda, Wallis. Entonces, ¿tú crees que Sophia podía estar trajinando drogas últimamente?
—Es muy probable. Había empezado a consumir otra vez, o sea que...
—Si llevaba algo —dijo Greer, siguiendo el razonamiento de Wally—, eso podría ser una causa probable de que la agredieran. Llevar un paquetito encima seguro que atraería algún lobo a su puerta, por así decirlo.
—Ya —contestó Wally—. Por eso nosotros tenemos normas estrictas contra la droga. ¿Para qué más lobos?
—Muy buena. Sí, señor, me ha gustado. «Para qué más lobos.» Me lo apunto. Si no te importa, a lo mejor utilizo esa frase alguna vez.
—Cuando quiera.
—¿Alguna cosa más?
—Pues, la verdad... —Wally hizo una pausa, y Atley se dio cuenta de que trataba de disimular sus emociones—. Verá, es que pasan tantísimas cosas. En la calle,

me refiero. Yo diría que ha tenido que ver con drogas, pero quién sabe.

—Sí, claro.

Se produjo un silencio. Atley miró detenidamente a la chica, y Wally le aguantó la mirada.

—¿Te encuentras bien, Wallis?

—Sí.

—Bueno, pues... —Greer no sabía cómo continuar—. ¿Te importa si te hago una pregunta, entre tú y yo? Voy a guardar el boli, mira. —Se lo metió en el bolsillo de la chaqueta.

—Adelante.

—¿Qué planes tienes?

Wally tardó un segundo en responder, como si se hubiera puesto a la defensiva.

—¿Qué quiere decir?

—He estado estudiando tu expediente, ¿sabes? La gente dice cosas buenas de ti, y no siempre es así con chicos que han huido de casa. Me dicen que eres muy lista, con muchos recursos. Me da la impresión de que sueles conseguir lo que te propones.

Wally suspiró, impaciente.

—Así que estaba pensando —prosiguió Atley— que una persona inteligente como tú probablemente tendrá algún objetivo. No sé, un plan para el futuro inmediato.

—Pues sí, ahora que lo dice. Tengo un proyecto en marcha.

—¿Qué hay de Tevin, Ella y Jake?

Atley detectó un brillo de enfado en los ojos de Wally. Sin duda a ella le molestaba que hubiera conseguido esa información, aunque sólo se tratara de los nombres de sus amigos.

—¿Qué pasa con ellos?

—¿Están incluidos en ese proyecto tuyo? —dijo Atley—. Porque te diré una cosa, Wally: he leído también sus expedientes, y tienen muy poco que ver con tu historia. Ellos son vulnerables, lo han sido siempre. Si no tenemos cuidado, podrían terminar como Sophia.

—Que le den. Sabemos cuidarnos.

—Ya. Bueno, ahí va la pregunta: ¿qué hacías en Shelter Island la semana pasada?

Lógicamente, la pregunta pilló desprevenida a Wally. Atley se imaginó cómo giraban los engranajes en su cerebro tratando de esclarecer de dónde había sacado él la información. Pareció muy frustrada al no ser capaz de hallar una respuesta.

—Usted es poli. Haga su trabajo y encuentre al asesino de Sophia —dijo Wally al final. Luego dio media vuelta y se metió entre la espesa vegetación, perdiéndose de vista al momento.

13

Tigre salió de la tienda de licores de Jamaica Avenue y torció al sur por una calle secundaria que atravesaba un barrio deprimido. Varios adolescentes hispanos —con mucho tatuaje en brazos y cuello— le lanzaron miradas territoriales, pero no le cortaron el paso. Después de recorrer tres manzanas, Tigre llegó al motel barato, subió hasta la segunda planta por la escalera exterior y entró en la habitación del final. Todas las luces estaban apagadas, las gruesas cortinas echadas; Tigre necesitó unos segundos para que sus ojos se adaptaran a la oscuridad.

—¿Qué traes? —La voz de Alexei Klesko le llegó desde una de las dos camas individuales. Habló en inglés, pues insistía en utilizar ese idioma incluso para comunicarse entre ellos. Klesko tenía una bolsa de plástico con hielo apoyada entre los ojos.

—Píldoras —respondió Tigre—, el whisky que querías. Y algo de comer.

Klesko apartó la bolsa de la cara y se incorporó. Tigre le tendió los comprimidos de Percocet que había hurtado en una tienda. Klesko se zampó tres de golpe con un ávido trago de Jack Daniels, volvió a ponerse el hielo sobre la frente y se tumbó. Padecía fuertes jaquecas casi desde que habían saltado a tierra del barco de pesca en Portland.

«Maldita luz —había dicho Klesko, furioso, aquel primer día—. Puta luz americana, se me clava en los ojos.»

Tigre sacó unas vendas de la bolsa de la compra y se puso a hacerle la cura; la herida de bala que tenía en la pierna, consecuencia del disparo de aquel guardián de la prisión, aún no había sanado del todo. Klesko estaba tomando antibióticos, que parecían surtir efecto pese a su ingesta diaria de whisky. Tigre le limpió los costados de la herida con agua oxigenada y luego cambió el vendaje. El otro no dio ni un respingo.

Lo que preocupaba a Tigre no era la salud de Klesko. Aparte de quejarse constantemente de la «luz americana», podía estar mascullando insultos contra nadie en particular y, a renglón seguido, sumirse en silencios de horas enteras. Tigre había empezado a pensar que los años de reclusión le habían afectado el cerebro; no podía imaginar lo que había pasado Klesko en aquel gulag. Ahora bien, hubiera quedado su mente afectada o no, sus instintos depredadores estaban intactos, como había puesto en evidencia durante la huida de la cárcel siberiana.

Y sin embargo faltaba algo, algún indicio del vínculo que debería haber existido entre los dos. Cada año, por su cumpleaños, Tigre recibía una carta de Klesko, una sola página, en la que éste, con letra cada vez más temblorosa y frases torpes, le expresaba sus sentimientos. Aquel poco frecuente gesto había surtido efecto —había hecho que Tigre siguiera confiando desesperadamente en reencontrarse con su padre, y que se mantuviera atento a cualquier noticia sobre la alejandrita—, pero la relación entre ambos había quedado mermada.

Después la fuga, Klesko no le había preguntado ni

una sola vez sobre lo que había hecho durante su estancia en el gulag. Tigre le habría explicado que fue de casa en casa entre el escalafón más bajo de la banda de Tambov, que durmió en el suelo o en desvanes, que lo trataron no como al hijo del legendario Alexei Klesko sino como a un criado, y que más adelante, cuando se hizo mayor, alcanzó el grado de brazo ejecutor y se ganó la vida en las calles de Piter, intimidando, lisiando o incluso matando a otros en nombre de los Tambov.

Ahora, pensando en la conexión perdida entre el viejo y él, Tigre sintió como un vacío por dentro, una sensación dolorosa de rabia y rencor, que le pilló por sorpresa. Se preguntó si aún era posible la redención, si habría algo que él pudiera hacer para salvar el vínculo padre-hijo. Pero estando en un país nuevo, a miles de kilómetros de casa, Tigre no tenía otra alternativa que conservar la fe, confiar en que poco a poco, con paciencia, mediante la reanudación del contacto entre ellos, su frío y distante padre recuperara la parte humana ahora perdida.

En la oscuridad de la habitación, Tigre detectó que los analgésicos estaban haciendo efecto: Klesko respiraba más pausadamente y había tirado la bolsa de hielo. Decidió dejarlo dormir tres o cuatro horas más, antes de ponerse en marcha.

Unos días atrás, su primera parada en Manhattan había sido la calle Cuarenta y siete, donde se concentraban los joyeros y comerciantes de piedras preciosas de la ciudad. Habían llegado allí gracias a la información que Tigre había conseguido, pagando, en el mercado negro de Praga. La tienda de los hermanos Hamlisch estaba en el lado sur de la calle, a un tiro de piedra de la Avenida de las Américas. Sobre la puerta había un rótulo pintado de rojo. Klesko y

Tigre iban equipados con la ropa adecuada —chaquetas de piel, camisas de vestir, vaqueros azul oscuro y botas nuevas—, y el comerciante no dudó un segundo en pulsar el botón para abrirles la puerta.

El anciano lucía una larga barba gris, y los clásicos tirabuzones judíos le llegaban hasta el pecho. Recibió en silencio a los nuevos clientes extendiendo los brazos para abarcar la variada mercancía que exhibían sus vitrinas.

—Alejandrita —dijo Tigre, de buenas a primeras—. Tiene una piedra nueva.

El hombre parpadeó un poco al oír el acento de Tigre, sintiendo curiosidad, que no alarma.

—Ah, sí —dijo—. Mi sobrino. Ahora no está.

—¿Qué sobrino?

—La piedra que dice usted no es mía —explicó el viejo—. Mi sobrino Isaac lleva sus propias muestras. Está en viaje de negocios por Europa, pero vuelve a mediados de la semana que viene. Será mejor que hablen con él.

Tigre y Klesko guardaron silencio, procesando la información recibida, hasta que Klesko preguntó:

—¿Sabe quién trajo la alejandrita a la tienda?

La voz, tal vez por su acento más cargado y provinciano que la del hombre más joven, suscitó una inquietud inmediata en el anciano comerciante.

—No. Yo no estaba ese día —dijo.

Tigre le miró a los ojos, intentando descifrar si el viejo decía la verdad. Advirtió que Klesko estaba mirando las cámaras de seguridad de la tienda; había dos, una en cada esquina superior de la pared del fondo. Luego le vio girar la cabeza y mirar hacia el exterior: en ese momento pasaba mucha gente por la calle. Tigre sabía que su padre estaba embebido en los fríos cálculos que regían todos los pasos que daba en la vida: ¿qué era lo que quería? ¿Cómo lo iba a conseguir? ¿Quién intentaría ponerle trabas?

—Esas cámaras —dijo Klesko, mirando ahora al viejo—. Tendrá usted imágenes de ese día...

—No —le cortó Tigre. Su padre se sobresaltó visiblemente al notar que le agarraba con fuerza del brazo haciéndole callar—. ¿Su sobrino estará de vuelta el miércoles que viene? —preguntó afablemente al viejo.

—Miércoles, sí —respondió, aliviado, el joyero—. Lo más tarde el jueves. —Le pasó una tarjeta de visita y añadió—: Llamen ustedes antes, para asegurarse de que Isaac ya está aquí.

Tigre le agradeció el detalle con una sonrisa. Después soltó el brazo de su padre y fue hacia la puerta de la tienda, abriéndola para dejar que pasara Klesko primero. Éste dudó, rojo de ira pese a su piel pálida, pero finalmente salió a la calle después de lanzar una última mirada al joyero.

—Ese viejo no nos daría las imágenes de vídeo por las buenas —dijo Tigre una vez fuera, sin alterarse—. Además, ¿qué harías? ¿Quitárselas? —Abarcó con un gesto la calle Cuarenta y siete, aquel centenar largo de comercios especializados en joyas, con guardias de seguridad, cámaras y rostros poco amistosos por doquier—. No —prosiguió Tigre—. Ese hombre tiene un botón de alarma debajo del mostrador. Esperemos a que llegue el tal Isaac.

Caminaron en silencio, padre e hijo, en dirección oeste. Tigre era consciente de la rabia que embargaba a Klesko. Sabía que todo su ser ansiaba hacerle pagar su insolencia —que la ciudad entera fuese testigo de su autoridad paterna—, pero al mismo tiempo Tigre sabía que no podía sentirse herido por la ira de su padre. Si Alexei Klesko había sobrevivido todos aquellos años, en Piter y en prisión, era por ser el más fuerte y el más implacable en cualquier situación, era una cosa instintiva, algo que uno no podía encender o apagar como quien acciona un interruptor. De modo que esperó a que su padre fuera apaciguándose poco a poco. Finalmente se impuso la lógica. Tigre, después de todo, llevaba razón, y era su aliado.

—Sí —dijo Klesko al cabo—. Tenías razón. Bien hecho, Tigr.

El aludido se ruborizó de orgullo, pero siguió caminando sin decir nada. Por una parte sentía el calorcillo de la aprobación paterna, pero, al mismo tiempo, intuía que necesitar esa aprobación, desearla, era algo muy peligroso.

Desde el barrio de los joyeros se habían dirigido a Queens, deteniéndose tan sólo para comprar un móvil con tarjeta recargable. Mientras Tigre conducía el Pontiac Le Mans robado, Klesko hizo varias llamadas a viejos socios. Todas ellas muy breves. Después de colgar, cogió el mapa de la ciudad y buscó una dirección. Al cabo de unos diez minutos Tigre aparcaba el coche en una calle de un barrio residencial venido a menos. Las señas correspondían a un edificio de tres plantas. Klesko tomó la delantera y le hizo bajar a un sótano poco acogedor.

Era una estancia alargada y estrecha, pobremente iluminada; a lo largo de cada pared había al menos quince terminales de ordenador, frente a las cuales se alineaban trabajadores de diversas nacionalidades, todos ellos con la vista fija en la pantalla. Al fondo del sótano había una especie de pequeña zona de producción, y cuando Klesko y Tigre se acercaban, un hombre alto y huesudo con la cabeza rapada se volvió para recibirlos. Al ver a Klesko palideció de golpe, como si hubiera visto a un fantasma.

—Hola, Ramzan —dijo Klesko, haciendo un ligero saludo.

—Klesko... —Los ojos de Ramzan fueron de un lado al otro, mirando primero a Tigre, muerto de miedo, y acto seguido hacia las dos salidas del sótano, valorando posibles vías de escape.

—Tú puedes ayudarme —dijo Klesko, pasándole un papel a Ramzan.

Éste echó una nerviosa ojeada a la lista de nombres escrita en el papel y luego miró hacia la hilera de ordenadores, ansioso por hacer una buena elección. Al final se decidió por un joven coreano.

—Busca esto —le dijo Ramzan en inglés, entregándole el papel. El joven alzó la vista, miró a Ramzan primero, a Klesko y Tigre después, y luego dejó a un lado lo que estaba haciendo y se puso a teclear con furia.

Mientras tanto, Tigre había dirigido su atención hacia la zona de producción donde estaba Ramzan al entrar ellos en el sótano, y pudo ver una máquina de imprimir tarjetas de crédito y un montón de cajas de zapatos repletas de tarjetas en blanco, así como una montaña de páginas impresas llenas de listas de números de cuentas bancarias. Tigre señaló una mesita auxiliar donde se amontonaban tarjetas recién impresas. Ramzan asintió con la cabeza y, sin pensarlo un momento, agarró un puñado de tarjetas y se las ofreció a Klesko.

—Buen límite —dijo, desesperado, ahora en inglés—. Tres mil, cinco mil dólares. Para usar tres o cuatro días, y después cambiar de tarjeta.

Klesko las aceptó sin molestarse en contestar.

—Eso pasó hace mucho tiempo —dijo Ramzan, tratando sin conseguirlo de disimular su miedo—. No fui yo, Klesko. A mí también se me vino todo abajo. Tuve que huir como todos...

Klesko hizo oídos sordos y se guardó las tarjetas falsificadas en el bolsillo. A los pocos minutos se les acercó el joven coreano, quien le pasó a Ramzan la misma hoja de papel, ahora con resultados de la búsqueda garabateados junto a uno solo de los nombres de la lista. Ramzan le lanzó una mirada asesina, pero el muchacho se limitó a encogerse de hombros: no había podido hacer más. Nervioso, Ramzan le enseñó la información a Klesko y éste echó un vistazo: una dirección de Benjamin Hatch, el profesor norteamericano que fuera amigo de Yalena Mayakova.

Las señas habían llevado a Klesko y Tigre a Shelter Island. Resultó que Benjamin Hatch ya no vivía allí porque había muerto hacía años, pero aguardaron los dos en la casa fría y desierta hasta que llegaron sus hijos. Klesko y Tigre habían sido muy persuasivos con los hermanos. Durante los tres días siguientes se dedicaron a localizar a la mujer cuyo nombre habían dado los Hatch antes de morir. Dentro de poco, la conocerían en persona.

14

En la biblioteca Bloomingdale, Wally buscó un ordenador libre y abrió la página web del Colegio Emerson. Luego tecleó la contraseña por defecto que Nick había escrito arriba de la lista —EmersonAlum— y, tal como él había pronosticado, pudo acceder sin problemas.

Afortunadamente para Wally, el centro procuraba ayudar a que ex alumnos y profesores mantuvieran el contacto entre ellos; había listas de contacto y tablones de anuncios que, al parecer, eran actualizados con regularidad. Wally buscó en las listas del claustro de profesores y comprobó que su corazonada era correcta: Benjamin Hatch había estado en nómina de Emerson durante tres años académicos. El último de ellos coincidía en el tiempo con el fracaso del negocio de importación mencionado en el artículo del *Wall Street Journal*. Lo más probable era que Hatch hubiera ido a Moscú como profesor pero que, al cabo de unos años, viendo una oportunidad de ganar dinero aprovechando la bonanza económica de la nueva Rusia, dejara Emerson y pusiera en marcha sus planes de importar vodka.

Todo esto no eran más que conjeturas y, por otro lado, tampoco explicaba si Hatch había tenido algún tipo de relación con Yalena. Wally continuó explorando el sitio. Había una sección con fotos de grupo, tanto recientes como de hacía muchos años, y se dedicó a buscar, sin suerte, alguna cara o algún nombre que le dijera algo. Por lo pronto, no parecía que entre el alumnado hubiera ningún estudiante ruso, de modo que difícilmente podía Yalena haber estado inscrita en Emerson.

Wally continuó mirando las listas de profesores de la época en que Hatch había trabajado allí, pensando en la posibilidad de contactar con otros ex profesores y sacar alguna información. Al cabo de media hora de búsqueda, se topó con el nombre de una tal Charlene Rainer.

Por motivos que se le escapaban, Wally tuvo la clara sensación de que había oído antes aquel nombre: Charlene Rainer. Rebuscó en su memoria, pero no logró nada. En la página web, Rainer constaba como «orientadora académica», y sus datos biográficos no iban más allá de que era estadounidense y el tiempo que había estado contratada. Wally comprobó enseguida que Rainer había dejado Emerson el mismo año que Benjamin Hatch, hacía aproximadamente diecisiete años. Es decir, más o menos cuando Wally nació, coincidencia que le pareció muy intrigante. Charlene Rainer —dondequiera que estuviese— podía tener alguna información sobre Hatch, o incluso sobre Yalena. Wally abrió una ventana nueva con el mismo buscador de personas en donde había encontrado la larga lista de Benjamines Hatch, y, tras pagar otra vez 79,95 dólares, introdujo el nombre de Charlene Rainer.

Los resultados fueron tan desalentadores como anteriormente con Benjamin Hatch. Había 141 Charlenes Rainer en Estados Unidos, muchas de ellas dentro de un margen de edad compatible con la posibilidad de haber trabajado como orientadora más de dieciocho años atrás. Tantas como ochenta y siete señoras o señoritas Charlene Rainer.

Wally no conseguía recordar de qué le sonaba ese nombre, y darle vueltas al asunto suscitó nuevos pensamientos. Desde que abriera los papeles de Brighton Beach, había empezado a revisar mentalmente su relación con las diversas mujeres de su vida, incluso aquellas con las que apenas había tenido contacto, preguntándose si alguna de ellas podía ser su... su madre de verdad. «Ha estado velando por ti», había dicho Ella al leer la nota escrita por Yalena, y a Wally le pareció que era verdad. ¿Podía ser que Charlene Rainer fuese en realidad Yalena Mayakova? El pulso se le aceleró un poquito al pensarlo.

Se dijo que podía telefonear a todas las Charlene de la lista, pero esa táctica no había servido para localizar a Benjamin Hatch y, además, había supuesto tres días de trabajo para toda la pandilla. No, era preciso reducir la lista de posibilidades, pero ¿cómo?

Wally pensó en el cargo de Charlene en el Colegio Emerson. ¿Qué significaba «orientadora académica»? ¿Era un título universitario, como quien dice psicólogo? ¿Tal vez Rainer trabajó de asesora en la sección de admisiones? Volvió a mirar las listas del profesorado y vio que había otros con ese cargo u oficio, de modo que lo más probable era que Charlene Rainer hubiese trabajado allí como una especie de psiquiatra residente; sin duda, los alumnos de Emerson debían de necesitar cierta adaptación, viniendo de tan lejos como Estados Unidos. Wally supuso que para atender a los hijos del cuerpo diplomático, el Colegio Emerson solamente contrataría a gente con título. Tras una breve búsqueda en la Wikipedia, dio con el American Psychology Board, un buen punto de partida, pues el APB era una institución que homologaba a los licenciados de las mejores facultades del país.

Wally salió de la biblioteca y llamó al número de referencias del APB. Le contestó una voz de mujer, a medio camino entre azafata de vuelo y enfermera cansada.

—Dígame. ¿En qué puedo ayudarle?

—Hola. Quería saber si tenían referencias de terapeutas.

—Solamente para miembros con licencia del American Psychology Board —respondió la secretaria—. Si desea usted leer las referencias de nuestros...

—No, muchas gracias, he entrado en la página web. Verá, es que mi madre está en un apuro. Un amigo de la familia nos recomendó a alguien, pero no sé dónde he puesto el número de contacto.

—Puedo comprobar si esa persona es miembro del APB. ¿Cómo se llama el terapeuta?

—Charlene Rainer.

—Bien. —Wally oyó cómo tecleaba en su ordenador—. Aquí veo que tenemos a cuatro miembros con ese nombre...

Wally no se lo esperaba.

—Qué raro, que haya más de una terapeuta que se llame así.

—¿En qué zona geográfica está? —preguntó la operadora—. Por esa vía es probable que la encontremos.

—¿Le importaría darme los números de contacto de las cuatro? —preguntó Wally, tratando de salirse por la tangente, pues no tenía la menor idea de dónde podía vivir Rainer.

—Por supuesto. El primero de la lista es...

—No, mire —dijo Wally, al encendérsele una bombilla—. Perdón por interrumpirla. Creo que sé cómo concretar la búsqueda. ¿Tiene ahí información sobre la especialidad de cada una?

—Desde luego.

—Bien. La lengua materna de mi madre es el ruso. Por eso le recomendaron a esa terapeuta. —Wally estaba dando palos de ciego. Simplemente suponía que si Charlene Rainer había vivido varios años en Moscú, era posible que en su currículum hubiera dejado constancia de sus conocimientos del idioma.

—Pues mire —respondió la operadora, tras comprobarlo en la pantalla de su ordenador—, veo que hay una Charlene Rainer que habla y escribe el ruso. ¿Tiene papel y lápiz a mano?

Wally tomó nota del número de teléfono y dirección de correo de la terapeuta que hablaba ruso. Después de colgar, examinó las notas que tenía delante y no supo si sentirse contenta o nerviosa: la calle era la Ochenta y ocho Oeste, entre Columbus y Amsterdam, en el Upper West Side, a escasa distancia del banco abandonado donde Wally y la pandilla vivían de *okupas*.

Atley Greer estaba en la galería del piso de la sexta planta, contemplando Riverside Drive.

—¿Puede señalarme a qué parte de la calle se refiere? —preguntó.

La señora Dearborn, una mujer menuda de sesenta y tantos años, llevaba una gruesa bata de felpilla, un pijama y unos botines Ugg de color rosa. Selañó hacia un punto de la calle, media manzana más al norte.

—Ahí abajo, frente a ese buzón verde de esos donde no hay forma de meter nada —dijo, y miró con cara de perplejidad a Atley mientras daba una calada a un cigarrillo mentolado—. Yo no sé qué pintan esos buzones de color verde. No tienen ninguna rendija ni nada. ¿Para qué demonios sirven? —Dejó la pregunta en el aire como si fuera uno de los grandes misterios de la humanidad.

—No tengo la menor idea, señora Dearborn —dijo Atley.

Habían pasado diez días desde que hallaran el cuerpo de Sophia Manetti en el campo de béisbol —Atley pudo ver el lugar exacto desde la galería, a menos de doscientos metros—, pero la investigación estaba en punto muerto. Ninguna de las pistas que Atley había seguido, incluyendo la información proporcionada por Wallis Stoneman sobre la drogadicción de Sophia, había dado resultados. Finalmente el jefe del departamento había autorizado que agentes de uniforme peinaran nuevamente la zona, y uno de ellos había dado con la señora Dearborn.

—Veamos —dijo Atley—, repase conmigo por favor lo que sucedió. Los agentes dicen que estaba usted aquí fuera fumando.

—Sí —dijo ella—, es que mi marido no me deja fumar dentro. Aunque haga frío como ahora.

—¿Y qué hora era, más o menos?

—Serían las doce de la noche. Hacía un frío de muerte.

—Bien, y lo primero que le llamó la atención ¿fue algo que vio o que oyó?

—Oí como un grito, un grito ahogado de mujer. Al mirar hacia el parque no vi nada, pero un momento después vi a una chica que salía corriendo de la espesura y se lanzaba a la calle, y un coche casi la atropella. Tuvo que frenar en seco.

—¿Podría describir el coche?

—Un sedán grande, yo diría que americano, claro que de coches entiendo muy poco. —La señora Dearborn apagó el cigarrillo en un cenicero repleto de colillas, y la brisa de la mañana lo desalojó inmediatamente del cenicero y lo hizo caer al suelo. La señora Dearborn encendió otro—. La chica se quedó allí de pie, delante del coche, ¿sabe usted? —continuó—. Como si estuviera paralizada, qué sé yo, y fue entonces cuando el hombre se bajó por el lado del conductor. En ese momento salieron dos individuos del parque, más que andar corrían, pero luego se quedaron parados también. Los cuatro allí quietos en medio de la calzada. Puede que dijeran algo (desde aquí arriba no oí nada), el caso es que un segundo después montaron todos en el coche.

—¿No obligaron a la chica a subir?

—Que yo viera, no, pero vaya usted a saber. Imagínese, tres hombretones y ella sola. Es imposible saber lo que pasó. Pobre muchacha.

Atley no pudo discrepar.

—¿Y qué ocurrió después? —preguntó.

—Pues que el coche dio la vuelta y se alejó otra vez hacia el norte. Yo volví adentro y estuve mirando un rato la tele. Al cabo de un rato pensé en llamar a la policía, pero como la chica había entrado en el coche sin rechistar...

—Entiendo —dijo Atley. Una llamada a jefatura para decir que una chica se había metido en un coche sin oponer resistencia no habría suscitado ningún tipo de alarma—. Y esos tres individuos... ¿qué aspecto diría usted que tenían?

—Hay mucha distancia desde aquí, aunque tengo buena vista. Además, la luz de las farolas es amarillenta, ya sabe, para ahorrar electricidad. No pude verlos bien, sólo lo más básico.

—Continúe.

—Bien. El que conducía estoy casi segura de que era negro —dijo la señora Dearborn—. Los otros dos no estoy segura. Probablemente de piel más clara, no mucho, pero los dos con el pelo oscuro. Quizá puertorriqueños, o quizás incluso chinos, no sé.

Atley sacó varias fotos de archivo policial y se las mostró. Entre ellas estaba la del traficante de drogas apodado Furia, a quien Wally había mencionado. Era afroamericano pero de piel muy clara, con pecas, y una melena pelirroja «afro» que era el origen de su apodo; rojo como la furia. Las descripciones de la señora Dearborn no se ajustaban ni de lejos a él, y el otro camello que había mencionado Wally —Bright Eyes— era rubio y blanco. Aun así, Greer le enseñó las fotografías.

—No —dijo la mujer, sin dudarlo—. No son ellos.

Atley suspiró, cansado y frustrado y con dolor de pies tras haber pasado todo el día pateando las calles. Mientras la mujer consumía su cigarrillo mentolado, Atley se acodó en la baranda e imaginó la situación tal como se la había descrito la mujer: Sophia Manetti sale corriendo del parque —perseguida por dos hombres— e irrumpe en la calzada de Riverside Drive, donde casi la atropella un sedán conducido por un individuo de raza negra. Pero Sophie no sigue corriendo porque... ¿porque el conductor es alguien a quien conoce? Sería mucha coincidencia. Tampoco echa a correr cuando los perseguidores llegan a su altura y se plantan al lado del coche.

De repente, aquello no es una persecución ni un intento de violación ni nada, sino un amistoso encuentro en mitad de la avenida y a medianoche. Suben todos al sedán, sin dramas ni peleas. El coche gira y se aleja por donde ha venido, tomando el desvío que rodea el parque y pasa junto a los campos de béisbol. Sophia había subido al vehículo por su propia voluntad, pero el trayecto terminaba enseguida. Y con él la vida de la chica, a manos de alguien a quien conocía.

De vuelta en jefatura, Atley abrió la carpeta de Manetti para repasar lo que tenía hasta ahora. Tardó poco. El mayor incentivo había sido la información de Wallis Stoneman sobre los contactos de Sophia en el mundillo de la droga, pero si podía fiarse de lo que la señora Dearborn decía haber visto, ninguno de los dos estaba involucrado en la muerte de la chica. Al menos de forma directa. Atley tenía un testigo ocular del secuestro —si es que había sido tal— de Sophia Manetti, pero el caso seguía estando en un callejón sin salida. Volvió a leer todo el informe de cabo a rabo, buscando algún indicio que pudiera haber pasado por alto en anteriores lecturas.

Repasó todos los informes de la escena del crimen y no halló nada productivo: ni ADN, ni huellas de ninguna clase, ni otros testigos aparte de aquella mujer, como tampoco nada interesante en la autopsia más allá de un rastro de sustancias tóxicas en el organismo de la víctima, como cabía esperar. Pasó a continuación al historial de Sophia Manetti. Ya lo había leído sin encontrar nada que le sirviera de pista; era la típica y triste historia de una menor con problemas que habían ido agravándose: un hogar desestructurado, abusos por parte del padre, consumo de drogas, vida en la calle. Leyó acto seguido el expediente de Wallis Stoneman: problemas en casa, primeros contactos con la vida en la calle, expulsión del colegio, etcétera. A diferencia de Sophia, no había datos sobre violencia en casa, pero Wallis había pasado sus primeros cinco años de vida en un orfelinato ruso, así que ¿cómo saber lo que había sufrido allí antes de trasladarse a Estados Unidos con Claire y Jason Stoneman?

Entre el ingente montón de papeles de Servicios Sociales había una evaluación psicológica de Wallis a los diez años. Después de una sola entrevista de media hora, el especialista había dado este diagnóstico: trastorno del comportamiento disruptivo. Atley hizo una búsqueda en su portátil y encontró una descripción del problema; el sujeto diagnosticado de TCD «se niega a obedecer a los adultos», «provoca deliberadamente a sus semejantes» y «es colérico y rencoroso». Dicho de otra manera, el sujeto es como cualquiera de los adolescentes a los que Atley había conocido en su vida.

«Increíble», murmuró en voz alta.

Se fijó en que había otra evaluación, de cuando Wallis era más pequeña aún, siete u ocho años. Había estado visitando a un terapeuta —sin duda a cuenta de sus padres— a lo largo de varios años. En el informe del psicólogo no había una sola frase que recordara a las tonterías supuestamente técnicas del especialista de Servicios Sociales. Únicamente había una breve nota debajo del diagnóstico: «Wally es una chica encantadora, inteligente, madura, decidida y con recursos. También está confusa y furiosa, como cabía esperar. Su vida no será un camino de rosas.»

Qué extraño, pensó Atley. Deshacerse en elogios hacia la chica y luego predecir que todo irá cuesta arriba. Pero lo que más le sorprendió de la evaluación fue el tono; muy lejos del estilo habitual de un terapeuta, más personal que nada de lo que había leído en expedientes similares. Y esta otra frase, hacia el final, le parecía tanto o más intrigante: «como cabía esperar». ¿Por qué cabía esperar que Wally estuviera confusa y furiosa?

Era improbable que la persona en cuestión pudiera echarle una mano en la investigación, pero... «¡qué coño!», pensó Atley. Hizo unas llamadas y concertó una cita con el terapeuta, la doctora Charlene Rainer.

15

Era ya de noche cuando Wally y la pandilla se sentaron en hilera a una barra del Starbuck's que había en la Ochenta y ocho Oeste, la vista fija en la entrada del bloque de oficinas que había justo enfrente.

—Entonces la loquera esa... ¿dices que estaba en Emerson cuando Benjamin Hatch trabajaba allí? —preguntó Jake.

—Sí, y se marchó el mismo año —dijo Wally—. Pero no sé hasta qué punto se conocían. Si Hatch tuvo algún tipo de relación con mi madre, puede que Charlene Rainer la conociese también cuando estuvo en Rusia.

—Y el nombre te suena, ¿dices? —preguntó Tevin.

—Bueno, como de muy lejos, lo que pasa es que no consigo recordar de qué. Pero no creo que sea coincidencia, que ella estuviera en Rusia por la misma época que mi madre y que tenga algo que ver conmigo, además.

Miró la hora en su móvil: 5:42. Su intención era acudir a la sesión que tenía concertada con la doctora Rainer —bajo nombre falso— a las seis, pero confiaba en poder verle antes la cara. Si reconocía de vista a Charlene Rainer y recordaba cuál era la conexión, quizá podría jugar con ventaja una vez estuviesen cara a cara. La locuaz secretaria le había dicho por teléfono que la doctora llegaría de una cita fuera de la consulta. Wally contaba, pues, con poder verla.

Durante el primer cuarto de hora pasaron por la otra acera varias docenas de personas, más de la mitad mujeres. Wally no reconoció a ninguna, y tampoco ninguna entró en el edificio donde Rainer tenía la consulta.

—Esto es brutal —dijo, esforzándose por mantener la serenidad cuando, de hecho, apenas si podía soportar la intriga.

—¿Por qué estás tan nerviosa? —le preguntó Tevin.

—Mientras investigaba a esa mujer, me pareció que había muchos puntos de contacto entre su historia y la de mi madre de verdad —respondió Wally—. Cabe incluso la posibilidad de que ella sea realmente mi madre...

—¡No veas! —exclamó Tevin, comprendiendo, al igual que los otros, por qué Wally tenía un tremendo nudo en el estómago.

—Es mejor saber, pase lo que pase —terció Ella.

—Sí, saber no estaría nada mal —dijo Wally, con una sonrisita irónica.

En ese momento vieron llegar a una mujer vestida con un tres cuartos azul; caminaba a paso vivo y llevaba un maletín de piel colgado del hombro. Sus facciones quedaron visibles al pasar bajo una farola: cincuenta y tantos años, elegante pero sin alardear, unas cuantas canas aquí y allá.

—Es ella —dijo Wally, muy convencida.

—¿Y cómo lo sabes? —preguntó Jake—. ¿Has recordado por qué te suena?

—No. Pero seguro que es la doctora.

Wally cruzó la calle y pulsó el código de la oficina de la doctora Rainer que constaba en un directorio, en el portal del edificio. La puerta se abrió tras un zumbido y un clic. Wally atravesó el pequeño vestíbulo para recorrer un pasillo que desembocaba en un espacio abierto sorprendentemente grande; era un atrio en mitad del edificio de principios de siglo. Cada planta tenía su balcón hacia el interior, con una baranda de madera buena alrededor del perímetro. Wally consultó el directorio que había junto al ascensor, pero no encontró el número de la terapeuta. Reinaba una quietud un tanto extraña. Debía de haber unas cuarenta o cincuenta oficinas alrededor del atrio, pero la mayor parte de ellas estaba a oscuras.

«Planta 3, suite G», dijo una voz de mujer desde las alturas... probablemente la doctora Rainer. Wally entró en el ascensor y subió hasta la tercera planta. Luego torció a la izquierda siguiendo el balcón y continuó hasta la suite G, que era la del fondo. Encontró la puerta entreabierta. Llamó dos veces, flojo, con los nudillos.

—Pase —dijo la misma voz femenina que acababa de cantar el número de la oficina.

Wally empujó la puerta, cruzó una diminuta sala de espera —dos sillones y una mesita baja con revistas— y entró a un despacho decorado con muy buen gusto. La mujer a quien acababa de ver en la calle estaba sentada a su mesa ordenando un montón de correspondencia, pero levantó la vista al entrar Wally. La saludó con una sonrisa.

—¿Señorita Jones? —dijo—. Bienvenida. Soy la doctora... —De repente calló, mirando con más atención a Wally—. ¿Tú no eres Wally Stoneman?

—Sí —respondió Wally. Y entonces, al ver de cerca a la mujer, también ella recordó: «Shonny.» ¿Qué edad tenía entonces? ¿Siete u ocho años, la primera vez? Debido a problemas en el colegio, Claire la había llevado a ver a una mujer a quien tenía que llamar Shonny, como si fueran amigas. Las sesiones habían sido en una consulta diferente y la doctora, como es natural, había envejecido un poquito, pero no cabía la menor duda: era la misma mujer. Lo primero que recordó Wally fue que con ella siempre se sentía cómoda y a salvo.

—Wally. —El rostro de la doctora Rainer se iluminó al mirarla otra vez de arriba abajo, haciendo inventario de los cambios experimentados por su antigua paciente—. Lo que has crecido, madre mía. ¿Cuántos años tienes ya?

—Dieciséis.

—Dios mío, ¿en serio? —Algo le vino de pronto a la cabeza; la miró como si tratara de resolver un enigma—. ¿Tú eres la señorita Jones? ¿Estabas citada conmigo?

—Sí —respondió Wally—. Le debo una explicación.

—No te preocupes —dijo la doctora—. Es un placer verte de nuevo, Wally. Pero siéntate, por favor.

Wally lo hizo en una de las dos sillas que había delante del escritorio, y no en el sofá de piel arrimado a la otra pared. Quería estar lo más cerca posible, para tratar aquel asunto. La doctora Rainer tomó asiento en su butaca de oficina, que era de piel con el respaldo alto.

—¿Cuántos años han pasado? —se preguntó en voz alta la doctora, e hizo girar la butaca hacia el archivador de madera que tenía detrás. Abrió uno de los grandes cajones—. Me temo que esto del ordenador no se me da muy bien —dijo mientras buscaba entre las carpetas—. A ver si un día de estos modernizo mis archivos.

La búsqueda se prolongó unos segundos más. Finalmente la doctora sacó una carpeta, la abrió y empezó a rebuscar.

—No me lo puedo creer —dijo al cabo, girando de nuevo hacia la mesa—. La última visita fue hace casi ocho años. Yo hubiera dicho cuatro o cinco, pero es lo que pasa cuando nos hacemos mayores.

Wally sintió gran curiosidad por saber lo que había en aquella carpeta. Iba ya a pedirle si le dejaba echar un vistazo —cosa que dudaba mucho— cuando la doctora Rainer devolvió el dosier a su sitio y cerró el archivador.

—Con Claire he hablado algunas veces —dijo al girar de nuevo hacia Wally; en su cara había aparecido un leve gesto de pesar—. Quiero decir que estoy más o menos al corriente de tu... de tu actual situación.

—Prefiero no hablar de eso, ahora —dijo Wally, resuelta a llevar la conversación por donde a ella le convenía. Nada de rollo psicológico, nada de consejos bienintencionados, nada de recriminaciones por la vida que llevaba.

—De acuerdo, pero... ¿estás bien de salud y todo eso?

—Sé cuidar de mí misma —dijo Wally.

La doctora Reiner sonrió.

—No lo dudo. Siempre fuiste fuerte.

—Quiero la verdad, doctora Rainer.

—Cuenta con ello.

—Usted fue mi terapeuta.

—Sí. No con regularidad. Nos vimos algunas veces, cuando tenías problemas concretos. ¿Quieres que hablemos de esos temas?

—No. Hace años, cuando empezó a visitarme... usted ya sabía quién era yo. No fui paciente suya por casualidad. Existía una conexión previa.

—Pues... —La doctora se rebulló en la butaca—. No sé si entiendo lo que quieres decir, Wally.

—Usted había vivido en Rusia.

Wally vio que Rainer se quedaba inmóvil unos segundos y luego la miraba de hito en hito. De repente parecía muy nerviosa. Desvió los ojos hacia la puerta de la consulta, que había quedado abierta.

—Wally, ¿has venido sola? —inquirió con cautela.

—Sí, claro —respondió Wally, preguntándose por qué la doctora estaba asustada.

—Disculpa un segundo.

La doctora se levantó, salió de la consulta y fue hasta el pasillo. Una vez allí se acercó a la baranda de madera y escrutó la zona del atrio a un lado y a otro. No había nadie. Se quedó un instante escuchando. Todo estaba en calma. Más o menos satisfecha, regresó a la oficina, cerró la puerta y volvió a sentarse.

—Wally —dijo, expulsando el aire como si hubiera estado aguantando la respiración—, lo siento. Me ha sorprendido lo que has dicho, la verdad. Creo que hoy estoy un poco... En fin, no sé cómo explicarlo. Un poco nerviosa.

—No pasa nada —contestó Wally, decidida a salir adelante—. Usted dio clases en el Colegio Emerson.

—Estuve allí, sí, pero no daba clases —respondió la doctora, haciendo un vano intento de parecer más relajada—. Me había doctorado por la Universidad de Columbia y me puse a buscar ofertas de trabajo de lo más exóticas. Vi que Emerson buscaba un orientador de plantilla y la idea de viajar a Rusia me pareció excitante. —La respuesta era más larga y detallada de lo necesario, lo que indujo a Wally a pensar que la doctora trataba de ganar tiempo, quizá temiendo las preguntas que probablemente iban a venir a continuación.

—Y por esa época conoció a Yalena Mayakova. —Una afirmación, no una pregunta.

La doctora Rainer tardó un poco en reaccionar. Ya

estaba inquieta, pero la mención de Yalena había acrecentado sus temores.

—¿Cómo es que conoces a esa persona que dices, Wally?

—Dejemos eso de momento. Por favor, respóndame, doctora.

—Sí. Conocí a Yalena Mayakova cuando estuve en Rusia.

—Usted sabe que yo soy su hija. ¿Lo sabía desde el principio? Quiero decir cuando empezamos aquellas sesiones...

Otra pausa.

—Sí.

Wally hizo la pregunta que tenía preparada:

—¿Yalena Mayakova es usted?

Si la doctora Rainer estaba esperando que le preguntara alguna cosa, era todo menos eso.

—¿Yo? —dijo, a todas luces perpleja—. No, Wally.

—Usted no es mi madre de verdad.

—No soy tu madre de verdad.

Wally inspiró hondo y soltó lo que llevaba dentro.

—Muy bien. Vale —dijo—. Disculpe. Acabo de darme cuenta de que no estaba preparada para ello, en caso de que hubiera sido usted mi madre.

—No estás preparada porque yo no soy tu madre, Wally —dijo afablemente la doctora Rainer—. Cuando la tengas delante, lo sabrás. Y entonces estarás preparada. No me cabe ninguna duda.

«Cuando la tengas delante.» Su madre estaba viva. Wally se tomó un momento para asimilar esa idea. Lo que la había impulsado a investigar era precisamente esa esperanza, pero en el fondo de su corazón siempre se había aferrado a una pequeña dosis de duda, un salvavidas que la protegiera en caso de que la búsqueda no tuviera sentido. Esa duda se había desvanecido ahora, y Wally se permitió recrearse en una sensación de alborozo, y de anticipación. Se emocionó hasta el punto de quedarse sin respiración.

—Cuéntemelo todo, doctora —dijo, casi incapaz de pronunciar las palabras.

16

El inspector Atley Greer salió a la Ochenta y ocho desde Columbus y aparcó en una zona de carga y descarga, a pocos metros de la dirección de la doctora Rainer. Estaba hecho polvo tras un largo día trabajo y cuando vio un Starbuck's al otro lado de la calle, no se lo pensó dos veces. Necesitaba un café con urgencia. Tenía tiempo de sobra hasta la hora de la cita.

Estaba cruzando la calle, como a treinta metros de la cafetería, cuando se fijó en que iban a cerrar; el encargado estaba haciendo salir a tres chavales a la acera, después de lo cual cerró la puerta del establecimiento. Atley se detuvo y miró hacia ambos lados en busca de alguna otra fuente de cafeína, pero no vio ninguna. Descorazonado, se disponía a seguir caminando en dirección a la consulta de Rainer cuando algo le hizo pensar: ¿no había visto hacía poco a aquellos tres chavales? Se volvió de nuevo hacia el Starbuck's y vio que estaban todavía allí, rondando por delante de la cafetería como si esperaran a alguien. Sin acercarse a ellos los volvió a mirar y, de repente, supo quiénes eran. No había duda, eran los amigos de Wallis Stoneman, los que las cámaras de seguridad de la estación de Greenport habían captado aquel día. La coincidencia le pareció a Atley de lo más improbable; hacía más de una semana que andaba tras ellos y, zas, ahora los tenía delante de sus narices, precisamente muy cerca de un edificio en el que se disponía a entrar en relación con una entrevista que tenía que ver con Wallis. ¿Qué quería decir esto?

Desvió rápidamente la vista, confiando en que no hubieran notado que se fijaba en ellos. Al cabo de un rato los chicos echaron a andar por la Ochenta y ocho. Se movían con un aire de indiferencia que hizo pensar a Atley si no estarían fingiendo por él. Sin dejar de observarlos en el reflejo de un escaparate, esperó hasta que hubieron doblado la esquina de Amsterdam y luego corrió tras ellos. Al llegar a la esquina se detuvo, se asomó a la avenida y confirmó que los chavales estaban todavía a suficiente distancia como para no saber que los seguían. Ellos continuaron andando por Amsterdam y en ningún momento volvieron la vista atrás.

Atley se miró el reloj. Tenía aún media hora; no podía dejar escapar esta oportunidad. Echó a andar por Amsterdam, siempre hacia al sur, como los chicos, y procurando mantener la misma distancia. En la esquina de la Ochenta y siete, los chavales torcieron a la izquierda y los perdió de vista. Atley apretó el paso y llegó en menos de diez segundos a la esquina, pero al torcer hacia la Ochenta y siete miró en dirección este y no vio a nadie, en ninguna de las dos aceras. Ni chavales ni nada. La calle estaba desierta.

«Esto tiene que ser una broma», pensó, de muy mal humor. Continuó por la misma calle, mirando en los portales, asomándose a escaleras que bajaban a viviendas en sótanos, pero ni rastro de los chicos. Cerca había varios comercios, entre ellos una lavandería, una pizzería y un local vacío que en tiempos había sido un banco, pero miró en todos ellos y no vio nada.

«Maldita sea...»

Tevin, Ella y Jake permanecieron quietos y acurrucados detrás del contenedor de basura que había en el callejón, en la parte de atrás del banco. Observando la calle al otro lado, pudieron ver al policía, que husmeaba con cara de pocos amigos, intrigado por haberlos perdido de vista.

—¿De qué conocemos a ese poli? —preguntó Jake.

—Que yo sepa, de nada —dijo Tevin—. A mí no me suena, vaya.

—Ni a mí —intervino Ella—. ¿Por qué nos estará siguiendo?

Mientras pensaban en diversas posibilidades, vieron que el poli se rendía, daba media vuelta y regresaba hacia donde lo habían visto por primera vez: al Starbuck's que había enfrente de la consulta de la doctora. Que era donde estaba Wally.

—Esto no me gusta nada —dijo Tevin.

17

—No me marcho de aquí hasta que me lo haya contado todo —le dijo Wally a la doctora Rainer al ver que dudaba.

—Te contaré lo que pueda, Wally.

Wally comprendió que iba a haber ciertos límites; tendría que andarse con ojo para impedir que la doctora Rainer se asustara todavía más.

—Usted conoció muy bien a mi madre —empezó Wally.

—Sí —dijo la doctora—. Desde que ella tenía tu edad.

—En Rusia. Y Benjamin Hatch también; los dos la conocían.

La doctora pareció sorprendida al oír nombrar a Hatch por boca de Wally.

—Sí. Benjamin y yo... estábamos juntos entonces. Me refiero a cuando ambos trabajábamos en Emerson. Durante un tiempo él y yo fuimos... —Pero sus pensamientos derivaron hacia otra cosa y no terminó la frase.

—Y mi madre... ¿Usted tiene alguna foto de ella?

La pregunta pareció coger nuevamente por sorpresa a la doctora Rainer. Qué raro, pensó Wally, sólo había que responder sí o no.

—No tengo ninguna. Lo siento —dijo al fin la doctora.

—Pero sigue manteniendo contacto con ella. ¿Está aquí, en este país?

Una pausa.

—Sí.

—¿Yo la conozco? —Wally tenía ahora un gran nudo en la garganta y se le quebró un poco la voz; detestaba sentir que algo la superaba—. ¿La conozco, doctora?

La doctora Rainer se rebulló incómoda en la butaca.

—Wallis, yo también tengo preguntas que hacer —dijo.

—Me temo que no lo entiende —protestó Wally—. Necesito encontrar a mi madre. ¿Quién es Yalena?

—Eso no te lo puedo decir, Wallis —respondió la doctora—. Hice una promesa. Además, no sería seguro; si tú supieras quién es, ciertas personas harían lo que fuese para que se lo dijeras.

Era evidente que la doctora no quería comprometerse, y Wally no quería correr el riesgo de perder a una aliada.

—Muy bien —dijo, haciendo como que lo entendía—. Entonces, ¿qué es lo que sí puede decirme de ella?

—¿Qué es lo que quieres saber?

—Pues... —¿Por dónde empezar? Wally tenía demasiadas preguntas—. ¿Cómo era mi madre, qué aspecto tenía? En aquella época, quiero decir.

La doctora hizo memoria antes de responder.

—Inteligente. Guapa. —Levantó la vista y pareció establecer una comparación con Wally—. Si lo pienso, muy parecida a ti. Una chica encantadora pero más... convencional. Tenía bastante mundo; su madre trabajaba también allí, en Emerson, de modo que Yalena casi se crio en el colegio, entre americanos. Era de complexión atlética. Tocaba bien el piano. Más o menos buena estudiante. Gustaba a los chicos, pero ella era de natural un poco reservada.

—¿Y cómo se torcieron las cosas? —Durante toda una semana, Wally había estado imaginando posibilidades, en un intento de hallar la secuencia de acontecimientos que habrían culminado en la entrega de su propia hija por parte de Yalena Mayakova.

—La crio una madre soltera —dijo la doctora Rainer—, y Yalena suspiraba por una fuerte presencia masculina en su vida. Le atraían los hombres, no los chicos.

—Y encontró a uno.

La doctora Rainer dejó escapar un suspiro atroz.

—No, uno la encontró a ella.

—Y hubo problemas.

—Sí, pero más adelante. Problemas serios.

—¿Cómo se llamaba ese hombre?

Wally vio que la doctora se debatía ante esta pregunta: ¿tenía ella derecho a revelar el nombre?, ¿tenía derecho a no revelarlo?

—Klesko. —Lo pronunció como con renuencia, como si se tratara de un conjuro que pudiera hacer materializarse al hombre en cuestión—. Alexei Klesko.

—Klesko —repitió en voz alta Wally, como si lo saboreara. Luego preguntó—: ¿Y Klesko es mi...?

—No me preguntes más, Wally, por favor —la interrumpió la doctora Rainer—. Perdona, eso no es cosa mía.

—Tampoco es cosa suya guardar el secreto... —replicó Wally, tratando de dominar su frustración. Entonces tuvo una idea. De su macuto sacó la fotografía incluida entre los papeles de Brighton Beach, aquella imagen en blanco y negro tomada por una videocámara del hombre que había visto en casa de los Hatch. Se la mostró a la doctora, y ésta se puso pálida.

»¿Es Klesko? —quiso saber Wally—. ¿Es éste mi padre?

—Cielo santo... —La doctora Rainer estaba aterrorizada—. ¿De dónde ha salido esta foto? ¿Cuándo la hicieron?

—Por favor, doctora. Dígame si este hombre es mi padre.

La doctora Rainer cedió al fin.

—Sí, Wally. Ese hombre es Klesko. Klesko es tu padre.

Wally asimiló la noticia. Volvió la foto y la miró con nuevos ojos. El hombre en cuyo camino se había cruzado en Shelter Island —ese hombre que irradiaba peligrosidad y violencia— era de su propia sangre. Por algún motivo, darse cuenta de ello no le resultó tan abrumador como cabía pensar, y eso fue lo que le hizo darse cuenta de que, desde el momento en que había visto por primera vez la foto de aquel hombre, una vocecita interior le había estado contando ya la verdad. Por muy aterradora que fuese la revelación, Wally estaba dispuesta a afrontarla. Prefería saber —por dolorosos que fuesen los conocimientos— a vivir en la ignorancia.

—¿Qué pasó entre Klesko y mi madre?

—Yalena estuvo siete años con él. Al principio la relación era, digamos, viable. Pero Klesko empezó a cambiar. Algo le fue saliendo de dentro, instintos oscuros. Con el tiempo se supo que su negocio familiar pertenecía al Vory, la red criminal rusa, y cuanto más se metía en aquel mundo, más cruel se iba volviendo. Yalena, naturalmente, intentó separarse, pero él no se lo permitió. Y cuando quedó embarazada de ti, ya tenía decidido que te criaría sola, que no dejaría que Klesko tuviera que ver contigo. Ahí fue donde apareció Benjamin Hatch. Ben tenía contactos y echó mano de ellos para ayudarla a abandonar el país. Pero a un terrible coste.

—¿Cómo?

—Tenía que ser a cambio de dinero. El negocio de Benjamin se había ido al garete, acumulaba deudas y más deudas. Ben accedió a sacar a Yalena del país... pero por dinero. Yalena, para pagarle, tenía que echar mano del dinero de Klesko, y la única forma de salir airosa de algo así era quitándolo a él de en medio. Yalena se había enterado de un nuevo chanchullo de Klesko (algo relacionado con el contrabando) y lo delató a la policía. Llevó a Benjamin a donde Klesko guardaba sus riquezas (había un escondite cerca de la dacha que tenía), y ese fue su gran error. En cuanto Hatch vio todo lo que Klesko tenía allí...

—La alejandrita —dijo Wally, expresando en voz alta su suposición. Se le había ocurrido de pronto; la piedra preciosa que había recibido de su madre, a través de los papeles de Brighton Beach, podía ser el vínculo que unía todas las piezas. ¿De dónde la habían sacado? ¿Había más de una tal vez?

—En efecto —le confirmó la doctora—. En cuanto Benjamin vio el alijo de piedras, ya no quiso aceptar otra cosa. Tu madre estaba desesperada, no tuvo otra opción.

—Ya, pero Benjamin se hizo con las piedras, ¿no? —dijo Wally, tratando de armar el rompecabezas—. Cobró lo que quería y Klesko quedó fuera de la circulación, ¿verdad? Entonces, ¿por qué me abandonó ella?

—Las cosas se complicaron mucho, Wally —suspiró amargamente la doctora Rainer—. Los socios de Klesko fueron a por Yalena. Para ellos, el dinero de Klesko era también suyo. No pararon hasta dar con ella, y Yalena se vio enfrentada a un terrible dilema...

En ese momento oyeron una voz de mujer llamando a gritos desde la zona del atrio del edificio. Las palabras exactas no llegaron con claridad a través de la gruesa puerta de la consulta. La doctora Rainer se levantó, fue hasta la puerta y salió al pasillo. Wally la siguió. Antes de llegar a la galería, oyeron de nuevo a la mujer, esta vez con claridad.

—¡Oiga! —dijo la voz—. ¿Quién hay? ¿Quién anda ahí?

Al asomarse al pasamanos de la galería, Wally y la doctora vieron a una mujer árabe de unos treinta y tantos años, vestida con traje chaqueta, que las miraba desde dos plantas más arriba. Al verlas a las dos, dijo:

—No lo soporto.

—¿El qué? —preguntó la doctora Rainer.

—Alguien ha llamado al timbre desde abajo, ha dicho quién era, pero no le he entendido. Tenía un acento raro. No debería haberle dejado pasar, pero he pensado que sería un repartidor o algo así. Ya no hay ninguno que hable inglés.

La doctora y Wally miraron hacia abajo, en busca del tramposo que se había colado en el edificio, pero no vieron a nadie. Todo estaba en calma.

—¿Hay alguien? —llamó la doctora Rainer, y su voz resonó en el atrio vacío. No hubo respuesta. Tanto ella como Wally estaban ya nerviosas.

—Hace años que insisto en que deberíamos tener un portero —dijo la mujer árabe desde arriba. Parecía molesta, pero no preocupada.

—Llame ahora mismo a la policía —le dijo la doctora Rainer.

—¡Oh! —exclamó la mujer, sorprendida—. ¿Usted cree? Bueno, de acuerdo.

La mujer se apartó ligeramente del pasamanos para volver a su oficina, pero no llegó muy lejos. El estampido de un disparo atronó en el hueco del atrio al tiempo que una bala atravesaba el pecho de la mujer, salpicando de sangre la barandilla.

Wally y la doctora Rainer dieron un respingo y gritaron al unísono: alguien había segado una vida humana a quemarropa y delante de sus ojos.

—Dios mío... —acertó a decir Wally, casi sin aliento.

—Es él. —Blanca de puro pánico, la doctora Rainer agarró a Wally y la hizo entrar a toda prisa en la consulta, cerrando primero la puerta del pasillo y luego la de la salita de estar. Al poco rato oyeron cómo alguien daba puntapiés a la puerta de fuera.

Wally visualizó al hombre que había visto en casa de los Hatch —el hombre que irradiaba pavor— e hizo un intento de analizar la situación; aquel hombre era su padre y un asesino. ¿Había venido a por ella? ¿Quizás a por la doctora? Daba lo mismo. Ya estaba dentro.

—La escalera de incendios —dijo Wally.

Corrió hasta la ventana, la abrió deslizándola hacia arriba y vio que fuera, al lado de la ventana, había una rejilla de seguridad, pero no pudo accionarla hasta que no entendió que dentro de la oficina tenía que haber una palanca. Wally tiró de la palanca y la rejilla ascendió lentamente, dejando libre una vía de escape. Sin embargo, en ese mismo instante oyó que alguien subía a toda prisa por la escalera de incendios. Al mirar hacia abajo vio una larga melena negra; era el otro hombre al que había visto en casa de los Hatch, el más joven.

Wally intentó cerrar de nuevo la rejilla, pero ésta había basculado completamente hacia fuera y el brazo no le llegaba. Al volverse de nuevo, vio que la doctora estaba sacando del cajón inferior de su escritorio una pistola calibre 9 milímetros.

—Por si llegaba este día —dijo la doctora Rainer, en respuesta a la mirada de Wally.

La doctora se acercó a la ventana y, con cara de haber hecho prácticas de tiro pero no de haber utilizado la pistola en el mundo real, efectuó tres disparos apuntando hacia abajo. El ruido de pisadas en la escalera cesó, al menos temporalmente, pero en ese momento oyeron estrépito en la salita de estar —alguien había conseguido echar abajo la puerta del pasillo—, y ese alguien estaba ahora en la salita y la emprendía a patadas con la puerta que comunicaba con la consulta propiamente dicha, donde la doctora y Wally estaba atrapadas.

—Estos despachos están conectados entre sí... —susurró o chilló la doctora Rainer acercándose a una puerta en una de las paredes de la oficina. Acto seguido apuntó con la pistola a la cerradura, torció el gesto al apretar el grueso gatillo y reventó la cerradura de dos ensordecedores disparos. La puerta basculó hacia fuera, dejando a la vista el despacho de unos abogados.

La doctora irrumpió en el despacho de los abogados, con Wally pisándole los talones y cerrando enseguida la puerta. Entre las dos inclinaron un gran archivador metálico para bloquearla. Justo a tiempo. Oyeron voces en la consulta de la doctora, los dos hombres hablando en ruso airadamente. De pronto la puerta que acababan de franquear tembló de mala manera; los perseguidores trataban de abrirla a empujones y el archivador iba moviéndose hacia dentro centímetro a centímetro. No tardarían en entrar.

—El balcón —susurró la doctora Rainer.

Cruzaron a toda prisa la sala de espera y fueron hacia la puerta del pasillo a fin de salir de nuevo a la galería. Pero, en el preciso momento en que la doctora ponía la mano en el tirador, oyeron pasos en la galería, justo al otro lado de la puerta del despacho de abogados y a sólo un palmo de donde se encontraban ellas dos. Quienquiera que fuese el perseguidor —el joven de la melena o el otro—, empezó a dar patadas desde fuera. La doctora y Wally volvían a estar atrapadas, pero esta vez en el despacho contiguo.

La doctora Rainer dio un paso atrás y disparó dos veces contra la puerta (oyeron tacos en ruso; de rabia, que no de dolor) y al momento volvieron las patadas a la puerta. El otro perseguidor había conseguido, entretanto, apartar más de un palmo el archivador y le faltaba muy poco para colarse por el hueco. Lo oían gruñir como una fiera rabiosa a cada nuevo empellón que daba contra la puerta.

Hasta ese momento la doctora Rainer había mantenido la compostura —en todo caso, exteriormente—, pero de pronto se echó a temblar y aparecieron lágrimas en sus ojos.

—Dios, Dios... —exclamó—. Me hará hablar. Hará cualquier cosa para...

—Hay otro despacho al lado —dijo Wally, reparando en una puerta lateral similar a la que había en la consulta.

Viendo que la doctora parecía incapacitada por el miedo, Wally le arrebató la pistola, fue hasta la puerta lateral y disparó dos veces contra la cerradura. La puerta se abrió al momento. Daba a lo que parecía el taller de un artesano —un constructor de maquetas de arquitectura, a juzgar por las que había desperdigadas por el reducido espacio—, en mitad del cual había una mesa de trabajo con botes de pintura y disolventes.

Entraron a toda prisa. El único mueble a mano con el que bloquear la puerta era una enorme taquilla metálica, demasiado pesada para moverla entre las dos. Al mirar a su alrededor Wally vio un trofeo de béisbol en lo alto de la taquilla. Bajó el trofeo e incrustó la parte de arriba —era una figura de un jugador ligeramente agachado como para batear— entre el suelo y la puerta, como una cuña.

Al volverse, vio que la doctora Rainer había abierto la ventana del pequeño taller e intentaba ahora tirar del picaporte que había al pie del marco a fin de accionar la rejilla de seguridad. Estaba atascada. Wally fue a yudarla, pero era imposible mover la palanca. No podían huir por la escalera de incendios.

El taller no disponía de una segunda puerta que conectara con otra oficina; sólo estaba la del pasillo (uno de los perseguidores intentaba ya entrar por ella a patadas) y la que daba al despacho de los abogados, atrancada mediante el trofeo de béisbol, pero también ésta estaba siendo sometida a los puntapiés y los empellones del segundo hombre. El canto afilado del trofeo iba hincándose en el suelo, pero al mismo tiempo se desplazaba cediendo a la presión.

Wally y la doctora Rainer estaban acorraladas, no había forma de escapar. En medio de aquella tormenta de violencia —los dos rusos lanzándose sin tregua contra las puertas—, Wally se sintió invadida por una extraña calma. ¿Cómo era posible? En parte pensaba que rendirse supondría un cierto alivio; estaba dispuesta a dar cualquier cosa para que terminara de una vez todo aquel miedo, todas aquellas dudas, aun cuando ello viniera de la mano del dolor. Sentía un apremiante deseo de abrir la puerta a aquellos dos energúmenos. Miró a la doctora, que continuaba paralizada por el pánico, y le dijo:

—Ahora ya sé quién es mi padre. Dígame quién es mi madre, doctora Rainer.

La doctora miró a Wally y pareció comprender: fuera cual fuese el destino que la esperaba, Wally sólo podría afrontarlo con valor conociendo la respuesta a tan sencilla pregunta. La doctora sonrió un poco —una sonrisa triste— y abrió la boca para hablar.

—Oh, Wally. Tú ya...

Pero ahí terminó todo. Cuatro rápidos disparos sonaron del otro lado de la puerta que daba al pasillo. Las balas destrozaron la cerradura. Ésta, contra todo pronóstico, resistió, pero uno de los impactos rebotó en el metal con un pitido casi caricaturesco, y la doctora Rainer enmudeció de golpe. La bala le había desgarrado la garganta, de donde empezó a brotar un chorro de sangre arterial, mientras el cuerpo de Charlene Rainer se desplomaba en el suelo.

—¡No! —gritó Wally.

Rápidamente se desprendió de la bufanda y la aplicó con fuerza al agujero de bala en un esfuerzo desesperado por contener la hemorragia, pero fue en vano: la doctora Rainer había muerto ya. Ciega de ira, Wally se incorporó e hizo fuego con la pistola de la doctora contra la madera de la puerta, sin saber qué podía pasar. Cuatro disparos después, el cargador quedó vacío y Wally, mascullando una exclamación de rabia, arrojó el arma a un lado.

El hombre que estaba fuera reanudó los empujones contra la puerta, gruñendo cada vez más fuerte a cada empellón. Las bisagras crujían, a punto de ceder en cualquier momento, y otro tanto sucedía del otro lado de la puerta lateral.

Wally miró en derredor buscando alguna solución y sus ojos se posaron en la mesa del maquetista y en los botes de pintura y disolvente. La etiqueta de la lata de disolvente advertía que el líquido era altamente tóxico e inflamable. Wally agarró el bote y lo abrió. Se puso en cuclillas al lado de la puerta del pasillo y colocó el bote al pie de la misma, de modo que la boca quedara remetida debajo, mirando hacia fuera. Luego se incorporó, sacó un encendedor del bolsillo y, con el pie izquierdo, dio un pisotón fuerte en el bote. El líquido salió disparado bajo la puerta, y en ese momento Wally se apartó unos pasos, prendió el encendedor y lo arrojó hacia la lata.

Una llamarada saltó al otro lado de la puerta, seguida de unos gritos de espanto. Inmediatamente, Wally abrió la puerta y salió de estampida pasando junto a Alexei Klesko, que tenía las perneras del pantalón en llamas. El hombre, desesperado, se despojó de la cazadora de piel y la utilizó para sofocar el fuego mientras Wally corría como una posesa hacia la galería, pero de pronto se vio encañonada por el otro perseguidor, el joven de la melena.

—Se acabó... —dijo el ruso, con calma.

Fue sólo un instante, pero Wally miró al joven a los ojos y entre ella y él se produjo un momento de... ¿de confusión, tal vez?

No. De reconocimiento.

Justo entonces, Klesko salió en tromba del taller del maquetista con el pantalón chamuscado pero las llamas extinguidas. Alzó el arma que empuñaba; ahora eran dos los que apuntaban a Wally.

—Maldita zorra... —ladró Klesko—. Ya me estás diciendo dónde...

No pudo terminar. Dos disparos sonaron a sus espaldas, incrustándose en el techo de la galería interior. Wally y los rusos vieron acercarse a Atley Greer por el pasillo con el arma reglamentaria dirigida hacia ellos.

—¡Policía! ¡Que nadie se mueva! —gritó Atley, pero Klesko y el joven no hicieron caso, se agacharon y utilizaron a Wally como escudo mientras retrocedían por el pasillo y corrían a meterse de nuevo en la consulta de la doctora Rainer, disparando como locos hacia Atley sin detenerse. Wally se tiró al suelo mientras las balas hendían el aire.

»¡Quédate ahí! —le gritó Greer al pasar junto a ella en pos de los dos hombres. No bien hubo entrado en la consulta, ella hizo también caso omiso, se levantó y echó a correr.

Al llegar a la escalera oyó más disparos —el inspector y los rusos luchando hasta el final—, pero no se volvió para mirar, sino que se lanzó escaleras abajo. Estaba ya en el rellano de la segunda planta cuando se topó con Tevin, Ella y Jake, que subían con cara de aterrorizados.

—¡Wally! —gritó Tevin, aliviado de ver que estaba ilesa.

—¿Pero qué coño está pasando ahí arriba? —quiso saber Jake.

—¡Vamos, rápido! ¡Tenemos que irnos de aquí! —dijo Wally, y reanudó su carerra escaleras abajo, ahora con los otros tres pisándole los talones.

Salieron del edificio y echaron a correr por la calle Ochanta y ocho. Al mismo tiempo oyeron detrás de ellos nuevas detonaciones —un tanto amortiguadas porque sonaban en el interior del edificio que acababan de abandonar—, y luego exclamaciones en ruso, seguidas del traqueteo metálico de alguien descendiendo por una escalera de incendios.

La pandilla llegó a Amsterdam Avenue, todavía con gritos y pisadas resonando a sus espaldas, y continuó la huida hasta llegar a la esquina del banco donde vivían. Una vez allí, torcieron al este por la Ochenta y siete, se metieron por el pasadizo de la parte de atrás y abrieron la puerta trasera con la llave del *lockbox* como solían hacer siempre.

Wally se lanzó de inmediato al frío suelo de baldosas, tratando de acompasar la respiración. El banco estaba a oscuras, la única luz procedía de las farolas de la calle, cuyo fulgor entraba por las ventanas ensuciadas. Esperando a que la adrenalina desapareciera de su organismo, Wally continuó respirando a pleno pulmón. Temblaba de pies a cabeza, y Ella fue enseguida a estrecharla entre sus brazos.

—Dios mío —dijo—. ¿Te encuentras bien, Wally?

Ella vio que Wally tenía algo en la mejilla, una manchita, y al pasar el dedo para limpiársela vio que era sangre y dejó escapar un jadeo. Tevin estaba sentado al lado, en el suelo, y Ella le mostró el dedo manchado de sangre.

—¿Qué ha pasado, Wally? —preguntó Tevin.

Antes de que Wally pudiera reunir fuerzas para contestar, fue Jake quien habló, agazapado junto a la ventana del banco.

—Están ahí fuera —dijo, casi en susurros.

Wally, Ella y Tevin se acercaron a la ventana y se acurrucaron al lado de Jake. Habían practicado unas mirillas casi invisibles en el cristal y podían atisbar la calle sin que los vieran desde el exterior. En silencio y a oscuras, observaron a los dos rusos, que estaban plantados en medio de la acera, buscándolos. Furiosos, empezaron a mirar en varias de las escaleras que conducían a pisos en sótanos, así como en otros portales. Se los veía tan frustrados como confusos.

—¿Quién es esa chica? —gritó Klesko en medio de la fría noche, sintiéndose impotente.

Wally sintió un escalofrío en la columna vertebral. Mientras estaba allí quieta y en absoluto silencio, en compañía de los otros, no pudo evitar preguntarse qué le habría pasado al inspector Greer. No le caía especialmente bien el policía, pero debía reconocer que prácticamente le había salvado la vida.

Mientras continuaban registrando la calle, a todas luces tratando de averiguar cómo Wally y la pandilla habían logrado desaparecer con tanta presteza, Alexei Klesko se acercó a la ventana del banco y pegó la cara al cristal para mirar en el interior, quedando así a escasos centímetros de la cara de Wally. Los de dentro permanecieron absolutamente quietos, sabiendo que cualquier movimiento alertaría al ruso. Wally miró fijamente los ojos del hombre que no la estaba viendo y dijo en voz baja: «*Ochi chornye.*»

—¿Qué? —susurró Ella—. ¿Qué significa?

«Ojos negros —pensó Wally para sus adentros, pero no dijo nada—. Ojos negros, como los míos.»

Se oían sirenas de policía a lo lejos. Los dos rusos abandonaron la búsqueda y apretaron el paso hacia el este por la Ochenta y siete, alejándose del banco donde Wally y la pandilla estaba aún acurrucados, sin aliento y temblando de miedo.

—Volverán —dijo Wally—. Ya no podemos seguir viviendo en el banco.

18

Eran poco más de las ocho de la mañana cuando Klesko aparcó el LeMans en la calle Cuarenta y siete, a quince metros escasos de la tienda de los hermanos Hamlisch. Tigre, que iba en el asiento del acompañante, se disponía ya a bajar del coche cuando vio abrirse la puerta del comercio y salir de él a un hombre joven, el cual conectó la alarma y bajó la persiana metálica que tapaba toda la fachada de la tienda. El joven, al caminar en dirección este por la acera, se palpó inconscientemente el lado izquierdo del pecho, lo que significaba que en el bolsillo de la pechera de su sencillo traje negro había algo valioso.

—Será éste —dijo Klesko.

A Tigre lo tenía preocupado su padre. Aunque había salido prácticamente ileso del episodio en la consulta de la terapeuta, la noche anterior, Klesko estaba de un humor peligroso, más huraño de lo habitual y como a punto de explotar. Lo más humillante había sido el incidente con el fuego que le había chamuscado los pantalones. Por lo demás, apenas habían conseguido nada: la tal Rainer había muerto antes de poder informarlos sobre el paradero de Yalena Mayakova, y la chica misteriosa había desaparecido como por ensalmo casi delante de sus narices.

Klesko no estaba asimilando bien tanto fracaso y Tigre sabía que, en circunstancias así, su padre era capaz de cualquier cosa, incluyendo estallidos de violencia gratuita que podían ponerlos al descubierto.

Habían confiado en localizar a Yalena si encontraban a Benjamin Hatch o a Charlene Rainer; ahora ambos estaban muertos y los Klesko seguían igual de perdidos. La única pista probable era la muchacha que estaba en el despacho de Rainer. Tigre y Klesko no sabían cómo encajaba ella en lo que estaban buscando, y sin embargo les intrigaba la chica; era evidente que tenía más recursos y era más espabilada que una muchacha normal de su edad —prueba de ello, que hubiera prendido fuego al pantalón de Klesko y se les hubiera escapado de las manos—, pero por parte de Tigre había otra cosa: aquella chica le resultaba familiar y no sabía decir por qué.

¿Tendría alguna conexión con Yalena Mayakova? Los Klesko no lo sabían aún, pero una posible fuente de información era Isaac Hamlisch, el joyero joven que estaba de viaje de negocios en Europa la primera vez que habían ido a la tienda. Hamlisch había puesto la alejandrita en el mercado internacional —hacía solo dos semanas de ello, aunque a Tigre le parecían muchas más—, y por tanto podía decirles quién le había llevado la piedra. Isaac Hamlisch estaba ya de vuelta en Nueva York y en ese momento caminaba a solas por la Cuarenta y siete en dirección al Diamond Buyers Club, que estaba a una manzana de distancia.

Tigre se apeó del coche y empezó a seguir a Hamlisch mientras Klesko ponía el motor en marcha y arrancaba. A esa ahora apenas había tráfico en la calle. Cuando

Klesko estuvo a la altura del joven joyero, Tigre actuó con rapidez: alcanzó con dos zancadas a Hamlisch y le incrustó en las costillas el cañón de su pistola.

—No hagas cosas raras —le dijo al oído, al tiempo que lo conducía primero hacia la calzada y luego hacia la puerta abierta del coche.

Klesko había abatido el asiento del copiloto, de manera que Tigre y Hamlisch montaron ambos en el asiento de atrás del automóvil. Una vez cerrada la puerta y colocado en su sitio el asiento del copiloto, Isaac Hamlisch quedó atrapado junto a Tigre en el asiento de atrás.

—Santo Dios —murmuró el joyero, muerto de miedo.

—Relájate —le dijo Tigre.

Klesko continuó por la Cuarenta y siete y luego viró al sur por la Quinta Avenida; aun en medio del lento tráfico de Manhattan, el potente motor del LeMans gruñía, ávido de lanzarse hacia delante.

—¿Tú Isaac? —preguntó Klesko, mirando al secuestrado por el retrovisor de dentro.

—S...sí...

—Tú compraste la alejandrita, ¿eh?

La pregunta pilló claramente desprevenido a Isaac.

—Ah... Sí. Una.

—¡Mírame! —le ordenó Klesko.

—Compré esa piedra hace dos semanas —prosiguió Isaac, pero mirando al suelo todavía, incapaz de encarar la penetrante mirada de Klesko—. Me la llevé a...

—¡Mírame a los ojos! —ladró Klesko.

Tigre intentó hacer cooperar al joyero hincándole suavemente la pistola en las costillas, esperando de pasada que el hombre no se meara encima.

Isaac alzó por fin la vista.

—¿Quién te trae la piedra a ti? —inquirió Klesko.

Hamlisch fue a abrir la boca, pero luego dudó y no

dijo nada. Tigre tuvo la sensación de que allí había algo interesante, como sabía que estaría pensando también su padre. Pese a que lo tenían encañonado, el tal Isaac Hamlisch se arriesgaba a no hablar. ¿Por qué un simple comerciante se mostraba reacio hasta el extremo de poner en peligro su vida? Sólo podía ser por una cosa: había que proteger la identidad de la persona que le había vendido la piedra.

¿Quizás una niña?

—Ah —dijo Klesko, conviniendo tal vez con Tigre en que el silencio de Isaac era en sí mismo una respuesta.

—¿Una chica? —preguntó Tigre, cuyo acento reveló enseguida su mayor conocimiento del inglés—. ¿Una niña con el pelo rubio corto?

Isaac no respondió.

—No puedes hacer nada por ella —dijo Klesko—. Ya lo sabemos nosotros.

—Una chica —confirmó Isaac—, y tres chavales más.

Bajó nuevamente la vista, no por miedo ahora, sino como evidente gesto de vergüenza por haberles dado esa información.

—¿Una piedra solo? —preguntó Klesko—. ¿Sin tallar?

—Una piedra, sin tallar.

—¿Ella dijo de dónde?

—Dijo que era una herencia familiar.

Klesko no entendió la palabra y le pidió a Tigre que se lo tradujera.

—*Naslyedstvo* —dijo Tigre. «Herencia.»

Klesko resopló con desdén.

—¿Y cuánto pagaste por la piedra? —preguntó.

—Ocho mil dólares.

—¿Un precio normal en el mercado?

—Sí.

—¿Dónde encontramos a la chica?

—No tengo ni idea.

Por el espejo retrovisor, los ojos de Klesko abrasaron como ascuas los de Isaac, tratando de ver si mentía.

—¿Volverá a la tienda, la chica?

—Yo no sé si tiene más piedras.

—¿Dijo cómo se llama?

—Firmó documentos. Así lo exige la ley.

—¿Y?

—Allí pone Aretha Franklin.

Tigre no pudo reprimir una carcajada. A regañadientes, empezaba a sentir cierta admiración por aquella astuta, misteriosa, adolescente «Aretha» rubia.

—¿No se llama así? —le preguntó Klesko a Tigre.

—No, padre. —Tigre intentó responder de forma que Klesko no se sintiera humillado por su ignorancia de la cultura pop—. No se llama así.

Continuaron en silencio por la Quinta durante un rato, avanzando más de lo habitual, debido a que muchos neoyorquinos habían salido de vacaciones. Transcurrían los minutos, y Tigre comprendió que su padre estaba tratando de decidir qué hacer con el joyero. Supuso que el propio Isaac debía de presentirlo, si bien el joven permanecía en estoico silencio.

—¿Comprarás más piedras si te traemos? —preguntó Klesko.

—Sí —dijo, o balbució, Isaac—. Sí, les compraré más piedras.

—¿No dirás nada de nosotros a la policía? —añadió Tigre.

—No.

—Si hablas —intervino Klesko—, nos enteraremos. Y toda tu familia morirá. Mírame con los ojos...

Con cara de estar a punto de vomitar de pánico, Isaac

alzó la cabeza y aguantó como pudo la mirada de Klesko en el retrovisor.

—Sabes que lo haremos, ¿eh? —dijo Klesko—. Matarlos a todos.

—Sí.

Después de meditarlo un poco más, Klesko arrimó el coche al bordillo, frenó y alargó el brazo para abrir la puerta del acompañante.

—Vete —dijo.

Con una sensación de alivio, Tigre empujó el asiento hacia delante con el pie y salió del coche para dejar que Isaac se apeara también. Luego, Tigre montó al lado de Klesko y arrancaron dejando a Isaac Hamlisch en medio de la acera.

—Busquemos a la chica —dijo Klesko.

—De acuerdo —respondió Tigre.

Se desviaron para tomar la Décima Avenida rumbo al norte hasta la esquina de la Ochenta y siete con Amsterdam, donde la noche anterior habían perdido el rastro de la chica y sus amigos.

Peinaron la zona —esta vez a plena luz del día— tratando de averiguar cómo podían haber desaparecido los chavales.

Habían tenido que renunciar a seguir buscando al llegar la policía, pero ahora la actividad en las calles era normal. Como había hecho la víspera, Klesko volvió a fijarse en la oficina bancaria de la esquina; de nuevo intentó atisbar por las ventanas sucias, pero no logró ver nada. Tigre siguió a su padre por el estrecho pasadizo que había en la parte de atrás del edificio, en busca de la salida de incendios. Se encontraron con algo que les llamó la atención: del asa de la puerta colgaba un *lockbox*, una pequeña caja fuerte, sujeta de modo que no se pudiera arrancar.

—Hay una llave —dijo Tigre.

—¿Eh?

—Si abres la caja esa con el código, dentro habrá una llave.

Klesko lo comprendió entonces; la oficina bancaria estaba abandonada y en alquiler. La llave era para que los corredores de fincas pudieran acceder a la propiedad. Klesko dio un tirón al *lockbox*, confirmando que estaba muy bien sujeto a la puerta e intacto.

—Si entraron aquí es que tienen el código —dijo Tigre.

—¿Y cómo?

Klesko se acercó al primero de los contenedores que había junto a la puerta y levantó la tapa. El interior estaba lleno a medias. Había como una docena de cajas de pizza bien apiladas, así como tres bolsas de plástico de supermercado repletas de basura. Klesko abrió las bolsas y encontró envoltorios arrugados de patatas fritas, chocolatinas, palomitas, etcétera. Bajó la tapa del contenedor y volvieron a salir a la calle.

—Aquí vivía ella —dijo Klesko.

—Ya no —dijo Tigre—. Tenían que marcharse.

—Se han ido, vale. Pero ¿por qué tirar la basura, si no van a volver? ¿Para qué dejarlo limpio? ¿Quién tiene un código para conseguir la llave y se molesta en limpiar?

Tigre meditó la pregunta, aunque imaginaba que su padre ya sabía la respuesta. Fue detrás de él hasta la entrada principal, donde, colgado por dentro de la ventana, un plafón rezaba así:

Se alquila para fines comerciales
(700 metros cuadrados)
Fincas Desmond & Green

19

Contestaron al teléfono enseguida.

—Qué hay.

—Hola. Soy Wally.

—Qué pasa, hermanita —dijo Panama.

—Me hablaste de otro sitio para lo del carnet. ¿Podrías darme la dirección?

—¿Lo de Brighton no?

—No. Tiene que ser el otro sitio.

—Ah. ¿Es que se pasaron contigo en Brighton?

Wally meditó la pregunta. ¿Podía afirmase que se habían «pasado» con ella? Lo cierto era que su visita a Brighton Beach le había cambiado la vida, eso desde luego.

—Es largo de contar —dijo—. Todo bien. ¿Me la pasas?

—Está en Jersey City —respondió Panama—. Como no te molan los rusos, te envío a unos hijoputas nigerianos de Nueva Jersey, a ver qué tal te va. Jamás he visto africanos más negros que esos. Joder si son negros los tíos...

Wally esperó a que Panama terminara su diatriba sobre la negrísima negrura de los nigerianos y le diera por fin la dirección.

—¿Qué novedades hay? —preguntó él, después de

dictársela—. ¿Me vas a traer algo? ¿Alguna otra cafetera de diseño...?

—No. De eso ya no tengo. Pero quería preguntarte una cosa sobre Furia.

Panama tardó en hablar. Tras un suspiro, dijo:

—Hermanita, me decepciona que quieras tener algo que ver con ese tipo. No merece que hagas negocios con él, no está a tu altura.

—Se trata de otra cosa.

—Entonces, bueno.

—¿Continúa abasteciendo a locales de Manhattan?

Un nuevo silencio al otro lado de la línea.

—¿Quién cojones pregunta eso?

—Yo —dijo Wally—. ¿Te acuerdas de Sophia? Estuvo en mi pandilla hasta hace poco.

—Sí. Pero aquí ya no es bien recibida, ¿sabes? Antes era muy simpática, pero el crack la ha echado a perder. Creo que ahora pasa material para Furia.

—Sophia ha muerto. Asesinada.

—Okay —dijo Panama, pero no enseguida—. Mira, te seré franco: no me extraña nada. Que una tía engachada al crack se líe a hacer negocios con Furia es la manera más rápida de acabar en la morgue.

—Sí, ya —dijo Wally—. Pero eso no quita que yo sienta curiosidad. ¿No tienes nada al respecto?

—Hermanita, lo que tengo es mucho mundo y mucha calle, no sé si me entiendes. Sólo te diré una cosa: pasa de todo. ¿Oyes, hermanita? Si te mezclas en esas mierdas, vas a salir mal parada.

El viaje hasta Jersey City fue bastante bien. Tevin y Wally tomaron el tren PATH hasta la estación de Journal Square y caminaron dos manazanas hasta llegar a un almacén en Sip Avenue. Los nigerianos vivían allí, y varios estaban durmiendo aún en catres cuando aparecieron Wally y Tevin a eso de las nueve. Fue una transacción sencilla, sobre todo en comparación con la experiencia de Brighton Beach; los nigerianos proporcionaron a Wally una falsificación perfecta a cambio de doscientos dólares, no hubo preguntas y nadie perdió la vida.

El trato tuvo un extra musical: diez temas interpretados por los Fantasmas de Ilorin, un grupo formado por los propios nigerianos, quienes descargaron la música en el móvil de Wally para que ella y Tevin pudieran escuchar los temas con los auriculares independientes a su regreso en tren a Manhattan.

De camino, escuchando la música, Wally recostó la cabeza en el hombro de Tevin, deseosa de sentirlo cerca. La sensación había ido ganando fuerza con el paso de los días. Todo lo ocurrido había tenido un poco que ver en ello: desde oír decir a la doctora Rainer que su madre vivía, hasta ver la sangre derramada aquella misma noche, pasando por la visión de Klesko a un palmo de ella al otro lado de la ventana del banco. Todas estas cosas habían removido algo en su interior, le habían hecho experimentar sensaciones desconocidas hasta ahora. Fue casi abrumador. Wally no estaba segura de qué podía significar, pero sí sabía que tener a Tevin cerca era la respuesta a un anhelo interior que ya no estaba dispuesta a negar.

Tevin notó el cambio. En un momento dado, tocó a Wally en el hombro y ella se quitó los auriculares. Los Fantasmas de Ilorin siguieron sonando, flojito.

—¿Estás bien? —le preguntó Tevin, mirándola un tanto confuso a los ojos.

Wally no podía culparlo. ¿Cuántas señales diferentes le había mandado ella en los últimos meses?

—Sí —dijo, y sonrió.

Tevin rio un poco —Wally Stoneman siempre era un enigma para él— y se encogió de hombros. Volvieron a ponerse los auriculares, hasta que al cabo de un rato fue Wally quien se los quitó y Tevin hizo lo propio.

—¿Es tu manera de decir que quieres hablar? —preguntó él—. Muy sutil.

—¿Has pensado en lo que pasará si al final encuentro a mi madre?

—No te entiendo.

—Hablo de todos nosotros —dijo Wally—. De ti y de mí. De Ella y Jake.

Tevin no parecía muy animado a hablar de ello, pero finalmente respondió.

—Ya nos apañaremos —dijo, como si lo tuviera controlado, pero Wally presintió que a él también le preocupaba.

—¿Piensas que... bueno, que me largaré con ella y os dejaré tirados? —La pregunta venía atormentando a Wally; ni siquiera ella tenía la respuesta, así que ¿cómo iban a tenerla los otros? La tensión dentro del grupo había ido en aumento desde que estaban buscando a Yalena, y Wally se figuró que las dudas sobre el futuro de la pandilla tenían bastante que ver.

—Se me ha pasado por la cabeza, sí —dijo Tevin como quitándole importancia—. A Jake y a Ella también.

—Ya.

—¿Cuál es la respuesta? —dijo él.

Wally caviló el mejor modo de expresarlo; tenía que ser sincera y a la vez transmitirle lo mucho que a ella misma le hacían sufrir todas aquellas dudas.

—Sois mi familia, Tev —dijo—. No me imagino viviendo sin vosotros. Pero si te dijera que sé todo lo que va a pasar en un futuro inmediato, mentiría.

Tevin asintió con la cabeza, y Wally, intuyendo que tenía algo más que decir, esperó.

—Podrías dejarlo correr —dijo finalmente Tevin—. No estoy diciendo que tengas que hacerlo, pero... ¿quién te iba a culpar? Esos tipos...

—Ellos también buscan a Yalena —le interrumpió Wally—. Tú te has dado cuenta, ¿no, Tev? Estamos siguiendo el mismo rastro. Si la encuentran ellos antes... nunca me lo podré perdonar.

Tevin asintió de nuevo, pero no dijo nada. Wally se dio cuenta de que él esperaba otra respuesta.

—Que entrarais anoche en aquel edificio —dijo—, y que en medio del tiroteo y todo eso, subierais a ver qué me pasaba... Fue increíble, demostrasteis mucho valor. Eso jamás lo olvidaré.

—Yo te protegeré siempre, Wally —dijo Tevin, cohibido ahora, sin mirarla a los ojos.

—Lo sé, Tev. —Wally presintió que él quería añadir algo, y apoyó la cabeza en el pecho de Tevin.

Ella sí quería decir más cosas; quería compartir lo que había visto al mirar desde detrás de la ventana los ojos oscuros, casi negros, de Klesko; decirle que había visto su pasado y su futuro reflejados en los rasgos faciales de Klesko —su padre—, y que la sensación de estar íntimamente relacionada con aquel monstruo fue demasiado. Tratando de quitárselo de la cabeza, al menos un momento, se arrimó a él. Tevin le pasó un brazo por los hombros.

—Buscaremos otro sitio donde pasar la noche —dijo ella—. Y luego tengo pensada una cosa que te gustará.

Se reunieron con Jake y Ella en la biblioteca de Bloomingdale. En uno de los terminales de Internet, Wally inició la búsqueda de una nueva morada provisional para la pandilla. Buscó la página web de la agencia inmobiliaria Desmond & Green —la super agencia del Upper West Side para la que trabajaba Claire Stoneman— y accedió introduciendo la contraseña que se suponía no debía saber. Luego tecleó varios parámetros de búsqueda e inmediatamente apareció en pantalla una lista de posibilidades junto con un mapa interactivo donde estaban señalados los emplazamientos. Wally pasó la lista a la impresora y, unos minutos después, salían todos de la biblioteca a la caza de vivienda.

El primer sitio de la lista quedó descartado enseguida. Era un videoclub de barrio en la calle Cien; el callejón de la parte de atrás estaba compartido con varios negocios de los que entraban o salían mercancías a cada momento, y el acceso quedaba por tanto limitado. Además, no habían cubierto todavía las ventanas; eso podía hacerlo la pandilla, con jabón o con papel, pero era posible que los dueños notaran el cambio.

Caminaron unas cuantas manzanas hacia el sur, hasta la esquina de la Noventa y cuatro con West End Avenue, y esta vez sí dieron en el blanco. Era un bloque de doce apartamentos de principios de siglo, reconvertido posteriormente en seis grandes viviendas de lujo. Los documentos que Wally había podido consultar *online* decían que la constructora había sido declarada en suspensión de pagos a mitad de la reforma, y que las demandas podían prolongarse años. Mientras no hubiera acuerdo entre las partes, el edificio iba a permanecer vacío.

Wally marcó el código en el *lockbox* y sacó la llave del lugar. Entraron a un espacio subterráneo que en tiempos había sido lavandería. Ahora estaba vacío y era un sitio ideal y discreto para *okupar*. Por si fuera poco, a sólo una calle, en la Noventa y cinco, había un instituto que por la parte de atrás se comunicaba con el callejón de la antigua lavandería. Eso quería decir que habría muchos chicos y chicas rondando por el vecindario y la pandilla no llamaría la atención.

Estaban explorando el nuevo hogar cuando Wally oyó a Ella soltar un gritito de placer; siguió la dirección del sonido y se encontró un cuarto de baño en toda regla, con ducha y espejo de tocador como los de camerino, con una ristra de bombillas alrededor. El Nirvana. Los chicos podían meterse, literalmente, en cualquier agujero, pero para ellas dos un cuarto de baño era esencial. Y éste era mucho más que pasable.

—¿Por qué no hemos vivido aquí todo el tiempo? —dijo Ella.

—Hasta ahora no estaba en oferta —dijo Wally, encogiéndose de hombros con una sonrisa—. Bienvenida a casa.

20

Aquella primera noche en la lavandería fue tranquila. La pandilla durmió hasta casi el mediodía siguiente, que era el día de Acción de Gracias.

—Nos hemos quedado sin ver el desfile —dijo Ella, bosteazando.

—Mejor —dijo Jake—. Me pone enfermo.

—Además, tenemos otros planes —dijo Tevin.

Wally se levantó y fue al cuarto de planchar, de donde regresó con una bolsa grande de papel que luego vació en el suelo delante de los otros tres: ropa.

—Tev y yo paramos en el Ejército de Salvación al volver de Jersey —dijo—. No hemos gastado apenas nada, ni siquiera el día de fiesta, y hemos pensado que una comida de Acción de Gracias estaría muy bien.

—Pero ¿una de verdad? —preguntó Ella, ilusionada.

—Claro que sí —dijo Wally—. Con su pavo y su relleno y lo que haga falta.

Examinaron el montón de ropa de segunda mano y cada cual buscó algo adecuado a su talla: un par de vistosas corbatas para Tevin y Jake, faldas de cuadros tipo colegiala para las chicas (para llevarlas encima de los leggins), y accesorios como bisutería y foulards.

—Treinta pavos nos costó esto —dijo Tevin.

Ataviados con las últimas adquisiciones, irradiaban los cuatro un aire de elegancia urbana. Sólo hubo discrepancias cuando Wally le pasó a Jake un viejo blazer de colegio privado inglés, con su ribete rojo en las costuras y un emblema auténtico cosido en el bolsillo frontal.

—Eh, eso no. Ni de coña —dijo Jake.

—Venga, hombre —insistió Wally—. Seguro que estarás total...

—Que no, joder.

—Vamos, Jake, tío —protestó Ella—. Haz el favor de ser un chico bien educado y ponértelo ahora mismo.

Mientras Jake, de morros, se plegaba a sus exigencias y se probaba el blazer, Ella arrancó un par de *pins* universitarios de la cazadora habitual de Jake y los prendió en la solapa de la nueva prenda.

—Así queda muy bien —dijo Wally.

Jake se miró en el espejo.

—Oye, pues es verdad, ¿que no?

Salieron los cuatro la mar de contentos hacia la boca del metro para tomar la línea B en dirección al Soho. Wally había llamado previamente a varios restaurantes buenos de esa zona y tuvo suerte: alguien había cancelado una reserva de una mesa para cuatro en Balthazar para las tres de la tarde.

—Oye, ¿y hará falta, no sé, portarse de una manera especial? —preguntó Ella ya de camino.

—No —respondió Wally—. Tú sabes comer, ¿verdad?

—Sí, claro.

—Además, tú y yo estamos despampanantes, y nuestros chicos no pueden ser más guapos. El mayor problema será la envidia que despertaremos en la gente menos agraciada que nosotros.

Llegaron a Spring Street y, tal como Wally había pronosticado, no hubo ningún tipo de problema. Cierto es que el chef de Balthazar los miró con algo más que curiosidad, pero probablemente fue debido a la edad y no a otra cosa. Al fin y al cabo, el atuendo de la pandilla encajaba bien con la clientela *fashion* y medio bohemia del concurrido restaurante. El único susto se lo llevó la pobre Ella al mirar la carta.

—¿Y dónde está el pavo?

—Esto es un *bistro* —dijo Wally—, un restaurante al estilo francés. Pero en la segunda página, abajo, tienes *confit* de muslo de pavo.

—¿Y qué es eso? —preguntó Tevin.

—Estará de rechupete, ya veréis.

Wally llevaba razón. El pavo, según palabras de Ella, estaba «divino». Por lo demás, la flotilla de camareros apostados alrededor de la mesa no dejó que un solo vaso —de agua mineral con gas— se vaciara más allá de la mitad.

—El mejor pavo de Acción de Gracias de toda mi vida —dijo Jake, mientras devoraba la carne y la guarnición de patatas fritas a las finas hierbas más salteado de champiñones.

—Y que lo digas —concedió Tevin—. Este pavo está galáctico.

La mayor parte de la clientela era gente más o menos joven y socialmente ascendente, de hecho sólo había un par de familias a la antigua usanza. Los padres de dichas familias apenas se fijaban en la pandilla, pero los niños estaban fascinados. Celosos sin duda de su libertad, miraban a hurtadillas a los cuatro adolescentes fantaseando sobre un mundo ideal libre de padres que estorbaran, de jerseys apelmazados y de tía abuelas flatulentas y bigotudas. La primera que reparó en que los miraban fue Ella, y como es lógico no se privó de saludar a los niños disimuladamente y de lanzarles sonrisas solidarias.

Wally, por primera vez en muchos días, se sentía a gusto. Ver las caras de satisfacción de sus amigos, verlos comer y reír y brindar a la luz de las velas, le hizo pensar que había tenido una buena idea. No sólo eso: la calidez que se respiraba en la mesa —y en todo el comedor del restaurante— le trajo a la memoria un tiempo pasado. Y el recuerdo fue agridulce.

Tevin notó que algo le rondaba a Wally por la cabeza y dijo:

—¿Qué?

—No sé. Es que acabo de acordarme de que una de las últimas cenas con mis viejos, antes de que separaran, fue un día de Acción de Gracias. En un sitio parecido.

—Wally... —Ella quiso consolarla.

—No, tranquila. Lo pasamos bien. Quizá fue la última vez que estuvimos a gusto los tres juntos. —Miró a los demás con una sonrisa—. Nosotros también lo estamos pasando bien, y por eso me he acordado. Día de Acción de Gracias con dos familias felices, mías las dos. Qué más puedo pedir.

Brindaron otra vez, justo cuando el camarero llegaba con un carrito repleto de los pastelillos más increíbles. Wally volvió a fijarse en las caras de sus compañeros, pero esta vez especialmente en Tevin. Estaba tan boquiabierto como los demás, pero miraba los postres como si fuera a través del escaparate de una tienda cara cuya entrada le estuviera vedada, como si todo aquel despliegue fueran cosas para mirar, no para saborear. E incluso mientras se decidía por uno u otro postre, la cara de Tevin reflejaba cierto temor, como si alguien fuera a pasarle cuentas después.

—¿Sabéis qué? —dijo Wally, desconsolada al ver esto—. Pasemos del postre. Hay algo mejor.

Los demás la miraron escépticos.

—¿Mejor que esto? —dijo Ella, frustrada por quedarse sin probar el inmenso pedazo de merengue al limón que había decidido pedir.

Wally se limitó a hacer un gesto de confianza con la cabeza. Luego miró al camarero y le dijo:

—¿Sería tan amable de traernos la cuenta?

Salieron del restaurante, lógicamente intrigados por los planes de Wally.

—¿Qué es lo que has pensado? —le preguntó Tevin.

Wally sacó su *smartphone* e hizo una búsqueda en el mapa de la ciudad. Encontró un lugar llamado 60 Thompson, «elegante hotel de diseño que refleja brillantemente la sofisticada sensibilidad artística del Soho». La reseña venía ilustrada con varios signos de dólar, lo cual quería decir que era un establecimiento caro, dentro de lo caro que era todo en Manhattan. Wally disfrutó manteniendo el suspense entre el resto de la pandilla mientras iban hacia Thompson Street, que estaba a unas pocas manzanas.

Llegaron al hotel. El vestíbulo estaba en silencio; era de diseño pero sin aspavientos, y la iluminación amortiguada le daba un aire muy acogedor. Wally experimentó un culpable nerviosismo al acercarse a recepción y poner una tarjeta de crédito sobre el mostrador. Era una American Express Platino a su nombre; se la había dado Claire «para un caso de emergencia». Wally no la había utilizado nunca y había decidido no hacerlo jamás, pero en aquel momento sintió un impulso irresistible.

La recepcionista era una mujer joven de hermosa piel cetrina —Wally pensó que debía de ser de la India—, muy atractiva en su traje chaqueta azul oscuro. Según la etiqueta que llevaba prendida en la solapa, se llamaba Chantra. Chantra se inclinó para examinar la tarjeta, sin tocarla, y luego se enderezó de nuevo y dedicó unos segundos a mirar a la pandilla, tratando sin duda de encajar dos piezas que no le cuadraban.

—Usted dirá —le dijo a Wally.

Wally sacó su carnet de identidad falsificado y lo dejó al lado de la American Express.

—Quisiéramos una suite —dijo, como si no fuera la primera vez—, si hay alguna disponible.

Chantra levantó una ceja: nueva ojeada a la pandilla y nuevo vistazo a la tarjeta y el carnet. Después, cogió la Amex y se volvió hacia la puerta que tenía detrás.

—Un momento, por favor —dijo, con una sonrisa enigmática.

Se metió en el cuartito, pero al poco rato volvía a salir, con la tarjeta todavía en la mano.

—¿Qué tipo de suite necesita, señorita Stoneman?

—De dos habitaciones, por favor.

—Muy bien. Tenemos una suite de dos dormitorios en la decimosexta planta, con una vista excelente del parque —dijo Chantra, poniendo sobre el mostrador una lista de precios para que Wally le echara un vistazo, cosa que Wally no hizo.

—Seguro que estará bien —dijo.

A todo esto los otros integrantes de la pandilla aguardaban detrás de ella, mordiéndose la lengua, decididos a no romper el maravilloso pero arriesgadísimo hechizo en que parecía haber caído su líder.

—Excelente —dijo Chantra, apartando la hoja de precios para poner en marcha el necesario papeleo.

Al poco rato el botones acompañaba a la pandilla al ascensor («¿No llevan equipaje?»). Subieron hasta la novena planta y el chico abrió la puerta de una suite tan lujosa que los dejó a los cuatro, incluida Wally, sin respiración. Cuando descorrió las cortinas, la gran ventana panorámica les ofreció una amplia vista del sur de Manhattan.

—¿Desea usted servicio de cortesía? —preguntó el botones mientras Wally le ponía dos billetes de veinte dólares en la mano, por las molestias.

—No es necesario, gracias —dijo ella.

El botones se marchó y se quedaron solos los cuatro en la lujosa suite, perfumada por las dos docenas de rosas blancas dispuestas en un jarrón de cristal sobre una mesita.

Wally llamó al servicio de habitaciones desde el teléfono de la suite.

—¿Qué podemos ofrecerle esta noche, señorita Stoneman? —preguntó la voz al otro extremo, sin mediar presentación.

—Quisiéramos dos raciones de todos los postres que tengan en la carta —dijo Wally—, y una botella de champán, a su elección.

A solas con Tevin en el dormitorio, Wally se puso de cara a él y vio que estaba tenso: tenía los puños apretados, y otro tanto la mandíbula. Al principio Wally pensó que Tevin estaba enfadado, pero luego le miró a los ojos y vio que lo que le pasaba era que no podía esperar más, todo su cuerpo vibraba de pura energía animal, una energía apenas reprimida.

—Tev —dijo—. Tu mirada...

—¿Qué? —preguntó él, jadeante.

—La conozco y no la conozco.

Tevin se arrimó a ella y la abrazó. Wally levantó la barbilla hacia él y se besaron apasionadamente por primera vez. Ella pensó que la cercanía de sus cuerpos lo calmaría, pero fue al contrario: la excitación parecía fluir por todos los poros del cuerpo de Tevin. Y ella, contagiada, se puso también a temblar, jadeando con la sensación de que el cuerpo de Tevin era agua que la anegaba por los cuatro costados, y que se ahogaba.

—No pasa nada —dijo, tratando de recuperar el resuello, sin saber si lo estaba tranquilizando a él o a sí misma—. Todo está bien.

Wally no pensaba con claridad —si es que eso era pensar— y no sabía a quién iban realmente dirigidas sus palabras. Comprendió entonces hasta qué punto se habían guardado cosas el uno para el otro.

Una retahíla de incontrolables pensamientos abrumó a Wally, recuerdos de la primera vez con Nick —tan diferente; intensa y a la vez contenida—, y se dio cuenta de que no tenía la menor idea de cómo sería tratar con otro corazón humano así, sin premeditación.

—No me sueltes —dijo.

—No te suelto.

El flujo de acciones y reacciones que resultó del contacto de piel contra piel se desarrolló con naturalidad; Wally se percató de que renunciaba a controlar la situación, de que no podía hacer otra cosa que dejarse ir. Una vez los dos desnudos, Wally se apartó de él, teniendo que emplear todas sus fuerzas, y al contemplar su cuerpo le pareció que era perfecto y que en cuanto se acercara a él otra vez, no podría ya separarse. Pero, de repente, Tevin pareció cohibido. Ella lo atrajo hacia sí, viéndolo preocupado y temiendo que la magia del momento se echara a perder.

—¿Qué te ocurre? —le preguntó con suavidad.

—Es que... —Tevin dudó—. Yo no... vamos, que no sé nada. Sé que te quiero, pero nada más.

—Es justo lo que yo deseo —dijo Wally.

Lo abrazó y se dejaron caer juntos sobre la cama.

Más tarde, entre las sábanas nuevas, permanecieron tumbados uno junto al otro, sus cuerpos en contacto pero por lo demás... quietos. Wally pensó que aquella debía de ser la habitación más silenciosa que había conocido nunca. Se preguntó si le sería fácil dormir, después de haber estado en tantos lugares ajenos y rodeada de los sonidos o los ruidos de los otros tres.

—Pienso mucho en... —empezó a decir Tevin, pero calló, tratando de poner orden a sus pensamientos—. Pienso en... en cuando haya muerto. ¿Quién se acordará de mí, por ejemplo? ¿Pensará alguien que el mundo era distinto porque yo estaba vivo? —Hizo una pausa—. Dicho así, en voz alta, parece una chorrada.

—No lo es.

—Yo creo que lo que me gustaría —continuó Tevin—, cuando llegue la hora, es pertenecer a alguien. Así al menos habrá una persona que cuando me recuerde pensará: «él fue mío».

Oírle decir eso le partió el corazón a Wally. Tevin había estado siempre solo en el mundo, dejado de la mano de Dios por quienes debieron cuidar de él. Ahora sólo tenía a Wally, Ella y Jake.

—¿Tú y yo podríamos ser el uno del otro? —preguntó Tevin.

Wally se tomó un momento para responder.

—Sí —dijo.

Habían sido el uno del otro, en efecto. Wally se alegró, sobre todo porque Tevin pudiera experimentar esa cercanía con alguien a quien él amaba, y se alegró también por ser ella capaz de dar algo tan poderoso. Tevin no tardó en quedarse dormido. Wally esperó a que su respiración su hubiera acompasado y entonces empezó a cantar en voz baja, para sí, aquella nana de su infancia...

Puskai prïdet pora prosit'sia
Drug druga dolgo ne vidat'
No serditse s serdtsem, slovno ptitsy
Konechno, vstretiatsia opiat...

No terminó el último verso. Se había quedado dormida.

21

Atley estaba en su casa ante un plato de pasta de tres días atrás, mirando el partido de Michigan contra Ohio en un intento de quitarse de la cabeza lo ocurrido en las veinticuatro horas previas. Saltó como un gato sobre el móvil cuando sonó, agradeciendo la interrupción.

—Inspector, soy Claire Stoneman.

—Oh, señora Stoneman... ¿Ocurre algo?

—No, no se trata de nada urgente, inspector —respondió ella enseguida, notando nerviosismo en la voz de Atley—. Caray, lo siento mucho. Sé que es raro que yo le llame. Lamento haberle molestado. Ya le telefonearé el lunes...

—No es ninguna molestia —dijo Atley—. Este año me he montado un día de Acción de Gracias en plan tranquilo.

—Está bien. Verá, simplemente confiaba en que hubiera novedades, cualquier cosa.

Atley no estaba seguro de qué podía decirle a Claire Stoneman sobre su hija y el caso Manetti. Disfrutaba de un permiso indefinido a la espera del informe oficial sobre el tiroteo en el edificio de Charlene Rainer. Si sus superiores le hubieran pedido que evaluara su propia actuación durante el incidente, Atley les habría confesado su fracaso en toda regla; los dos hombres armados no habían sido identificados; Wallis Stoneman seguía rondando por ahí a sus anchas; y dos mujeres —incluida la doctora Rainer— habían muerto. No por culpa de Atley, cierto, pero todo había sucedido estando él de servicio.

El caso Sophia Manetti estaba en compás de espera y los mandamases del distrito policial habían concluido que los dos hombres armados nada tenían que ver con el asesinato de Sophia. Atley discrepaba, pues le parecía que no había nada fortuito ni arbitrario en la actuación de los dos agresores. Su presencia allí sólo podía explicarse porque estaban buscando a Wallis o a la doctora Rainer, si no a las dos. La probabilidad de que en un espacio de diez días Wally hubiera estado relacionada con dos asesinatos aparentemente desconectados entre sí era muy escasa.

Hablando ahora por teléfono con Claire Stoneman, Atley se convenció de una cosa: no iba a mencionarle nada del tiroteo. La pobre mujer estaba desesperada por tener noticias de Wallis, pero aunque le explicara lo sucedido limando todas las aristas violentas, ella se quedaría con espeluznantes imágenes de su hija en grave peligro.

—No tengo nada concreto que contarle —mintió—, aparte de que la investigación sigue su curso.

—Entiendo —dijo Claire, a todas luces decepcionada.

Se produjo un silencio. Atley pudo percibir la ansiedad de la madre de Wallis.

—Estamos trabajando en ello —dijo— y tarde o temprano encontraremos a su hija. No nos damos por vencidos.

—Se lo agradezco —dijo ella—. Siento causarle molestias, inspector...

—Explíqueme algo de su hija —la interrumpió el inspector, viendo que estaba decepcionada. No quería terminar así la conversación—. Cualquier cosa.

—En ocasiones echábamos mano de alguien —dijo Claire tras unos segundos—, Wally era pequeña y ya se mostraba desafiante, de armas tomar. Recurrimos a canguros y niñeras, eso cuando yo ya estaba de los nervios y necesitaba salir unas horas de casa. Una se llamaba Helen, creo que era hondureña, no lo recuerdo bien. Wally la trató fatal, la puso a prueba como hacía con todo el mundo, pero por lo visto Helen supo lidiar con el problema. Aquella primera noche Helen tenía que acostar a Wally, y Wally se oponía con todos los recursos a su alcance. Recuerdo que me asomé al dormitorio para ver qué actitud tomaba Helen. Y en medio de la peor de las rabietas de Wally, vi que permanecía completamente serena; se acercó a la niña hasta que estuvieron cara a cara y con aquella voz fría y potente que tenía, le dijo: «Escúchame bien, pequeña... si te portas mal, el Pueblo vendrá a por ti.» Estas palabras hicieron que Wally callara de golpe. Por su expresión, me di cuenta de que estaba aterrorizada, toda una novedad.

Hubo una pausa. Atley oyó un tintineo de hielo, señal de que Claire estaba tomando una copa, probablemente algún licor fuerte. Cuando volvió a hablar, le temblaba la voz.

—He pensado una y otra vez en aquella noche —dijo Claire—, tratando de imaginarme qué debió de pasarle a Wally por la cabeza, o qué rostros debió de visualizar. «El Pueblo.» ¿Quién creyó que sería? —Hizo una nueva pausa, pero Atley no la interrumpió—. Sean cuales sean sus pesadillas, yo sé que nadie puede rescatarla de eso. Imagino que a todos nos pasa lo mismo.

Claire Stoneman volvió a quedarse callada. A Atley

le resultó casi insufrible imaginársela en su piso, tal vez con la mesa puesta y una comida de Acción de Gracias al completo, esperando a una hija que no iría. De momento al menos.

—Le prometí que encontraría a Wallis —dijo Atley—, y lo cumpliré.

—Gracias, inspector —respondió Claire, y se notaba que era sincera—. Feliz día de Acción de Gracias.

—Gracias. Igualmente, señora Stoneman.

Atley había sido apartado del caso Sophia Manetti y estaba, teóricamente, de permiso, pero era un fin de semana de fiesta y disponía de tiempo para él solo. Hasta que se aclarara el asunto del tiroteo no iba a tener acceso a información del departamento, pero quizás habría otras vías si lograba desenterrar alguna pista. Pensó en Bill Horst: el FBI controlaba los entresijos de la ciudad mejor que nadie.

22

Wally y la pandilla durmieron hasta muy tarde —cada pareja en su dormitorio— y al despertar encargaron desayuno al servicio de habitaciones. Les quedaba una hora para dejar libre la suite. Apenas hablaron mientras comían tortilla francesa y bebían zumo de naranja, los cuatro radiantes todavía tras la noche anterior. Wally y Tevin, además, se sentían un poco incómodos el uno con el otro, tratando de adaptarse al cambio que se había producido de repente en su relación.

Para Wally, a la luz del día, esta nueva fase tenía una cierta complicación inesperada. Quería a Tevin, desde luego, y la experiencia de la noche anterior había sido importante para ella, pero Wally se sentía aún metida en cuerpo y alma en una misión y no quería que nada la apartase de la búsqueda de su madre. Sabía que era egoísta, pero por otro lado no quería acabar echándole en cara a Tevin haberla distraído de la tarea principal. Wally no veía las cosas claras.

Salieron del hotel y atravesaron Central Park, Ella y Jake en cabeza. Wally notaba que Tevin estaba inquieto, que intentaba hacer como que todo estaba bien pero sin saber lo que Wally esperaba de él.

—Estamos bien, ¿no? —le preguntó ella en voz baja.

—Pues claro —respondió Tevin—. Ahora y siempre.

—¿Qué? —preguntó Ella desde delante, notando que algo había cambiado entre los dos.

Wally hizo como que no se había enterado, pero al parecer Ella siempre lo sabía todo y le lanzó una sonrisita traviesa. Por lo visto, que Wally y Tevin fueran pareja era algo que Ella podía asimilar perfectamente, pero Wally aún no estaba en situación de compartirlo; pensaba que eso podía distraerla todavía más de su misión.

Mientras caminaban, empezó a pensar en el siguiente paso para localizar a Yalena. Lo sucedido en la consulta de Charlene Rainer había sido terrorífico, pero ello no había afectado a la determinación de Wally. Volvió a pensar en el estampido ensordecedor de los disparos, en la sangre de Charlene salpicándolo todo, y de repente se sintió culpable al pensar que la doctora Rainer se había llevado consigo al otro mundo mucha información que ella, Wally, necesitaba.

¿O quizá no? De repente se le ocurrió que en la consulta debía de haber gran cantidad de datos personales sobre pacientes, informes médicos, números de contacto, información de contabilidad.

Llegaron a Central Park West y giraron al norte camino de su nuevo hogar en la lavandería abandonada, pero Wally se detuvo en la esquina de la calle Ochenta y ocho.

—Me pasaré por la consulta de la doctora —anunció.

—¿La loquera? —preguntó Jake, sorprendido—. ¿Y para qué demonios quieres volver allí?

—Pienso que debo hacerlo.

—No me parece buena idea —dijo Tevin—. Seguro que todavía hay polis.

—Puede que agentes de uniforme —dijo Wally—,

pero apuesto a que nadie me conocerá. Y si veo que pinta mal, lo dejo estar.

Wally notó que estaban los tres decepcionados, veían que la necesidad que ella sentía de encontrar a Yalena no había menguado el día (con su noche) de Acción de Gracias tan especial que habían disfrutado juntos.

—Ven a casa con nosotros, venga... —le rogó Ella.

Wally se puso tensa. Era como si quisieran que se sintiese culpable por hacer lo que tenía que hacer.

—No es nuestra casa, Ella, es sólo una lavandería —dijo con frialdad, casi con aspereza, y al momento lo lamentó.

—Wally... —A Ella le había sentado mal.

—Mierda. Perdona, Ella. No pretendía...

—Esa madre supermisteriosa que tanto te empeñas en buscar —dijo Jake, ya enfadado— te dejó tirada. No se te olvide.

—Tranqui, Jake —le reprochó Tevin.

Wally fue a decir algo, pero se contuvo. Bastante mal estaban las cosas en aquel momento como para empeorarlas con una contestación airada.

—Sabes que es la verdad, Tev —dijo Jake—. Y tú igual, Wally. —Dio media vuelta y siguió andando.

Ella sonrió un poco a Wally y le lanzó una mirada compasiva, para darle a entender que no le guardaba rencor, pero luego siguió a Jake.

El único que no se movió fue Tevin.

—Jake se porta como un capullo —dijo—, pero no es mentira lo que dice. Ya sé que tú te imaginas a Yalena como una persona heroica que hizo un enorme sacrificio por ti, Wally, pero sé sincera contigo misma. Yalena te abandonó. Y en esa carta te decía que siguieras adelante, que no volvieras la vista atrás. Recuérdalo la próxima vez que arriesgues la vida por ella.

Wally sabía que Tevin lo decía de corazón, para ayudarla, pero en ese momento su serenidad y su lógica le hicieron hervir la sangre.

—Sí, ya —dijo solamente, forzándose a sonreír un poco.

Tevin se inclinó hacia Wally y le dio un beso en la mejilla antes de apretar el paso para alcanzar a los otros. Wally se quedó sola en la esquina de la Ochenta y ocho con Central Park West. De repente sintió mucho frío.

Hizo un esfuerzo por quitarse el mal rollo de la cabeza y echó a andar hacia el oeste a paso vivo. Al poco rato estaba ya frente al edificio de la consulta de Charlene Rainer. Había un coche patrulla y un par de camionetas de operarios, una de ellas de un cerrajero. La puerta principal del edificio estaba abierta mediante una cuña para que los operarios pudieran entrar y salir cargados de material y de puertas de repuesto.

Wally entró en el edificio con toda tranquilidad, como si aquello fuera su casa. Seguía sin haber un conserje. Se fijó en que los operarios utilizaban los ascensores del atrio para subir el material, de modo que se dirigió hacia la escalera y subió a pie a la tercera planta.

Se encontró allí a más operarios. Caminó despacio hacia las tres puertas que estaban reparando. La más cercana era la del tercer despacho al que Rainer y ella habían entrado en su intento de huir —el taller del maquetista—, y ésa era la primera que estaban reparando. La siguiente —la de los abogados— estaba fuera de sus bisagras, apoyada contra la pared, y se apreciaban en la hoja una decena de agujeros de bala. El tercer portal era la Suite G —la de la doctora Rainer—, y una cinta amarilla de la policía bloqueaba el paso. Al lado, junto a la puerta, había una silla plegable. Wally supuso que debía de haber un guardia cuidando de la escena del crimen. Pero, al menos ahora, no estaba en su puesto.

Wally siguió caminando como si tal cosa hacia la segunda puerta, la de los abogados, aunque por dentro no podía estar más nerviosa; aquí y allá había pruebas claras del episodio violento de dos noches atrás. Habían limpiado el charco de sangre, pero no del todo, y en las paredes adyacentes había salpicaduras señaladas con un círculo rojo por los investigadores de Homicidios. Había también sombras negras del polvo que empleaban para recoger huellas dactilares, sobre todo en la zona de las puertas, y habían retirado parte de la escayola de las paredes, aunque Wally no se imaginó por qué. En el pasillo de arriba y del otro lado de la galería, distinguió algunas salpicaduras de sangre de la pobre señora que había muerto primero.

Wally se estremeció ante el recuerdo visual de aquellas dos muertes y pensó en la pistola que la doctora tenía guardada en el cajón de su mesa, como si realmente esperara que Klesko pudiera surgir un día de las brumas del pasado. Wally no pudo por menos de pensar que Yalena vivía con esa misma ansiedad, tratando de seguir adelante pero sin sentirse nunca del todo a salvo, sin libertad para establecer contacto con su hija por temor a ponerla en peligro.

Frente al despacho de los abogados, Wally echó un vistazo al interior y vio que los operarios estaban ocupados en colocar la primera puerta. Aprovechando que no miraban, se coló dentro y enseguida reparó en que la puerta entre la oficina donde se encontraba y la contigua —la de la doctora Rainer— había sido ya sustituida por una nueva, aunque no le habían puesto todavía la cerradura. La entrada estaba bloqueada por un tramo de cinta amarilla, pero Wally simplemente pasó por debajo, empujó la puerta, accedió al espacio interior de lo que había sido la consulta y cerró la puerta. El despacho de Charlene Rainer estaba todo patas arriba, no sólo como consecuencia de la pelea sino también del ejército de técnicos en Escena del Crimen que habían estado allí buscando huellas por todas partes y dejando trozos de escayola tirados por el suelo, tras haber hurgado en las paredes. Sobre la mesa de trabajo de Charlene no estaba su portátil.

Pero lo que más llamó la atención de Wally fue otra cosa: los cajones del archivador estaban abiertos. Alguien había estado revisando las carpetas. Wally fue directa al archivador y se puso a mirar el índice alfabético, descubriendo con gran desconsuelo que su historial había desaparecido. «Será que lo ha cogido el inspector Greer», pensó. Wally buscó también otros dos nombres —Valentina y Yalena Mayakova—, por si acaso, pero no había ninguna carpeta a ninguno de los dos. Decidió registrar la mesa de Charlene por si veía algo que le pareciera interesante. En eso estaba cuando oyó unos pasos que se acercaban por el pasillo. Los pasos se detuvieron frente a la puerta de la consulta (Wally estaba a menos de dos metros de allí) y luego se oyó un ruido metálico: el policía había vuelto y acababa de sentarse en la silla plegable.

Con más sigilo aún que antes, Wally siguió registrando la mesa de la doctora, pero no encontró nada. Volvió al archivador. Recordó la cautela de Charlene acerca de compartir información que tuviese que ver con Yalena Mayakova y pensó que quizás había archivado su historial expresamente bajo otro epígrafe, o en una carpeta sin etiquetas. Se puso a mirar de nuevo los archivos, pero no halló nada de utilidad salvo que, cuando hubo ido de principio a fin del alfabeto —la doctora tenía un paciente apellidado Zahan—, descubrió otro archivador en el que no había reparado antes. La puerta de este archivador no estaba cerrada con llave, y Wally procedió rápidamente a investigar su contenido.

Las carpetas llevaban el nombre del cliente, como en los historiales médicos del otro archivador, pero en este caso se trataba solamente de documentos bancarios, facturas, etcétera. Wally tampoco encontró nada a su nombre, pero siguió mirando hasta el final —otra vez Zahan— y se topó con una carpeta suelta y sin etiquetar, después de Zahan. Wally sacó la carpeta y la abrió sobre el escritorio de Charlene. Los datos de la cuenta anónima cuadraban con el historial terapéutico de Wally; la última visita oficial anotada era de hacía ocho años. El cliente anónimo, fuera hombre o mujer, no había pagado ninguna de las visitas, si había que atenerse a la ausencia de facturas. Wally encontró una hoja de contacto corriente, ya hacia el final de la carpeta. La primera dirección que constaba —no había ningún nombre— era la de Claire en la calle Ochenta y cuatro. La segunda era la del Colegio Harpswell. Bajo el epígrafe «contactos para urgencias» había cuatro números de teléfono: el fijo y el móvil de Claire, el de la centralita de Harpswell y, cosa rara, el cuarto número aparecía completamente tachado con rotulador negro permanente, sin nombre al lado.

Wally puso el papel a la luz que entraba por la ventana y descubrió que el teléfono en cuestión estaba escrito con punta dura, de modo que los caracteres habían quedado como en relieve y se podían leer inclinando el papel en un ángulo concreto. Resultó que no se trataba de un número de teléfono, sino de un apartado de correos en Myrtle Avenue, Brooklyn, que a Wally no le sonaba de nada. Anotó las señas y volvió a mirar, sintiendo cómo la adrenalina se abría paso en su organismo. Una vocecita interior le decía que por fin tenía en sus manos una conexión directa con su madre.

Se guardó el papel en el macuto y luego echó un vistazo en busca de una vía de escape. No se había fijado hasta entonces en que la ventana del despacho —la que daba a la salida de incendios— había sido retirada, marco y todo. Wally soltó la palanca de la rejilla de seguridad, salió a la escalera de incendios y empezó a bajar. Una vez en el callejón, apretó el paso y se alejó del edificio.

23

Atardecía —fuera estaba oscuro— cuando Wally entró por la parte de atrás de la vieja lavandería y se encontró a Tevin dormido. (Se había quedado frito sobre un somier oxidado que alguien había dejado en el trastero de la lavandería.) Wally estaba quitándose la ropa del día de Acción de Gracias para ponerse algo que la abrigara más, cuando él se despertó.

—¿Qué...?

—Tranquilo, soy yo —dijo Wally.

—Ah, hola. ¿Sales otra vez?

—Sí. ¿Y Ella y Jake?

—En Times Square. Han pensado que con tanta gente por allí, con las fiestas, les sería fácil colocar las últimas tarjetas de móvil.

—¿Cómo no has ido con ellos?

—Estaba preocupado... No me ha gustado la forma como nos hemos separado hoy. Quería que hubiera alguien aquí cuando llegaras.

—Cada cual ha dicho lo que pensaba, Tev. Yo no me hago problema por eso.

—Ya, pero lo que yo quería decir era que lo más importante, para mí, es que seas feliz. Te ayudaré en lo que sea hasta que encuentres lo que andas buscando.

—Eso significa mucho —dijo Wally—. La verdad es que yo también me he sentido mal, sobre todo después de...

—Sí, sobre todo después de. Ya. ¿Tú crees que esto se va a liar?

—Ni idea. Bueno, no tiene por qué...

Se miraron a los ojos y sonrieron tímidamente, incómodos.

—Jo, tío —dijo Tevin—. ¿Y si pasamos de hablar de esto y ya veremos?

—Vale, voto por eso —dijo Wally.

Pareció que Tevin suspiraba aliviado.

—¿Adónde vas ahora?

—A un sitio cerca del Navy Yard en Brooklyn —respondió Wally, y le explicó lo que había encontrado en los archivos de la doctora Rainer.

—¿Irás en taxi?

—No quiero tener que esperar. He alquilado un coche.

Tevin la miró asombrado.

—¿En serio?

—El carnet nuevo funciona, y he vuelto a utilizar la American Express de Claire. A estas alturas, ¿qué más da?

—Pero... ¿tú conduces?

—Fatal. No te imaginas lo que me ha costado sacarlo del aparcamiento.

Tevin se levantó del catre y empezó a atarse los cordones de los zapatos.

—Yo conduzo de coña —dijo—. Deja una nota a los otros para que no se preocupen, ¿vale?

Wally iba a protestar, pero comprendió que sería imposible disuadir a Tevin de que la acompañara.

Tevin casi no se lo creía cuando vio que Wally había alquilado un Lincoln Town Car; él se esperaba un coche soso —un triste Toyota de color beis—, de ahí su entusiasmo al verse recorriendo Manhattan al volante de un clásico haiga americano.

—Era el único coche que les quedaba —dijo Wally.

—Ahora sí que soy feliz —dijo él, incapaz de dejar de sonreír—. Esto es mejor que lo...

—¿Mejor que qué? —le previno Wally—. Yo de ti elegiría bien lo que vas a decir.

—Mejor que el pavo del otro día.

—Bueno, vale —dijo Wally. Ambos sonrieron.

Tevin enfiló el puente de Williamsburg para cruzar el East River camino de Brooklyn y luego se desvió en Broadway.

—Ahora hacia el sur y sigue hasta Flushing Avenue —le indicó Wally. Esa ruta los llevaba pasado Williamsburg rumbo al Navy Yard, pero se desviaron antes y fueron hacia el cruce de Myrtle Avenue con Carlton a la altura de Fort Green.

—«Apartados de Correos» —leyó Tevin en voz alta, señalando un rótulo sobre un pequeño comercio de Myrtle.

—La dirección concuerda —dijo Wally—. Aparca ahí. —Señaló un hueco en Carlton desde donde podrían ver la entrada de la estafeta sin llamar la atención. Tevin giró hacia donde ella le decía y después de aparcar apagó el motor.

Era mediodía. La gente del barrio había salido de compras y había mucha gente mayor empujando carritos o entrando en alguna de las bodegas de la calle. La fachada de la estafeta era toda de cristal, y dentro se veían varios cientos de apartados de correos, así como un mostrador lateral al que estaba sentada una mujer menuda y pecosa con el pelo colorado y un tatuaje asomando del cuello de su blusa; seguro que trabajaba en un club y hacía horas extras como empleada de la tienda.

—Tú quédate aquí en el coche, ¿vale? —le dijo Wally a Tevin—. Yo voy a investigar ese buzón.

Wally bajó del coche, se arrebujó en la chaqueta —la tarde era fría— y cruzó la avenida. Entró en la estafeta como si lo hubiera hecho mil veces y fue derecha al apartado 310. Tuvo que agacharse un poco para mirar, y se llevó una decepción al comprobar que el buzón no tenía ventanita por donde ver si había cartas dentro. Sin embargo, el espacio de detrás de los buzones estaba iluminado, y gracias a la luz que se colaba por el costado, Wally creyó distinguir la sombra de al menos un sobre en el interior.

—¿Necesitas ayuda? —preguntó la empleada, con cara de aburrida; estaba haciendo unos dibujos a tinta en un cuaderno grande—. Ese apartado no es suyo, ¿verdad?

—No —respondió Wally, girando decidida hacia la mujer—. Era de una amiga mía y no me ha sido posible averiguar si sigue todavía en la ciudad. Es que resulta que salía con uno que la pegaba, todos le decíamos que pidiera una orden de alejamiento y ella que sí, que ya lo haría, pero al final volvió con ese tipo y...

—Jod... —masculló la empleada, a punto de explotar—. Venga, dime el número de apartado.

—El 310.

La mujer tecleó.

—¿Cómo se llama tu amiga?

—Pues... se llama Yalena, pero se hacía enviar el correo a la atención de una amiga para que el capullo que la pegaba no pudiera...

—¡Basta! ¿Sabes cómo se llama la amiga?

—Me temo que no —dijo Wally.

—Entonces no puedo ayudarte —dijo la empleada, y volvió a su dibujo—. Buenos días.

Wally suspiró, derrotada. Salió del establecimiento, cruzó de nuevo la avenida y se metió en el Town Car.

—¿Qué ha pasado? —preguntó Tevin. Ella le explicó la situación—. Bueno, nada nos dice que no sea su apartado de correos, ¿verdad? La esperaremos.

—Sí, claro. Confiando en que venga a mirar el correo por lo menos una vez al mes.

—Mucha gente aprovecha el viernes para hacer gestiones y recados, ¿sabes? —dijo él, muy convencido—. Para tener el fin de semana libre.

—Si es que aparece, convendría que estuviéramos más cerca. Desde aquí no vemos los buzones, y tenemos que estar seguros de que alguien abre el 310.

—Yo no lo haría. Si nos acercamos, quizá se asusta.

—Es verdad.

—¿Sabes qué hacen en las pelis? —dijo Tevin con una sonrisa traviesa—. Pues envían una caja enorme de color rojo a la persona del apartado en cuestión, y así no hay duda de quién coge el correo.

Wally se dio una palmada en la frente.

—Mecachis, ¿cómo no se me ha ocurrido traer una caja enorme de color rojo?

Eso hizo reír a Tevin.

—Tengo una idea —dijo. Alcanzó la mochila que había dejado detrás del asiento y hurgó dentro hasta dar con un bolígrafo barato. Abrió la puerta del coche y se apeó—. ¿Qué número has dicho que era?

—El 310 —respondió Wally—. ¿Qué vas a hacer?

—Tratar de solucionar el problema —dijo él, de nuevo con aquella sonrisa traviesa.

Tevin atravesó Myrtle, entró en la estafeta y fue derecho hacia la empleada. Ésta alzó los ojos del cuaderno con la clásica expresión de fastidio.

—¿Sí?

—¿Tiene un papel por ahí? —dijo Tevin—. Es que tengo que dejar un mensaje a mi amigo Sisco.

—¿Sisco? —repitió la mujer en un tono insidioso, molesta por que la interrumpieran otra vez. Arrancó un papel de una libreta y lo estampó contra el mostrador, delante de Tevin.

Éste garabateó unas palabras, dobló el papel por la mitad y escribió «Buzón 617» en la cara de fuera. Le tendió la nota a la mujer, que lo cogió sin mirarlo siquiera, pero no hizo ademán de meterlo dentro del buzón. Tevin se quedó donde estaba.

—¿Qué? —dijo ella.

—Ese mensaje es importante, ¿sabe usted?

—¡La madre que te...! —gruñó la mujer, soliviantada. Estrelló su lápiz contra la mesa y se levantó furiosa. Con la nota de Tevin en la mano, fue hacia la parte de atrás del muro de apartados de correos para introducir el papel en el buzón adecuado.

En cuanto estuvo fuera de su vista, Tevin correteó agachado hasta la altura del apartado 310 y, una vez allí, introdujo la punta del bolígrafo en la cerradura del buzón y luego dio un fuerte tirón hacia un lado, haciendo que la punta se partiera y quedara dentro del ojo de la pequeña cerradura.

—¡Muchas gracias! —le dijo en voz alta a la empleada. Dio media vuelta y salió.

24

El morro de un taxi sin licencia asomaba por un callejón de acceso cerca de la esquina de la Noventa y cuatro con West End Avenue, permitiendo a sus pasajeros una buena vista de la primera de las calles. En el asiento de atrás estaban Klesko y Tigre. Al volante estaba Ramzan, el búlgaro del chiringuito de tarjetas de crédito en el sótano de Queens, nervioso y transpirando a pesar del frío. Klesko y Tigre no apartaban la vista de la vieja lavandería en la primera planta de un edificio a media manzana de allí.

Llevaban cerca de una hora vigilado cuando vieron llegar a tres de los cuatro adolescentes —ninguno de ellos la chica en cuestión— y meterse por la entrada posterior empleando su propia llave.

Localizar el nuevo escondite no había sido difícil. Una vez Klesko hubo descubierto que la chica se escondía en aquel banco abandonado, bastó con conseguir las listas de la agencia inmobiliaria —Desmond & Green— y buscar el sitio desocupado que mejor se ajustara a la chica y sus amigos.

Poco rato después, dos de los chavales volvían a salir y se alejaban dejando a solas al chico mulato en la lavandería.

—Esperamos a la chica —dijo Klesko.

Tigre asintió con la cabeza. Veía que su padre estaba cada vez más furioso e impaciente. Hasta el momento había sido capaz de pararle los pies al viejo, evitar que sus pensamientos se apartaran del objetivo principal y alimentaran la rabia y la violencia que sin duda hervían en su cerebro; la sangre derramada aquella noche no había saciado la necesidad de venganza de Klesko. Si acaso, había espoleado más aún sus ganas de tomarse la revancha.

Tigre se preguntaba cuánto tardaría su padre en actuar al margen de la lógica, en perder la capacidad de dominarse, en no dejarse influenciar por su hijo.

La paciencia de los Klesko halló su recompensa cuando la chica rubia —la que habían visto en la consulta de la doctora Rainer— llegó sola al volante de un gran sedán de marca americana. Después de aparcar —muy chapuceramente, por cierto— delante de la lavandería, entró en el edificio. Pocos minutos después, salía en compañía del chaval mulato, montaban los dos en el Lincoln y arrancaban, conduciendo él.

Medio hora después los tres ocupantes del taxi estaban apostados a media manzana de Carlton Street, en Brooklyn, vigilando a los dos chavales. Podían ver bien el coche, pero quedaban semiocultos por el camión grúa pintado a franjas rojas y blancas que tenían delante. Ramzan, sentado al volante del taxi, estaba muy atento a los movimientos y cambios de humor de Klesko, situado justo detrás de él.

—Insisto, Klesko —lloriqueó—. Hace tiempo tuviste problemas a raíz de un negocio entre tú yo, pero no fue por mi culpa, te lo aseguro.

—Ya —gruñó Klesko en su cogote.

—Me ofrezo a ayudar porque fuimos socios; hemos confiado el uno en el otro durante muchos años, nos hemos hecho ricos el uno al otro. Aquel día... aquel día la poli ya estaba allí... veinte *darzhavna*, no pude hacer nada, te lo juro...

—¿Con un camión lleno de fusiles Abakan no pudiste hacer nada?

—Éramos solo dos de los serbios y yo. Un par de *patsani*, sólo músculo. —Ramzan presintió que a Klesko no le apetecía escuchar sus argumentos. Casi para sí, musitó una última queja—: Eso pasó hace muchos años.

Al principio les había parecido buena idea contar con Ramzan y su taxi pirata —la chica no lo conocía de vista; tenerlo a él al volante era una buena tapadera—, pero tras varias horas en compañía del búlgaro, Klesko estaba tan harto de sus incesantes maullidos como del acre olor a miedo que exudaba por todos sus poros.

—Atentos —dijo Tigre, que estaba mirando a través de unos prismáticos—. No sé qué, pero el negro está haciendo algo.

Klesko le cogió los prismáticos y vio que el compañero de la chica entraba en el mismo sitio del que había salido ella hacía un momento, un establecimiento de apartados de correos. Ahora el chico engañaba a la ilusa dependienta y la hacía abandonar su puesto para hurgar en uno de los buzones.

—Están siguiendo un plan —dijo Klesko

—Necesito fumar —dijo Ramzan.

—Pues fuma, *pizda* —replicó Klesko.

—Fuera —suplicó el otro—. Necesito aire fresco.

Klesko le miró la nuca, cada vez más furioso. Su ira parecía aumentar a cada palabra, gesto u olor procedente de Ramzan, y ahora estaba a punto de desbordarse. Tigre, siempre pendiente de su padre, vio lo que iba a pasar.

—No le... —dijo, con apremio contenido.

Demasiado tarde. Con la mano izquierda, Klesko

agarró al búlgaro por su espesa mata de pelo y tiró de la cabeza hacia atrás, mientras con la derecha se sacaba del bolsillo un punzón para romper hielo y lo hundía entre las vértebras del cuello de Ramzan con un audible crujido. El búlgaro se desplomó, muerto al instante.

—Padre... —dijo Tigre, delatándose con una mirada de clara desaprobación.

—¿Qué? —gruñó Klesko—. ¿Tienes algo que decir?

Tigre cambió de parecer y guardó silencio. Klesko le cerró los ojos y la boca a Ramzan. Luego le giró la cabeza hacia un lado, dejando fuera de la vista la herida en la garganta por si a algún transeúnte se le ocurría mirar dentro del coche. Tigre quería decir algo, pero aguardó hasta notar que la respiración de su padre se había acompasado.

—Y ahora, ¿qué? —preguntó.

—¿Eh?

—Buscar las piedras.

—Y a esa puta —dijo Klesko.

—Bien, ¿y luego?

—La matamos.

—Por supuesto. Pero ¿y después?

Klesko miró a Tigre sin comprender.

—América es muy grande —dijo éste—. Hay muchos sitios adonde ir cuando tengamos lo que queremos, ¿verdad?

Klesko se limitó a encogerse de hombros y luego volvió a mirar hacia la calle, esperando a que la chica y su amigo mulato dieran el siguiente paso.

25

En las tres horas que Wally y Tevin llevaban vigilando la entrada de la estafeta, al menos tres docenas de personas habían entrado y salido de allí. Nadie se había acercado al apartado de correos 310. En esas tres horas, el Town Car se había quedado frío siete veces, y Tevin había tenido que encender el motor para recalentar el habitáculo antes de apagar el motor otra vez.

—No sé, Tev —dijo Wally—. ¿Qué hacemos?, ¿quedarnos aquí vigilando días y días? ¿Una semana entera?

—Ya vendrá —contestó Tevin.

—Ocho años. Han pasado ocho años desde la última vez que estuve de niña en la consulta de la doctora Rainer —dijo Wally—. La dirección debe de ser tan antigua o más.

—Si la dirección ya no vale, lo descubrirás hoy mismo. Una respuesta, aunque sea la que tú no quieres, sigue siendo una respuesta.

Al cabo de casi una hora más de espera, entró en el comercio una mujer con un chaquetón de excedente del ejército francés, largo hasta las rodillas, unos guantes de lana desparejos y una bufanda a franjas color arcoíris. Llevaba en la cabeza un gorro de color naranja chillón, con las orejeras colgando. Su aspecto era entre bohemio y sofisticado. La mujer fue derecha a otra sección de apartados, retiró la correspondencia, echó un vistazo a las cartas y tiró lo que no le interesaba a un contenedor de reciclaje azul. Wally suspiró y volvió a mirar por enésima vez el reloj del salpicadero. Eran las cinco menos cuarto y casi de noche.

—Mierda —masculló.

—Espera un momento —dijo Tevin, que seguía mirando hacia la estafeta.

La mujer de la bufanda arcoíris avanzó hacia otra sección de buzones, muy cerca de donde estaba el 310, y se puso a buscar una llave entre el manojo que llevaba. Vieron que intentaba introducirla en la cerradura pero no podía, lo intentaba otra vez, forzaba la llave a un lado y a otro: era inútil. La mujer se agachó un poco y pareció que examinaba el ojo de la cerradura. Luego se enderezó y fue hacia el mostrador. Desde el coche, a unos quince metros de distancia, Wally y Tevin vieron cómo la empleada se levantaba de su silla e iba hacia la parte de atrás de los buzones. Pocos segundos después reaparecía con unos cuantos sobres —no más de tres o cuatro— y se los entregaba a la mujer de la bufanda arcoíris.

Wally se puso tensa de golpe, la vista fija en la mujer.

—¿La reconoces?

Wally le había contado a Tevin parte de su conversación con la doctora. Había salido de allí aquel día con la convicción de que Yalena Mayakova formaba parte de su vida, al menos indirectamente, y de que llegado el momento reconocería a su madre rusa.

—No sé... —dijo Wally, muy nerviosa. No podía verle bien la cara—. Diría que la edad concuerda.

—Bueno. ¿La paramos?

Wally pensaba a toda velocidad. La mujer había cogido cartas de dos apartados diferentes. La correspondencia del buzón 310 podía ser suya o de otra persona.

—No, todavía no —dijo—. Primero la seguimos.

Tenían un plan: Wally saldría del coche y la seguiría a pie mientras Tevin se quedaba en el Lincoln y arrancaba un poco después, listo para recoger a Wally si la persona en cuestión subía a algún vehículo. En caso de que la persecución los llevara a una boca de metro —había una parada de la línea G a dos manzanas de allí—, Tevin se daría prisa en aparcar y se reuniría con Wally para continuar a pie.

La mujer salió del establecimiento y echó a andar hacia Carlton Street. Wally se bajó del coche y Tevin puso el motor en marcha.

—No te acerques demasiado —dijo Tevin—, no sea que se asuste.

Wally asintió con la cabeza, cerró la puerta del coche y se apresuró hacia la esquina de Carlton. La mujer caminaba en dirección norte a paso tranquilo, no tenía ninguna prisa. En el lado izquierdo de la calle había toda una manzana de viviendas relativamente nuevas, bloques de ocho plantas, pero la mujer pasó de largo. El siguiente cruce era con Park Avenue, con la ruidosa autovía Brooklyn Queens sobre sus cabezas. La mujer pasó por debajo, cruzó la avenida y continuó hacia el norte.

Wally reparó en que, aparte de ellas dos, apenas había nadie en la acera, de modo que aflojó un poco el paso para no alertar a la mujer de su presencia. Miró hacia atrás y comprobó que Tevin la seguía por Carlton con los faros apagados y procurando arrimarse al bordillo siempre que había espacio libre.

La mujer siguió andando hasta llegar al final de la manzana, donde Carlton terminaba formando una T a la altura de Flushing Avenue y el amplio solar vallado contiguo al Navy Yard. La mujer cruzó Flushing para ir por la otra acera, que corría paralela al cercado de tela metálica que rodeaba el solar, con su doble alambrada en lo alto. Wally continuó por la misma acera, manteniendo la distancia. Unos cien metros más adelante, la mujer llegó a una abertura en la valla, una entrada para vehículos con cancela motorizada. Debía de llevar encima un aparato de control remoto, porque al acercarse, la cancela empezó a deslizarse hacia un costado con un rechinar mecánico.

Wally buscó un punto desde donde pudiera ver el interior de la zona vallada. En el solar había unas cincuenta viejas barracas prefabricadas de techo semicircular dispuestas en cuadrícula, con apenas dos metros de separación entre ellas. Varias barracas tenían luz dentro. Vio que la mujer se dirigía hacia allí, mientras la cancela empezaba a cerrarse automáticamente.

Cruzando la calle a la carrera, Wally se fijó en una botella de whisky vacía que había en el suelo. Se agachó para cogerla y llegó a la entrada del solar un momento antes de que la cancela se cerrara del todo. Puso la botella en el camino de la cancela y el mecanismo se paró de golpe al encontrar el obstáculo, dejando suficiente hueco como para colarse por él. Wally miró hacia la avenida, divisó a Tevin en el Lincoln y le hizo señas de que aparcara. Tevin encontró un espacio libre y salió rápidamente del coche.

—¿Está ahí dentro? —preguntó, contemplando aquel poblado de herrumbrosas barracas metálicas al otro lado—. Oye, ¿este sitio qué es?

—Ni idea —dijo Wally—. Vamos.

Se metieron por la brecha que quedaba entre la cancela y el cercado y empezaron a andar, despacio, entre las barracas; podían oír los pasos de la mujer, pero no había manera de saber qué dirección llevaba.

—¿Hacia dónde ha ido? —preguntó Tevin.

—La he perdido de vista —dijo Wally, frustrada.

Decidieron avanzar en diagonal, atisbando entre los pasajes con la esperanza de divisar a la mujer. Finalmente, en la tercera calle, la vieron: se había parado delante de una de las barracas del fondo y estaba sacando unas llaves. Tras abrir dos gruesas cerraduras empujó la puerta, cuyos goznes chirriaron de mala manera. Luego alargó el brazo y pulsó un interruptor: la luz de dentro iluminó brevemente su rostro.

Un momento antes de entrar, miró hacia donde se encontraban Wally y Tevin, como si hubiera notado que no estaba sola, pero Wally y Tevin consiguieron retroceder a tiempo para no ser vistos. La mujer entró por fin y cerró la puerta. Wally y Tevin oyeron cómo echaba la llave a las dos cerraduras.

—Con la luz de dentro ¿no...? —empezó a decir Tevin, mirando inquisitivamente a Wally—. Se le ha visto la cara.

—Sí. Pero estamos demasiado lejos...

—Vale, pues nos acercamos más y listo.

Tensos por la situación, avanzaron entre las barracas. Vieron que frente a la puerta de muchas de ellas había objetos interesantes, esculturas, piezas de maquinaria, bancos manchados de pintura.

—Deben de ser talleres de arte, o algo así —apuntó Tevin—. Habrán convertido este sitio en una especie de colonia de artistas.

Llegaron a la barraca en la que había entrado la mujer y Wally llamó dos veces a la puerta. Tevin retrocedió unos pasos y se detuvo en mitad de la calle; quería estar cerca para que Wally se sintiera apoyada pero no tan cerca como para que se asustara la mujer.

—¿Quién hay? —dijo una voz femenina desde el interior.

Wally dudó.

—Soy Wallis —dijo, alzando la voz para que la mujer pudiera oírla—. Wally.

—¿Quién?

—Valentina —dijo Wally un momento después—. Estoy buscando a Yalena.

—¿Valentina?

Oyeron cómo abría las dos cerraduras. La puerta se movió apenas y la mujer asomó la cabeza con cautela. Se había quitado el gorro y la bufanda. Aparentaba unos cuarenta años, tenía el pelo largo y oscuro con algunas primeras canas, una cara corriente pero con unos ojos verdes impresionantes, que miraron indecisos primero a Wally y después a Tevin. Tevin dio otro paso atrás, tratando de evitar en lo posible que la mujer lo considerara una amenaza.

—A ver, ¿quién has dicho que eras? —preguntó la mujer.

—Wallis. —La voz le temblaba ahora. Por la expresión confusa e indiferente de la mujer, no le cupo la menor duda: no conocía a ninguna Wally. Evidentemente, no era su madre, y su decepción fue más grande esta vez. ¿Cuántos nuevos reveses tendría que soportar aún?—. Me llamo Wallis. Usted ha ido a la estafeta y ha sacado unas cartas del buzón 310, ¿no?

La mujer frunció el entrecejo al ir comprendiendo lo sucedido.

—O sea que me habéis seguido desde allí. Pero ¿quién os habéis creído que sois? Largo de aquí o llamo a la...

—Por favor —imploró Wally cuando la mujer iba ya a cerrarle la puerta. El tono de sincera congoja la hizo detenerse—. Es que necesito hablar con ella.

—Wallis, ¿no? —dijo la mujer, tratando de conservar la calma—. Mira, Wallis, esto no te incumbe en absoluto, pero que sepas si recojo el correo de ese buzón es por hacerle un favor a una persona a la que conozco.

—¿A Yalena? —dijo Wally—. O... ay, no, ahora usa otro nombre.

—Lo siento, se trata de un caballero —dijo la mujer, ablandándose un poco, pero luego añadió—: En realidad no importa. Sólo hace unos años que tiene ese apartado de correos. Mira, si quieres dejarle una nota, yo se la daré, aunque me parece que aquí hay algún error.

La mujer esperaba una respuesta, pero Wally se sentía más perdida que nunca. Tevin se le acercó por detrás y le puso una mano en el hombro.

—Yo creo que deberías dejar una nota, Wally —dijo con suavidad—. No descartes que pueda haber alguna relación.

Wally asintió con la cabeza. La mujer fue hacia el interior, dejando libre el resquicio de la puerta. Era, en efecto, un estudio: había varias mesas de trabajo con pilas de papel blanco de distintas clases —vitela, de arroz—, así como grandes rollos de alambre y relucientes herramientas para cortar metal. Las obras —supuestamente de la mujer— colgaban del techo: objetos etéreos hechos con papel blanco sobre una estructura de alambre, como si fueran cometas de hechura extraña.

La mujer volvió con un pequeño cuaderno de dibujo y un carboncillo y se los pasó a Wally. Wally, con el carboncillo en la mano, dudó un momento. Finalmente escribió un par de frases y firmó al pie con su nombre y número de teléfono. Arrancó la hoja del cuaderno, la dobló por la mitad y escribió «Para quien sea...», antes de pasarle el bloc y la nota a la mujer.

—Gracias —le dijo, con la voz hueca y desconsolada—. Siento haberla molestado.

—Al contrario, soy yo la que siente no haber podido

ayudar más —dijo la mujer. Parecía sincera y sus ojos reflejaban compasión—. Espero de verdad que las cosas se arreglen.

Wally asintió casi sin darse cuenta y echó a andar por la calle hacia la salida, seguida de Tevin.

—Lo siento mucho —dijo él.

Wally asintió en silencio. Estaban casi a punto de torcer cuando oyeron que la mujer los llamaba.

—Esperad —dijo. Wally y Tevin dieron media vuelta y la vieron asomada como antes a la puerta, con la nota desdoblada y cara de empezar a comprender la situación—. ¿En serio eres su hija?

—Sí —respondió Wally, alerta. Apresuró el paso y, al llegar a la puerta, vio que la mujer ponía cara de preocupación.

—¿Cuándo fue la última vez que la viste? —preguntó la mujer.

—Nunca.

—Ah. —La mujer no se esperaba eso. Trató de pensar a toda velocidad cuál era el siguiente paso—. El caso es que... —dijo—. Verás, sí que es una mujer, la persona a quien le hago ese favor, ir a recoger la correspondencia. Perdona. Digamos que no quería correr riesgos innecesarios. En realidad, no sé mucho de ella. Nos conocimos de casualidad cuando hacía poco que ambas habíamos alquilado aquí una barraca.

—¿Aquí? —dijo Tevin, que estaba detrás de Wally—. ¿Ella también tiene una de éstas?

—Sí —respondió la mujer, indecisa—. Nos conocemos poco, ya digo, pero fue muy amable. Y como apenas venía por aquí, me ofrecí a recogerle la correspondencia. Aquí no hay buzones, y casi todos vamos a la misma estafeta.

—¿Cuál es su barraca? —preguntó Wally, con el corazón otra vez a cien.

La mujer dudó de nuevo. ¿Qué hacer? ¿Debía echar una mano a la chica? Y en tal caso, ¿hasta qué punto? Miró a Wally a los ojos en un intento de dilucidar si lo que le contaba era verdad.

—De verdad eres su hija, ¿eh? —preguntó—. ¿No me mentirías en una cosa así?

—No —respondió Wally—. Quiero decir, sí. Sólo trato de ponerme en contacto con ella. —Tartamudeó un poco, de la emoción, y le costaba formar las frases. La mujer, sin embargo, pareció darse por satisfecha.

—Es en la siguiente hilera —dijo—. Puerta número 27, yendo hacia la salida. Ya le he dejado el correo a través de la rendija. Hace varias semanas que no la veo, pero me consta que sigue viniendo.

—Muchísimas gracias. No habrá ningún problema, se lo prometo —contestó Wally, y ya se disponía a dar media vuelta cuando la mujer la retuvo para entregarle la nota que había escrito hacía un rato.

—Toma —dijo—, dale esto tú misma.

Wally respondió con una sonrisa y cogió la nota.

26

Wally y Tevin buscaron entre las barracas hasta dar con la número 27. Con el corazón desbocado, Wally se agachó para mirar por el resquicio entre la puerta y el suelo. Apenas entraba luz, pero sí la suficiente como para poder ver la correspondencia que le habían ido dejando allí, tal vez durante semanas.

—Quién sabe cuándo vendrá —dijo Wally.

Buscó algún posible escondrijo para llaves, pero no encontró nada. Rodearon la barraca y vieron que había varios ventanales en la chapa ondulada, pero todos ellos protegidos con rejas, de modo que era prácticamente imposible entrar. Volvieron a la entrada y ambos se sentaron en el suelo para recuperar el resuello.

—Casi no puedo soportarlo —dijo Wally—. Estoy muy cerca.

—Lo único que hay que hacer es esperar —dijo él—. El tiempo que sea necesario. —Miró a Wally y vio que tiritaba un poco. Se despojó de su cazadora de aviador y se la puso a ella sobre los hombros.

Wally iba a protestar, pero al mirarle a los ojos comprendió que el gesto era importante para él.

Anochecía, y varias personas que tenían alquiladas

barracas en el solar empezaron a desfilar hacia la salida. Más de uno miró con prevención a los dos adolescentes que permanecían sentados contra la puerta 27. Empezaba a hacer mucho frío y sólo era cuestión de tiempo que Wally y Tevin tuvieran que dejarlo hasta el día siguiente. Eran casi las ocho cuando de la barraca de enfrente vieron salir a un hombre de cuarenta y tantos años, que acto seguido procedió a cerrar la puerta con una de las llaves que colgaban de una cinta prendida del cinturón. Llevaba puesto un mono de carpintero, todo él salpicado de pintura de colores diversos, y una gastada camisa de batista debajo de un raído jersey de pescador. Sus cabellos canosos eran largos, poco cuidados, no así la barba, que llevaba muy bien recortada, y sus ojos tenían la profundidad de quien está habituado a observar.

Antes de cerrar la puerta con llave, el hombre vio a Wally y a Tevin allí sentados, mirándole, y se fijó en la cara de ella.

—Ah —dijo, como si tal cosa—. Entonces tú eres la hija, ¿no? Tú eres Wally, ¿verdad?

Wally y Tevin se lo quedaron mirando un momento, mudos de asombro, pero enseguida se pusieron de pie. Al contestarle, Wally necesitó de toda su fuerza de voluntad para hablar con la misma naturalidad con que lo había hecho él.

—Pues sí, ¿qué tal? —dijo—. Mamá me dijo su nombre, pero se me ha olvidado, lo siento.

El hombre hizo un gesto como restando importancia.

—Bah, no importa. Soy Phil. ¿Qué tal está tu madre? Esta semana no la he visto por aquí. Echo de menos la música que toca.

—Mamá está bien —respondió Wally—. Ocupada, imagino.

Phil asintió con la cabeza.

—Pasa —dijo—. Te voy a enseñar una cosa.

Abrió la puerta de su estudio y encendió las luces del techo, seis apliques grandes que proporcionaban una luz suave y uniforme. Tevin y Wally —todavía sin acabar de creer lo que estaba pasando— entraron detrás de él y se encontraron en un bien equipado estudio de pintor con un gran caballete en el centro. Las paredes curvas estaban cubiertas de corcho, y por todas partes había bocetos al carbón, los más nuevos clavados con chinchetas sobre los antiguos. Phil se puso a mirar las paredes, pensando, y fue a arrancar varios bocetos. Debajo de varias capas de dibujos había dos o tres bocetos de una niña de unos ocho o nueve años, que miraba al espectador con unos ojos oscuros, casi negros. Era Wally.

—¿Lo ves? —dijo Phil—. Enseguida he sabido que eras tú. Tienes unos ojos muy bellos y misteriosos, Wally. El sueño de todo artista.

—Vaya, muchas gracias. Oiga, entonces... —Wally trataba de pensar a toda prisa—. ¿Nosotros nos...?

—¿Si nos conocíamos de algo? No, qué va. Hice los dibujos a partir de unas fotos que me dejó tu madre.

—Oh.

—¿Has quedado aquí con ella?

—Pues sí —dijo Wally—. Se ha retrasado un poco y estábamos esperando. Ah, perdón... Phil, te presento a mi amigo Tevin.

—Hola —dijo Phil, y se dieron la mano—. Pero, hombre, tendríais que haber llamado a la puerta. Ahí no se puede estar, con este frío...

Phil abrió un cajón del carrito de pintar y rebuscó entre un montón de cosas hasta dar con lo que estaba buscando: un llavero de la Estatua de la Libertad del que colgaban dos llaves. Salió del estudio, con Wally y Tevin detrás. Fue hasta la puerta 27 y con las llaves abrió las dos cerraduras y empujó la puerta hacia dentro. Luego pulsó un interruptor y unas lámparas cenitales parecidas a las de su estudio iluminaron la estancia.

—Tengo que irme pitando —dijo, apartándose para dejar entrar a Wally y a Tevin—, pero me alegro de haberte conocido por fin, Wally. Y a ti igual, Tevin.

—Muchas gracias, Phil —dijo ella, disimulando su excitación mientras le estrechaba la mano.

Una vez Phil se hubo marchado, Wally cerró la puerta. El estudio era muy diferente de los otros dos que habían visto; en lugar del espacio típicamente descuidado del pintor o de la escultora, éste era muy espartano. En mitad del mismo, dominándolo todo, había un piano negro de media cola, un Steinway & Sons. Wally se lo quedó mirando un momento y luego se acercó despacio al instrumento y se sentó en el taburete. Con sumo cuidado, casi con timidez, levantó la tapa del piano. Tocó una escala. El piano estaba perfectamente afinado.

—Tu madre es músico —dijo Tevin.

—Lo era, en Rusia —respondió Wally con cierta tristeza—. Me lo dijo la doctora Rainer.

—Y fíjate en eso —dijo Tevin, señalando hacia un rincón de la estancia.

Había una cama individual con una gruesa manta de lana encima y dos almohadas bien puestas. En la pared, sobre la cabecera, un retrato al óleo de Wally con ocho o nueve años, sin duda obra de Phil, el vecino, a partir de los bocetos que les había mostrado antes. Era un retrato de corte clásico, nada estilizado, pero realzando un poco los rasgos más notables de Wally: sus pómulos bien esculpidos y sus penetrantes ojos oscuros. Phil había añadido a éstos un delicado sustrato de rojo, que confería al retrato una tremenda intensidad.

—Caray —dijo Tevin.

Wally se reconoció, pero tuvo una extraña sensación ante la mezcla de tristeza y rabia que transmitía el retrato. Los ojos de aquella niña eran acusadores.

—¿Soy yo de verdad? —dijo.

Tevin se dio cuenta de que aquella imagen turbaba a su amiga.

—Es un cuadro muy hermoso. Como tú.

Wally paseó la vista por la habitación. Había tres objetos destacados, además del piano: un archivador metálico de dos cajones, una trituradora de papel al lado y un sencillo armario de madera. Wally abrió primero el archivador —no estaba cerrado con llave— y vio que contenía los papeles normales de una vida relativamente sencilla: recibos de alquiler y facturas relacionadas con el estudio —la barraca prefabricada—, así como extractos de varias cuentas bancarias de tarjetas de crédito. Los saldos ascendían a casi tres mil dólares, con límites de crédito de más de veinte mil dólares en todas las tarjetas. En cada uno de los documentos figuraban dos titulares autorizados: Ellen y Kristen Whitney.

Wally pronunció los dos nombres en voz alta.

—¿Te suenan de algo? —preguntó Tevin, que estaba mirando también los documentos.

—No.

—Es probable que sean seudónimos —dijo él—. Uno tiene que ser de tu madre, y lo más lógico sería pensar que inventó uno para ti. O sea que todo eso también es tuyo.

Wally se acercó al armario, que era como de un metro ochenta de alto por metro veinte de ancho, con espejo delante. Abrió las puertas y se puso a inspeccionar. En el suelo del armario había dos pequeñas maletas negras, idénticas, de las de asa y ruedecitas y de un tamaño como para tener a mano en el avión. Encima de las maletas había dos pares de botas para excursión, ambos nuevos y de piel negra. Eran de una marca cara, escandinava, que Wally había visto en boutiques de calzado de Manhattan; diseñadas para aportar la máxima comodidad en cualquier tipo de situación, elegantes pero prácticas como unas botas militares.

Wally las examinó. Unas eran de la talla más común de mujer, las otras una talla más grande: la de Wally. Se quitó las que llevaba puestas y se probó las de su talla. Le iban perfectas. A continuación empezó a mirar la ropa colgada del perchero. Había poca cosa: un par de abrigos tipo tres cuartos, de paño bueno azul oscuro; dos suéters de cachemir gris con cuello de pico; cuatro vaqueros nuevos; y varias camisetas estampadas, de cuello marinero, en blanco y gris oscuro. Dentro de un cajón había media docena de prendas interiores de mujer —en color negro—, así como medias por estrenar y calcetines de lana altos, complemento ideal para las botas. Todo era nuevo, por estrenar, y de talla M, la de Wally.

—¿A ti qué te parece esto, Tev?

—Yo diría que es un piso franco —respondió él—. Y un centro de operaciones por si hay que... salir pitando.

—Sí, para cuando las cosas se pongan muy feas —dijo Wally—. Por si resulta que no han servido de nada tantas precauciones y el peligro está cerca.

Era un refugio, pensó Wally, un refugio para cubrir las necesidades de una madre y una hija que por fin vuelven a estar juntas tras muchos años de separación, listas para enfrentarse al mundo. Juntas por fin. Wally se dio el gusto de imaginar que era así, y la idea no pudo parecerle más excitante... pero también otra cosa. ¿Triste, quizás? ¿Y por qué triste? La respuesta le vino enseguida a la cabeza: se imaginó a Claire, sola. Y fue realmente un pensamiento triste, sí, pero al mismo tiempo Wally sintió rabia de que ella, Claire, se inmiscuyera ahora en sus pensamientos, de su propio sentido del deber para con su madre adoptiva.

Mientras Wally cavilaba estas cosas, algo llamó la atención de Tevin más allá de la ventana. Se acercó al cristal, miró a un lado y a otro, y vio a alguien que se escondía a toda prisa entre dos barracas del final de la calle, perdiéndose de vista.

—Wally... —empezó a decir, pero el tono de su voz había alertado a Wally, que estaba ya junto a la ventana.

—¿Qué has visto?

—No sé. Un tío, me ha parecido, será algún inquilino.

Wally corrió a apagar la luz y la barraca quedó a oscuras. Permanecieron los dos quietos, a la espera. Transcurrieron segundos, un minuto quizá, sin pruebas de que alguien rondara por allí cerca, y Wally se disponía a pulsar otra vez el interruptor cuando oyó un sonido de lo más inesperado: una llave introduciéndose en una de las cerraduras. El pestillo hizo *clic* al abrirse: la llave repitió la operación en la segunda cerradura.

Wally contuvo la respiración, como si cualquier movimiento, cualquier cosa que hiciese, pudiera alterar el curso de los acontecimientos: dentro de un momento iba a conocer a su madre. La segunda cerradura quedó abierta y la puerta de la choza basculó hacia el interior; en el umbral, una mujer recortada contra las farolas, imposible verle la cara. La mujer dio un paso hacia el interior y prendió la luz antes de cerrar la puerta y correr los dos pestillos. Al volverse y ver que había dos personas en medio de la habitación, mirándola, se quedó petrificada y muda durante unos segundos que a Wally se le hicieron eternos.

—¿Wallis? —dijo al fin, tan sorprendida como consternada.

27

—¡Johanna! —dijo Wally.

Frente a ella estaba una mujer a la que conocía desde... bueno, que Wally supiera, siempre había estado presente en su vida. Era la mujer de Vincent, el portero del inmueble, y ayudaba a Claire en la casa desde hacía siglos. Pero Johanna era algo más que lo que se entiende por una «criada»; no sólo hacía la compra, limpiaba y se ocupaba de la colada, sino que era también la persona de confianza de Claire, más una amiga que una empleada.

Era Johanna la que acompañaba antes a Wally al colegio cuando Claire no podía, la que se aseguraba de que la niña llevara todo lo necesario en la cartera, y la chaqueta bien abrochada. Cuando el socorrista de la piscina que había en la azotea tardaba en llegar, era Johanna quien vigilaba a Wally y sus amiguitos mientras nadaban. Los días en que Claire había trabajado hasta muy tarde, Johanna era la que llevaba a la niña al parque infantil próximo a Strawberry Fields y la que empujaba el columpio una hora entera, haciendo sentirse a Wally cuidada y protegida.

Pero había algo más. Al estar ahora frente a frente, un recuerdo concreto se abrió paso en la mente de Wally. Después de una discusión especialmente acalorada con

Claire —¿qué edad debía de tener Wally entonces?, ¿doce o trece años?—, Wally estaba saliendo hecha una fiera del edificio cuando se topó con Johanna, que le cortaba el paso. La hizo entrar en el cuartito del portero y allí permanecieron en silencio hasta que se calmó; no llegaron a decirse casi nada, Johanna se limitó a abrazarla y a mecerla suavemente, como temiendo que pudiera desvanecerse en sus brazos y no regresar jamás.

Wally miró ahora a la mujer con nuevos ojos, haciendo inventario de detalles concretos como si la viera por primera vez. Johanna rondaba los cuarenta años, tenía ojos azules y el cabello claro (con las primeras canas aquí y allá). Era más bien menuda, pero fibrosa y fuerte, y su natural reservado disimulaba una tremenda fuerza interior. Hablaba con un ligero acento, y Wally, que no le había prestado mucha atención a este detalle, siempre había dado por hecho que Johanna tenía raíces escandinavas.

—¿Eres tú? —dijo Wally, atónita, esforzándose por asimilar del todo esta nueva versión de la realidad.

Por su parte, Johanna parecía confusa todavía ante la presencia de Wally en la barraca. De repente, su expresión cambió, expresando alarma y pánico, algo parecido a lo que le había ocurrido a la doctora Rainer al presentarse Wally en la consulta.

—No deberías...

Un súbito ruido de motores y unos destellos azules intermitentes hicieron que callara de golpe. Oyeron un chirrido de neumáticos al detenerse al menos dos vehículos; segundos más tarde, pasos que corrían y alguien que golpeaba con fuerza la puerta metálica de la barraca, haciendo vibrar las paredes interiores.

—¡FBI! —gritó una voz—. ¡Abran la puerta!

Wally fue hacia la ventana para ver quién era, pero Johanna la agarró del brazo y la hizo retroceder.

—No —dijo—. Podría ser cualquiera. Quedaos ahí.

Wally y Tevin se apartaron un poco más de la puerta.

—¡Agentes federales! —insistió la voz, tras llamar de nuevo con violencia—. ¡Abran ahora mismo o tiramos la puerta abajo!

Johanna se acercó al enorme armario que había al fondo y empezó a empujarlo con el hombro, con todas sus fuerzas. Logró separar el mueble de la pared hasta dejar espacio suficiente para alcanzar una escopeta semiautomática con culata de pistola y un revólver automático del calibre 45 que estaban fijados al panel posterior del armario. Wally y Tevin la observaron estupefactos cuando Johanna sacó las armas, remetió el revólver por la parte de atrás de su cinturón y se aproximó a la puerta de la barraca. Con la mano derecha empuñó la escopeta, apuntando hacia fuera, mientras con la izquierda procedía a descorrer el pestillo y abrir la puerta.

Vieron a un hombre de raza blanca, de entre cuarenta y cincuenta años, vestido de paisano pero con anorak que lucía las letras ATF impresas en la pechera en letras amarillas. El hombre apuntaba con una pistola a Johanna, pero de inmediato reparó en el arma con que ella, a su vez, le estaba apuntando él.

—Que nadie pierda la calma —dijo, sereno, tanto para Johanna como para los otros agentes. Sin apartar la vista de la escopeta de Johanna, añadió—: Más vale que baje eso. Somos de la ATF. Hemos venido para ayudarla.

Johanna vio a otras dos personas detrás de él, una mujer baja pero corpulenta, de raza negra, y un hombre blanco, éste alto y fornido. Ambos iban armados y la estaban apuntando también. A cada lado de la barraca había un coche aparcado, los dos con paneles de luces intermitentes iluminando el entorno con su hipnótico azul.

Johanna no estaba dispuesta todavía a bajar la guardia.

—Quiero ver sus credenciales —dijo.

—¿Yalena Mayakova? —preguntó el primer agente a Johanna mientras le mostraba la placa de ATF.

Johanna dio un paso al frente para verla mejor y luego se inclinó un poco para mirar a ambos lados de la calle, más allá de los dos vehículos. Aparentemente, sólo eran tres agentes. Wally y Tevin intercambiaron miradas de susto y estupefacción: todo aquello era muy intrigante, pero no había tiempo para pensar. Wally había dado por fin con Yalena, pero el momento del encuentro —tantas veces soñado— casi no había tenido lugar y, en cambio, se estaba convirtiendo en algo completamente distinto.

—¿Qué quieren? —inquirió Johanna.

—Es preciso que vengan todos para ser interrogados —respondió el agente—. Iremos a nuestra oficina local. Es por su propio interés. La vida de usted y la de estos dos jóvenes corre peligro.

—¿Qué clase de peligro? —quiso saber Johanna.

—Klesko —intervino Wally. Y mirando al agente, preguntó—: ¿Tiene que ver con Klesko?

Oír aquel nombre turbó visiblemente a Johanna. Sin dejar de vigilar al agente, le preguntó a Wally, alarmada:

—¿Klesko? ¿De qué le conoces tú?

—Es que... Yo te estaba buscando —dijo Wally, confusa—, y resulta que Klesko te busca también...

—Las explicaciones a su debido tiempo —intervino el agente—. Ahora es preciso que nos marchemos. Baje usted el arma y salgan los tres de ahí.

Johanna guardó silencio, dudando todavía sobre qué actitud tomar.

—Detrás de mí —les dijo finalmente a Wally y Tevin.

Ambos obedecieron, siguiéndola mientras ella salía

a la calle sin bajar el arma y continuaba escrutando los alrededores.

—No se preocupe —le dijo el primer agente—. Sólo tiene que bajar el arma y dejarla en el suelo, a sus pies.

Johanna miró a los tres agentes, que seguían apuntando hacia ella desde diferentes ángulos de tiro, cubriendo así a los dos chicos y a ella misma. Volvió un momento la cabeza y le dijo a Wally:

—Iremos con ellos.

Wally asintió.

—No hay elección.

Johanna se volvió de nuevo hacia los agentes y bajó el cañón de la escopeta

—Bien. Ahora déjela en el suelo —repitió el que llevaba la voz cantante.

Johanna se inclinó hacia delante extendiedo los brazos para depositar la escopeta en el suelo. Casi lo había hecho cuando oyeron otra vez ruidos de motor, esta vez procedentes de la entrada del solar. Johanna se enderezó bruscamente, todavía con el arma en sus manos, mientras los tres agentes miraban hacia el lugar de donde venía el ruido.

—¿Qué diablos...? —empezó a decir la agente negra, pero se vio interrumpida por un chirriar de neumáticos seguido de un gran estrépito: un vehículo acababa de estrellarse contra la cancela de seguridad, haciéndola saltar. Todo esto sucedía fuera del alcance de su vista, pero el sonido de los motores se iba acercando, cada vez más. La agente se volvió hacia Johanna—. ¡Suelte el arma ahora mismo y suban a los coches! —le gritó.

Antes de que Johanna pudiera decir nada, un taxi dobló la esquina al fondo de la calle y se precipitó hacia ellos a toda velocidad.

—¿Qué pasa aquí? —gruñó el jefe de los agentes.

El taxi no dio muestras de aflojar ni detenerse, continuó avanzando, cada vez más deprisa, como si pretendiera chocar contra ellos. Los agentes abrieron fuego al unísono, pero no sirvió de nada. Aun con las balas incrustándose en el parabrisas del taxi, el conductor —Klesko— no varió el rumbo. Momentos después empotraba el morro en el primero de los coches de la ATF. El coche saltó hacia atrás atropellando al otro agente varón y pasándole por encima. A los pocos segundos el vehículo estalló en llamas.

Los dos agentes supervivientes —el que había hablado primero con Johanna y la joven negra— dispararon contra el taxi mientras Klesko agachaba la cabeza tras el salpicadero para protegerse.

—¡Vámonos de aquí! —les dijo Johanna a Wally y a Tevin, agarrando a Wally del brazo.

Echaron a correr en dirección contraria, hacia la zona de la cancela destrozada. Wally vio una Glock de 9 milímetros en el suelo —debía de ser la del agente atropellado— y se agachó para cogerla mientras corría.

El tiroteo continuó a sus espaldas. No pararon de correr hasta que percibieron unos ruidos más adelante. Con un estridente chirriar de gomas, un camión grúa a franjas rojas y blancas dobló la esquina de la calle por la que habían corrido y se lanzó hacia ellos a toda velocidad. El vehículo era demasiado ancho y a medida que avanzaba iba tirando las cosas que había delante de algunas barracas, desde un porche hasta esculturas o plantas.

—¡Mierda! —masculló Johanna.

Protegiendo con su cuerpo a Wally y a Tevin, abrió fuego contra el camión. Éste continuó acercándose a bandazos, su recio chasis ajeno a las balas. Wally tiró de Tevin y de Johanna hacia el estrecho pasadizo que había entre dos barracas. La grúa —al volante iba el joven ruso a quien había visto en la consulta de la doctora Rainer— trató de seguirlos, pero el pasadizo era demasiado estrecho y sólo consiguió destrozar la esquina de una de las barracas contiguas.

Wally, Johanna y Tevin siguieron corriendo mientras el conductor se lanzaba tras ellos chillando como una fiera.

Frente a la puerta número 27, los agentes tuvieron que cesar el fuego para recargar sus armas. Klesko no desaprovechó la oportunidad. Abrió la acribillada puerta del taxi, saltó afuera rodando sobre sí mismo, se puso en pie de un salto y empezó a correr al tiempo que incrustaba un nuevo cargador en su arma. Fue más rápido que los agentes: ellos estaban aún en plena operación cuando Klesko esquivó el coche en llamas y saltó sobre el segundo vehículo, disparando desde arriba sendas ráfagas sucesivas a la cabeza de los agentes.

Wally condujo a Johanna y a Tevin en loca y zigzagueante carrera entre las barracas. Al poco rato, mientras corrían por uno de los pasajes, pudieron oír los vehículos patrullando la colonia como tiburones sedientos de sangre. De vez en cuando divisaban el uno o el otro, el taxi pasando por el final de una calle, cerrando la salida mientras el camión batía las calles a su espalda, obligándolos a seguir derecho.

—Quieren cortarnos el paso —dijo Wally.

Forzaron la marcha, confiando en encontrar una vía de escape al fondo del solar. Llegaron por fin a la última calle —y la última hilera de barracas—, en la esquina nororiental del Navy Yard. Había otra valla de tela metálica con más de un metro de alambre de espino en lo alto: imposible de salvar.

—Maldita sea —dijo Johanna—. Volvamos.

Dieron media vuelta y enfilaron la calle en dirección contraria, la última hilera de barracas a su derecha y el cercado a su izquierda, con la esquina sur del solar a unos cien metros de distancia. El camión —con Tigre al volante— penetró en la calle detrás del grupo y aceleró hacia ellos. Johanna se volvió para disparar una ráfaga contra el vehículo, y otro tanto hizo Wally con su pistola, pero el ruso conducía haciendo eses para evitar un impacto directo.

Tevin y Johanna siguieron a Wally cuando ésta se metió entre dos barracas para alcanzar la siguiente calle, teniendo que esquivar un contenedor y una pirámide de macetas, pero al salir del pasadizo se toparon con el taxi —conducido por Klesko—, que iba directo hacia ellos; si los perseguidos trataban de seguir por allí, el taxi les cortaría el paso.

—¡Atrás! —gritó Wally.

Dieron rápidamente media vuelta y se metieron entre las dos barracas de al lado, yendo hacia la zona de la valla donde debía de estar aún el camión. Johanna se volvió un momento para disparar dos veces más contra el taxi, y enseguida se dio cuenta de que había vaciado el cargador. Tiró la escopeta y siguió corriendo detrás de Wally.

Desde la cabina del camión grúa, Tigre escudriñó la hilera de prefabricados a su derecha, por donde se habían metido los tres en fuga. Aminoró la marcha, pero no se detuvo; sabía que Klesko estaba cubriendo la calle paralela y esperaba que la presa se viera obligada a retroceder de un momento a otro.

De pronto vio moverse algo delante de él, un contenedor que avanzaba hacia el centro de la calle empujado con todas sus fuerzas por la chica rubia y los otros dos. Tigre no tuvo tiempo de reaccionar e incrustó el grueso parachoques de su vehículo en el contenedor. La colisión fue muy violenta, pero ganó el camión. Tigre aceleró y giró el volante a la derecha, arrastrando el contenedor contra una barraca en medio de una lluvia de chispas. Luego reculó tres metros y embistió de nuevo hacia las tres siluetas en fuga, que estaban ya muy cerca de la valla.

Mientras corrían, la chica y sus amigos fueron dejando objetos sueltos en el camino a fin de entorpecer el avance de Tigre y su grúa. Arrastraron una mesa redonda de camping con sombrilla incluida; el camión pasó por encima. El único contratiempo fue, de hecho, la sombrilla, que había quedado atascada en el capó tapando parcialmente la vista del conductor. Con todo, Tigre no aminoró la marcha, simplemente apartó la sombrilla sacando el brazo.

Más obstáculos entorpecieron su marcha —tiestos grandes con plantas, cubos de basura tamaño extragrande, un bastidor de madera, una parrilla de barbacoa con ruedas—, pero ninguno de ellos fue más que un pequeño estorbo para Tigre, mientras Wally, Johanna y Tevin se acercaban a la valla del perímetro. De repente, Tigre vio algo que no se esperaba: la joven «Aretha» estaba en mitad de la calle, como a quince metros de distancia, apuntando con una pistola hacia la cabina... pero no exactamente. No, en realidad apuntaba más abajo, a las ruedas delanteras. Tigre se preguntó cuál sería su intención; el parachoques protegía el motor del camión, y aunque reventara un neumático, la inercia lo lanzaría hacia delante. Entonces comprendió.

—¡Oh, mierda! —dijo Tigre entre dientes.

Sin moverse de donde estaba, Wally apuntó a la parrilla de barbacoa, que había quedado medio sepultada bajo el morro del camión y arrastraba por el suelo. Sujeta a la barbacoa había una pequeña bombona de propano, que era donde Wally pretendía hacer diana. El conductor de la grúa pareció comprender el peligro en el último momento, pues dio un volantazo, encaramándose a unos maderos apilados frente a una de ellas. Al chocar con los tablones sueltos, la barbacoa se desprendió de la carrocería.

Wally disparó contra la bombona —que había salido rodando— y ésta explotó formando una bola de fuego. La onda expansiva no hizo volar por los aires el camión, como Wally había pensado que ocurriría, pero la treta dio resultado: para evitar la explosión, el conductor tuvo que virar a la derecha, arremetiendo contra una barraca y atravesándola hasta la calle del otro lado.

—¡Bien! —exclamó Tevin.

Pero apenas hubo tiempo para celebrarlo. Por lo visto, el taxi había decidido no seguir patrullando la calle vecina, pues acababa de doblar la esquina y se precipitaba ahora hacia ellos. Al volante del taxi, un Klesko de ojos desorbitados iba apartando a su paso los diversos obstáculos.

Wally dio una voz y corrieron los tres hacia el fondo del pasaje, donde la valla que rodeaba el Navy Yard formaba un ángulo, imposiblemente alta y con la misma barrera de espino en lo alto. El taxi estaba ya casi encima.

—¡Allí! —gritó Johanna, señalando hacia la última de las barracas, que tenía fuera una rampa especial para sillas de ruedas—. La usaremos para saltar...

Así lo hicieron; entre los tres arrastraron la rampa de casi cinco metros de largo hasta la valla, la levantaron —pesaba mucho— hasta ponerla vertical y luego empujaron para hacerla caer como si fuera un árbol recién talado. La rampa se abatió con estrépito sobre la valla, combándose un par de palmos debido a su propio peso.

Antes de que Wally pudiera reaccionar, Johanna alargó el brazo y le arrebató la Glock.

—Pero ¿qué haces? —dijo Wally—. Vamos...

—Yo iré detrás de vosotros —gritó Johanna—. ¡Adelante!

Se volvió hacia el taxi y abrió fuego. Klesko se agachó tras el volante y el coche derrapó estrellándose contra una barraca.

Mientras Johanna seguía disparando —quería asegurarse de que Klesko no pudiera salir del vehículo—, Tevin empujó por detrás a Wally para hacerla subir por la rampa, que había quedado con la inclinación suficiente como para poder agarrarse a la barandilla. Mientras trepaba, Wally volvió la cabeza, preocupada por Johanna, que seguía abajo cubriendo la huida de los otros dos.

—¡Date prisa! —le gritó. No obtuvo respuesta.

—No te pares, Wally —gritó Tevin, sin dejar de empujarla—. Salta la cerca y ya vendrá.

Wally entendió que Johanna no iba a ponerse a salvo hasta saber que Wally estaba fuera de peligro, de modo que se dio prisa en salvar los últimos palmos de rampa y luego se dejó caer del otro lado de la cerca. Abajo había unos contenedores y la distancia no era tan grande. En cuanto tocó tierra, gritó:

—¡Ya! ¡Vamos, Johanna!

Johanna se metió la Glock por el cinturón, dio media vuelta y empezó a subir por la rampa. Tevin, que ya estaba arriba, la esperó para ayudarla en el último tramo. Johanna apenas estaba a un palmo de agarrarse a él cuando oyeron un potente rugido procedente de la calle de al lado. El camión grúa embistió por la puerta de la última barraca, arrancando la construcción de sus cimientos.

El impacto hizo que la barraca se doblara en dos y venciera hacia delante con un tremendo estrépito. Al desmoronarse, la barraca tocó la base de la rampa, separándola de la valla y tirándola al suelo. Johanna y Tevin cayeron con ella, todavía dentro del Navy Yard y por el lado malo del cercado. Wally estaba otra vez arriba, mirando.

—¡Corred! —les gritó, angustiada. No podía hacer nada para ayudar a sus amigos, y tampoco compartir su destino, pues se hallaba del otro lado—. ¡Largaos!

Pero no había escapatoria para Johanna y Tevin. Impotente, Wally vio cómo trataban de huir de aquel lío de metales retorcidos, pero Klesko y Tigre estaban saliendo ya de sus vehículos y corrían hacia ellos empuñando sus respectivas armas. Wally comprendió que el fin era inminente.

Al percatarse de que los dos hombres corrían hacia ellos, Johanna hizo ademán de sacarse la pistola del cinturón, sin embargo... ya no estaba allí. Miró a su alrededor, buscando entre los restos de la rampa y de la barraca, pero no la encontró. Ella no, aunque Tevin sí había visto el arma: estaba en el suelo, a un paso de él. Se quedó mirando la Glock como quien examina un objeto desconocido. Finalmente se agachó para recogerla, si bien enseguida quedó claro que nunca había empuñado un arma de fuego; la levantó sujetándola con ambas manos y apuntó hacia los asesinos que se les echaban encima.

—¡Nooo! —gritó Wally, pero ya era tarde.

Mientras Tevin se disponía a disparar, Klesko y Tigre abrieron fuego sobre él y lo abatieron. El cuerpo de Tevin cayó al instante, sin vida.

—¡Tevin! —gimió Wally al ver morir a su buen amigo. Fue como si las balas hubieran atravesado su propio cuerpo, desgarrado también su propia carne y destrozado la vida y el amor, dondequiera que éstos se alojaran. Permaneció inmóvil, paralizada, mirando el cuerpo inerte de Tevin sin acabar de creérselo, esperando ver alguna señal de vida, aunque sabía que eso no iba a ocurrir.

Wally quería hablar, quería implorar por la vida de Tevin, pero sus pulmones se habían quedado sin aire, sin fuelle con que impulsar las palabras.

Con todo, su dolor no impidió que la violencia continuara.

Segundos después, los rusos alcanzaban a Johanna. Klesko la golpeó con la pistola y la mujer se desplomó, semiinconsciente, gimiendo de dolor. Klesko no se detuvo; pasó por encima de ella y fue hacia la cerca en pos de Wally.

Paralizada todavía por la muerte de Tevin y la brutal agresión contra Johanna, Wally estaba ahora a merced de los dos asesinos. Sin embargo, al ver a Klesko apuntando hacia ella, un instinto animal la hizo reaccionar y ponerse a salvo. Echó a correr, parcialmente a cubierto gracias a los contenedores arrimados a la cerca. Klesko se izó a pulso y consiguió trepar lo suficiente como para dispararle, pero cuando ya tenía a Wally en el punto de mira y apretó el gatillo, sólo sonó un clic. El cargador estaba vacío.

—¡Joder! —aulló Klesko, y dejándose caer al suelo, la empredió a golpes con la valla mientras Wally ponía tierra de por medio.

28

Atley Greer había tardado más de un día en localizar al agente especial Bill Horst. No había recibido respuesta a la media docena de llamadas telefónicas hechas a la sede del FBI en Manhattan y a casa de Bill, hasta que finalmente decidió personarse en la sucursal de la agencia, donde no pudo trasponer siquiera el control de seguridad. La suerte no le sonrió hasta muy entrada la noche siguiente, cuando la radio de la policía se hizo eco de un tiroteo en Brooklyn en donde habían intervenido agentes federales.

Atley decidió probar fortuna, cruzó el puente y se dirigió al Navy Yard de Brooklyn. Iba en el coche, de camino, cuando oyó por la radio de la policía algunos pormenores del incidente.

Su sorpresa fue mayúscula: Wallis Stoneman, la chica que se había escapado de casa y a quien ya buscaban para interrogarla sobre el asesinato de Charlene Rainer, había estado también presente en el tiroteo del Navy Yard. Ya era oficial: todos los cuerpos y fuerzas del orden de Nueva York la estaban buscando. Atley seguía sin tener la menor idea de qué pasaba con Wallis ni dónde encajaba el asesinato de Sophia Manetti, pero se sintió justificado por el mucho tiempo que llevaba dedicando a seguir a la chica. Fuera lo que fuese lo que estuviera pasando, Wallis Stoneman estaba en medio de todo.

Eran casi las nueve de la noche cuando Atley llegó al viejo Navy Yard de Brooklyn y se encontró el tráfico completamente cortado por toda una flota de coches patrulla, vehículos de emergencia y furgonetas de los informativos. Aparcó en doble fila a un par de manzanas de distancia y siguió a pie hasta el Yard, donde tuvo que pasar entre dos filas de agentes. Mientras iba hacia allí sacó el móvil y marcó el número del agente Bill Horst —era el cuarto intento en una hora—, y por fin Horst contestó.

—¿Dónde estás? —dijo Bill al descolgar.

—Cerca de la entrada.

—¿Aquí en el Yard? —No pareció que eso le gustara—. Mierda. No te muevas de ahí, Atley. Ya salgo yo. Insisto: no cruces la entrada.

Bill desconectó el móvil sin darle margen para protestar. Obedeciendo sus instrucciones, Atley se mantuvo apartado de la cancela destrozada y esperó a que Bill emergiera del típico caos de la escena de un crimen. Al rato, Billy Horst apareció en la entrada, divisó a Atley en la otra acera y cruzó la calle.

—¿Cómo es que has venido? —le preguntó a quemarropa—. Ahí dentro tenemos a tres agentes de la ATF muertos; por cierto, a dos de ellos los conocía desde hace más de diez años...

—Coño, Bill... Lo siento mucho.

—Un feo espectáculo desde todos los puntos de vista. Existe un especial interés por mantener este asunto dentro de la jurisdicción federal.

—Entiendo —dijo Atley—, pero resulta que hay un comunicado de búsqueda para Wallis Stoneman. Es lo único que me interesa saber.

Esta respuesta pareció exasperar aún más a Bill. Tomó del codo a Atley y se lo llevó unos metros más allá, a fin de que ningún agente del FBI pudiera verle departiendo con un poli de paisano.

—Bueno, ¿qué demonios pasa? —dijo Atley.

—Tu chica estuvo aquí —le informó Bill Horst—, esa Wallis o como se llame. Fijo. Que quede claro: yo no te estoy contando nada, pero se diría que esos tres agentes actuaban fuera de jurisdicción, metidos en su propio rollo. Ninguno de sus mandos tiene ni idea de por qué estaban en el Yard.

—¿A qué rollo te refieres? ¿Qué se traían entre manos?

Horst dudaba de hasta qué punto debía dar información. Miró un momento a su espalda, todavía nervioso por que alguien de su equipo pudiera verle hablando con un poli local.

—Estamos solos, Bill —trató de tranquilizarlo Atley.

Por fin, Bill suspiró y dijo:

—Verás, ¿te acuerdas, hace muchos años, cuando vinieron a llamarme mientras estábamos en clase, en la academia de policía? Me consta que os supo mal que me eligieran así, como si los federales pensaran que yo era el campeón de la clase o qué sé yo.

—¿No lo eras?

—Me eligieron básicamente por mi constitución física, ¿te lo puedes creer? Una unidad conjunta del FBI y la ATF participaba en una operación de la Interpol en Bulgaria, y estaban buscando a tíos que pudieran pasar por eslavos. Además, yo aprendí alemán de mis padres. Y tenía un historial limpio.

—Vale, sí —dijo Atley, sorprendido de sí mismo al sentirse un tanto aliviado por la noticia. ¿Realmente le había estado guardando rencor a Bill durante tantos años por semejante memez?

—¿Eso te hace sentir mejor? —dijo Bill, con una sonrisa cansada.

—No lo niego. Un poco.

—Entonces te ahorro una larga historia que poco o nada tiene que ver con lo de ahora —continuó Bill—. Sólo te diré que había por medio armas de fabricación rusa (por Bulgaria pasa absolutamente de todo) y que la cosa duró dos años. Hacía tiempo que íbamos detrás de un tipo, un tal Klesko. Había subido en el escalafón de la banda de Tambov y era de los que manejaban el cotarro. Un grandísimo hijo de puta, y muy productivo además. La fuerza conjunta internacional (nosotros incluidos) consiguió cazarlo in fraganti gracias a un chivatazo hace quince años. Corrió el rumor de que fue su novia la que nos dio el chivatazo y la que después se largó con todo el alijo de Klesko, varios millones en metálico además de piedras preciosas. Desde entonces mucha gente se ha dedicado a buscar a la novia de...

—Es decir, el alijo de ese Klesko. —Atley empezaba a encajar las piezas.

—Han pasado más de diez años y la cosa continúa.

—Bien, ¿y qué demonios pinta Wallis Stoneman en toda esta historia?

—Aún no lo hemos averiguado, Atley, pero ¿sabes esos tipos a los que te enfrentaste a tiros la otra noche, en la consulta de la psiquiatra?

—¿Te has enterado también de eso?

—Ya te lo dije, hombre. —Bill enseñó una sonrisa irónica—. Somos grandes admiradores de tu trabajo.

—Muy gracioso.

—No, verás, recibimos una llamada cuando los identificaron. Eran Klesko y su hijo. El chaval es astilla de tal palo, un hampón experimentado con sólo diecisiete años. Se curtió en las calles de Piter, igual que su padre.

Son de los que siempre consiguen lo que se proponen. Tienes suerte de seguir con vida, amigo. Oh, y parece ser que han sido ellos los que se han cargado a estos tres agentes de la ATF.

—¿No has dicho antes que ese Klesko estaba en prisión?

—Exacto, «estaba». —Bill meneó la cabeza—. Hace dos años lo trasladaron de un centro de alta seguridad a un penal al viejo estilo, en Siberia, no muy seguro que digamos. Cumplía cadena perpetua, pero ya ves.

—¿Se fugó de allí?

—Sí, señor, y fíjate si lo hizo bien que tuvimos que ser nosotros lo que avisamos a los rusos de que el tipo corría por aquí. Ni se habían enterado. Parece ser que se produjo un incendio...

—Así que ahora tenemos aquí a los Klesko, padre e hijo, buscando recuperar lo que les quitaron hace un montón de años —dijo Atley, encajando mentalmente las piezas—. Y ellos creen que la novia...

—Entonces se llamaba Yalena Mayakova —dijo Bill.

—Los Klesko se enteraron por alguna vía de que esa Yalena Mayakova está aquí, en Nueva York...

Bill Horst asintió, terminando la frase por Atley.

—Y unos agentes de la ATF (que en la época que te digo formaban parte de nuestro equipo en Europa) llegaron a la misma conclusión.

—¿Cómo es posible —preguntó Atley— que de repente, diez años después, todo el mundo capte la misma pista?, ¿la ATF y papá Klesko y su hijo?

—Aún no sabemos la causa, pero parece que todo empieza a encajar: tu chica estaba presente en los dos tiroteos.

—¿Y qué hacían todos en el Navy Yard? —preguntó Atley.

—Te lo diré cuando lo sepa, pero hasta el momento no hemos sacado una mierda. Fíjate, mira qué panorama. Parece que hubiera pasado un tornado, y ahora la mitad está en llamas.

Atley tardó un rato en procesar toda la información. Había esperado por boca de Bill una cosa específica; al sacar a colación el asunto de la mafia rusa, había creído que mencionaría el hecho de que Wallis Stoneman fuera adoptada, y rusa. Podía ser que Horst ignorara ese detalle, o podía ser que sí lo supiera y se lo estuviera guardando. En cualquier caso, Atley presentía que Bill tenía algo más en la cabeza. Curiosamente, para ser alguien que había estado trabajando camuflado durante más de cinco años, a Atley le resultaba fácil de calar.

—Hay algo más, ¿eh? —le dijo—. ¿Qué es lo que no me cuentas?

Bill dudó otra vez, pero finalmente cedió. Hablando en voz baja, el torso inclinado hacia Atley, pese a que nadie podía oírlos, le confió:

—Evidentemente, todo esto es un gran engorro para los federales; cuanto antes cerremos el caso, mejor...

—Ya —dijo Atley, comprendiendo—, lo meterán todo en un paquetito y lo harán desaparecer; dirán que se acabó, que esos tres agentes se habían vuelto malos y que ahora están muertos. Fin de la historia. Pero tú no piensas eso.

Bill Horst guardó silencio.

—Te ronda alguna idea...

—Y a nadie le interesa conocerla, por ahora —dijo Bill—. Menos aún de mis labios. Menos aún de alguien de la casa.

—¿Y bien? —Atley esperó. Horst tenía orden de callar y eso lo estaba fastidiando.

—Había otro tipo —dijo Bill, y fue como si en lugar

de sacar las palabras estuviera arrancándose los dientes—. De la ATF también. Estos dos últimos años trabajaba camuflado por un asunto de tráfico de armas, en Manhattan. Le conozco bien: estuvo con nosotros en lo de Bulgaria, y era uña y carne con esos a los que se han cargado hoy. Mucho más listo que los otros tres juntos, y un tipo implacable. Siempre me dio muy mala onda. Si vas a seguir buscando a esa chica, Stoneman...

—No lo dudes.

—Entonces tarde o temprano puede que te las veas con él. Si llega ese momento, Atley, no lo dudes: dispara. No dejes de disparar hasta que vacíes el cargador. Es lo que hará él si le das la oportunidad.

—¿Quién es ese tipo, Bill?

—Se llama Cornell Brown.

29

Con una copa —la segunda— de vino tinto en la mano, Claire se recostó en el sofá, delante del televisor en marcha. La cadena pública local estaba pasando otra vez las noticias de la noche, y en ese momento expertos en el tema hablaban sobre la ayuda multinacional al continente africano. Claire apagó el sonido, pero dejó que el parpadeo de las imágenes inundara de un siniestro resplandor azul el triste apartamento, ahora tan silencioso, tan vacío.

Otra semana sola. «¿Cuándo cambiará esta situación?», se preguntó. ¿Hasta qué punto tendría que desprenderse de su pasado para poder mirar hacia delante?

En ese momento sonó el teléfono fijo y Claire alcanzó el inalámbrico.

—¿Diga?

—¿Señora Stoneman?

—¿Eres tú, Raoul?

—Sí, señora. Estooo... Su hija Wallis está subiendo, señora Stoneman.

Claire tuvo un sobresalto.

—Trae mala cara, señora —dijo Raoul, dudando—. Tiene... tiene sangre en la...

Claire saltó del sofá, tiró el inalámbrico y corrió a la

puerta para salir al rellano. Segundos después se abría la puerta del ascensor más cercano y aparecía Wallis, con peor aspecto del que Claire le había visto nunca; llevaba puesta una cazadora de excedente del ejército, le venía tan grande que la hacía parecer un pájaro herido, y el suéter que llevaba debajo estaba medio destrozado; todo el maquillaje corrido, de llorar mucho, y en el cuello... ¿de qué era aquella mancha?, ¿de sangre? Su semblante era una foto fija del horror.

—Cielo santo... Wally... —Su primer impulso fue el de correr a abrazarla, pero hacía tanto tiempo que Wally rechazaba sus muestras de afecto, que se contuvo.

—Mamá... —Wally se acercó desde el ascensor. Su voz traslucía pena, rabia y tristeza al mismo tiempo—. He sido fuerte, mamá. Te lo juro. Pero ahora no sé qué hacer.

Claire no pudo aguantarse más; abrazó a su hija y la condujo despacio hacia el apartamento. Una vez dentro, se dejaron resbalar hasta el suelo, abrazadas como estaban.

—Todo ha salido tan mal... —sollozó Wally.

El episodio en el Navy Yard había durado dos o tres minutos, pero había sido la peor experiencia de su vida. Después de saltar para ponerse a cubierto de las balas de Klesko, Wally se había escondido cerca de allí, viendo sin poder impedirlo cómo Klesko agarraba a Johanna, la dejaba inconsciente de un fuerte culatazo y metía el cuerpo inerte en la cabina del camión. Luego montaron los rusos también y salieron pitando de allí, dejando a Tevin tirado en el asfalto, desangrándose, tan solo. La primera reacción de Wally había sido correr a su lado, confiando contra toda lógica en que no estuviera muerto todavía, pero la llegada de un montón de coches de policía y de bomberos la había disuadido de intentarlo.

Wally sabía que si se quedaba allí acabaría en un

correccional; además, dudaba de que nadie creyera su historia o de que la policía tomara medidas inmediatas para rescatar a Johanna. Mientras se alejaba a toda prisa del Navy Yard, descubrió las llaves del Lincoln en el bolsillo delantero de la cazadora de aviador que llevaba puesta —la de Tevin—. Había arrancado ya cuando se dio cuenta de que sólo había un sitio en el que quisiera estar, el único sitio donde estaría a salvo y alguien cuidaría de ella.

—Me puse a buscar a mi madre —empezó a decir, en brazos de Claire, todavía sentadas en el suelo—. A mi madre rusa.

—¿Que hiciste qué?

—Perdona, mamá, sé que esto duele. Pero tenía que hacerlo.

—Pero... pero ¿cómo pudiste...?

—Y ahora han matado a Tevin.

Claire estaba conmocionada, intentando asimilar lo que Wally le decía.

—¿Tevin? Uno de tus amigos... ¿está muerto?

Wally asintió en silencio, derramando lágrimas otra vez.

—Dios mío, Wally...

—Él sólo quería protegerme —sollozó la chica—. Y a ella se la llevaron. Se han llevado a Johanna.

Claire se separó de Wally y la sujetó por los hombros mirándla de hito en hito.

—¿A Johanna? —dijo—. No entiendo nada. ¿Que se la han llevado, quiénes?

—Son demasiadas cosas, mamá —respondió Wally—. Hay una barraca en el Navy Yard, en Brooklyn. Es, no sé, como una especie de piso franco; por lo visto mi madre rusa la tiene alquilada para un caso de emergencia. Resulta que ha estado aquí todo el tiempo, velando por mí. Es Johanna, mamá. En realidad se llama Yalena Mayakova. Es mi madre.

—Wally...

—Pero todo ha ido mal —prosiguió Wally—. Primero aparecen tres agentes, de la ATF o del FBI, no sé. Y entonces llegan los dos rusos. Los mismos que mataron a la doctora Rainer.

—¿La doctora Rainer? ¿Charlene Rainer está... muerta?

—Y esos dos han matado a Tevin y se han llevado a Johanna. Mamá, uno de ellos es mi padre. Mi padre de Rusia. Y se ha llevado a Johanna.

—¿Cómo que tu padre? Pero ¿qué estás diciendo?

Claire estaba anodada por el alud de información; apenas era capaz de procesar todo lo que Wally le estaba contando.

—Lo vi de cerca —dijo Wally—. Tiene los ojos negros, igual que yo.

—Santo Dios.

—Lo siento, mamá. Ha sido culpa mía. Tenía que encontrarla, y ya ves lo que ha pasado.

—¿Eran dos, dices?

—¿Cómo?

—Antes creo que has dicho que los rusos eran dos, ese hombre y otro.

—Uno joven. El que iba con Klesko.

—¡Klesko!

—Sí, es mi padre. Se han llevado los dos a Johanna y ahora no sé dónde encontrarla.

Claire cerró los ojos y los mantuvo así un buen rato, como si estuviera rezando en silencio. Luego los abrió y dijo:

—Yo sí sé dónde.

30

—¿Qué quieres decir con que sabes dónde, mamá? —Wally estaba verdaderamente asombrada—. ¿Cómo puedes saber tú adónde han llevado a Johanna?

—Te lo explicaré por el camino —contestó Claire, muy inquieta todavía pero tratando de conservar la calma. Miró la hora y dijo—: Tenemos tiempo.

Wally miró estupefacta a su madre y se dio cuenta de una cosa: Claire estaba sin duda conmocionada por la noticia de la tragedia en el Navy Yard (y el asesinato de Charlene Rainer), pero la verdadera identidad de Johanna no parecía haberla sorprendido. Y que supiera adónde se la habían llevado... Wally tuvo la extraña sensación de que las cosas estaban sucediendo de un modo que Claire ya se esperaba. O que había temido que ocurriera.

—¿Tú sabías lo de mi madre rusa? ¿Todo este tiempo has sabido que Yalena Mayakova estaba aquí?

Claire respondió con gran esfuerzo, como si estuviera quebrantando una promesa.

—Sí.

—¿Sabías que ella velaba por mí?

—Sí.

—¿Y cómo has podido? —le espetó Wally, dolida

y casi furiosa—. ¿Cómo fuiste capaz de saber eso y no decírmelo?

—Wally, es todo muy complicado —respondió Claire—. Ahora mismo Johanna está en un aprieto y nosotras podemos ayudarla. Pongamos manos a la obra, ¿de acuerdo?

Wally no pudo discrepar. Lo primero era ayudar a Johanna; todo lo demás podía esperar.

—¿Y dices que sabes adónde la han llevado? —insistió.

—Será ella quien los lleve a un sitio —afirmó Claire—. Esos hombres van detrás de una cosa, algo que les quitaron cuando...

—¿La alejandrita?

Al oír esa palabra de labios de su hija, Claire volvió a perder pie por momentos.

—Dios mío. ¿Qué has estado haciendo, Wally? ¿Con quién has hablado?

—¿Hay más piedras de esas? ¿Por eso está aquí mi padre? ¿Johanna los llevará a donde están las otras?

—Sí, pero nosotras llegaremos antes. ¿Has entendido? Tenemos tiempo, pero hemos de prepararnos, ¿de acuerdo?

Wally se sintió repentinamente demasiado cansada para discutir. Claire preparó la ducha y ayudó a Wally a quitarse la ropa desgarrada y sucia de sangre. Wally tenía la mirada como perdida, el corazón ausente. Se metió en la ducha y, al momento, el chorro de agua muy caliente la hizo revivir y calmarse.

—Voy a buscarte ropa limpia —dijo Claire saliendo del baño— y a hacer café.

Wally giró el aro exterior de la alcachofa de la ducha para variar la frecuencia del chorro. En un lado del cubículo había un banquito de azulejo; se sentó en él e inclinó la cabeza de forma que el rítmico chorro de agua le diera justo en la nuca, produciéndole un hormigueo en la dolorida musculatura de la espalda. Decidió estarse allí un buen rato, hasta sentir que se calmaba del todo. El agotamiento físico y psíquico acechaba bajo la superficie de su perturbada conciencia, y Wally no podía permitirse el lujo de ceder a ello. Todavía no.

De todas formas, pensó, no iba a poder conciliar el sueño con el tropel de imágenes que tenía en la cabeza: Klesko golpeando salvajemente a Johanna y arrastrándola hasta el camión; Tevin allí tirado, muerto, por insistir en que fuese ella la primera en saltar la cerca. Muerto por defenderla, aquel amigo con quien se había acostado hacía solo dos noches. ¿Estaría aún tendido en el Navy Yard, o habrían retirado el cadáver y ahora yacería en una fría camilla del depósito?

Wally era consciente de que todas esas tragedias habían sucedido por ella, porque había puesto el objetivo de encontrar a su madre rusa por encima de cualquier otra cosa. Y el resultado había sido catastrófico. Pero Johanna estaba todavía con vida, en alguna parte. Era preciso mirar hacia delante, centrarse en el futuro inmediato. Tal como estaban las cosas, parecía que Claire era la única vía para salvar a Johanna. Ella afirmaba saber adónde iban a ir los tres, y parecía decidida a hacer lo que fuera para rescatarla. Cosa que, ciertamente, no extrañó a Wally; Claire siempre había demostrado estar dispuesta a sacrificarse por proteger a quien más quería.

«¡Oh, no!», pensó Wally, con un repentino presentimiento.

Salió a toda prisa de la ducha, y del cuarto de baño. El apartamento estaba en silencio. Wally se maldijo por dentro. Desnuda todavía, chorreando, corrió hasta la puerta de entrada y la abrió de golpe: el pasillo estaba desierto.

—¡Mierda! —Levantó el auricular del teléfono fijo y el portero respondió al momento.

—¿Señorita Stoneman?

—¿Se ha ido? —le gritó Wally—. ¿Mi madre ha salido del edificio?

—Pues... sí, señorita Stoneman. Hace como cinco o seis minutos.

—¿Y se ha llevado el coche?

—Sí, señorita. ¿Puedo ayudarla en al...?

Wally arrojó el teléfono con rabia, volvió adentro y empezó a pasearse de un lado a otro del salón, como loca. No fue hasta unos segundos después cuando reparó en un papel que había sobre la mesa del comedor, sujeto en un extremo por un pequeño pisapapeles de cristal. La nota decía así: «Aquí estarás a salvo, Wally. Lo siento y te quiero mucho, más de lo que pueda decir o demostrar. Besos, mamá.»

—¡Mierda! —exclamó otra vez Wally. Cogió el teléfono que había tirado al suelo, pulsó el botón y oyó el tono de marcar. Por suerte no se había roto. Marcó el número del móvil de Claire, pero, después de siete u ocho tonos, saltó el buzón de voz. Wally colgó y volvió a marcar tres veces, hasta que por fin Claire contestó...

—Wally...

—¡Mamá! No sé que te propones, pero...

—Wally, por favor.

—¡No! ¡Es mi vida, mamá! ¡Esto ha ocurrido por mí, y soy yo quien tiene que arreglarlo! Dime adónde estás yendo.

—Lo siento, Wally, pero no. Te quiero. —Y Claire colgó el teléfono.

—¡Me cago en todo! —bramó Wally en el apartamento vacío, y tuvo que aguantarse las ganas de estampar el teléfono contra el suelo una vez más. Lo que hizo fue pulsar rellamada, pero esta vez le salió directamente el buzón de voz. Claire había desconectado el móvil.

Wally empezó a dar vueltas por el apartamento, tratando de pensar. Mientras barajaba las distintas posibilidades, entró en su cuarto y se puso unos vaqueros y un jersey de cuello alto, dispuesta a salir tan pronto hubiera decidido qué tenía que hacer. Se daba perfecta cuenta de que necesitaba calmarse si es que pretendía solucionar algo.

Inspiró hondo varias veces, llenando de oxígeno los pulmones, tal como Claire le había enseñado a hacer cuando era una niña frustrada e irascible. «Respira por la nariz y cuenta hasta cuatro, aguanta el aire durante siete segundos y expúlsalo con fuerza al llegar a ocho.» Después de hacerlo unas cuantas veces, Wally empezó a recuperar su capacidad de concentración.

¿Qué era lo que sabía? Wally pensó en su breve conversación telefónica con Claire. Se oía ruido de fondo, nada concreto, sólo un rumor constante y a un volumen moderadamente alto. ¿Qué podía significar eso? El coche de Claire era un monovolumen Infiniti, bajo de chasis y muy potente, pero con buena insonorización y un sistema de manos libres con eliminación de ruidos incorporada. Para producir todo aquel ruido de fondo, el motor tenía que estar en quinta; es decir, Claire no iba por las calles de la ciudad, sino por una carretera o autopista.

Dado que Claire había tenido que prepararse y decir luego al encargado que sacara el Infiniti del garaje, hacía poco que había salido del núcleo urbano. Por lo tanto, tenía que ser una carretera cercana a la ciudad. Casi con seguridad debía de ser la autovía del West Side, pero, naturalmente, era imposible saber qué rumbo había tomado su madre, sólo parecía claro que se alejaba de Manhattan.

¿Qué más sabía Wally? Poca cosa, en realidad. Cuanto más se forzaba a recapacitar sobre su situación, mayor era la sensación de estar completamente a oscuras, y de haber estado así toda su maldita vida. Dejándose proteger, arrullar, apaciguar... mentir.

«Vamos —se ordenó mentalmente a sí misma—, deja de rabiar ¡y piensa!»

¿Qué más sabía? Recordó los breves momentos de su encuentro con Claire. ¿Qué más había dicho? El relato de Wally sobre los trágicos incidentes —la muerte de Tevin, el secuestro de Johanna— la había conmocionado, de eso no había la menor duda.

Y al decirle que los dos hombres se habían llevado a Johanna, pero que no sabía adónde, Claire había respondido con mucha decisión que ella sí sabía adónde; no era una suposición, sino una certeza. Bien, ¿qué más había dicho Claire? Wally se devanó los sesos tratando de entresacar algo útil, pero fue en vano. Claire había abierto el grifo de la ducha y había dicho que iba a buscarle ropa limpia. Ah, sí, y que iba a hacer café, pero eso seguro que había sido para que ella, Wally, estuviera tranquila, y de paso ganar un poco de tiempo.

Claire había dicho otra cosa: «Tenemos tiempo.» ¿Qué significaba eso? Si Klesko y el joven se habían llevado a Johanna, si iban a hacerle daño como no les diera exactamente lo que ellos querían... Klesko sin duda estaba convencido de que aún quedaban cosas del alijo que Yalena le había quitado: alejandritas y dinero en metálico. ¿Dónde habían tenido guardado todo eso durante años? ¿En un banco? ¿En algún tipo de almacén? Cualquiera de las dos opciones justificaba el comentario de que tenían tiempo; para acceder a una cámara acorazada o algo similar, era necesario programar la visita y sólo podía ser a una hora determinada del día siguiente, de la mañana siguiente. Eso quería decir que Claire sabía con exactitud dónde guardaban las piedras restantes y cuándo sería posible acceder a ellas.

¿Cómo podía averiguar qué sitio era aquél?

A todo esto, Wally seguía caminando de un lado a otro, tratando de propiciar una situación especial de lucidez. Sólo se le ocurrió una cosa: cogió otra vez el teléfono y marcó.

—¿Sí, señorita Stoneman? —dijo el portero al otro extremo de la línea.

—¿Raoul? Perdone que le haya colgado antes...

—No pasa nada, Wally.

—¿Puede usted decirme cómo iba vestida mi madre?

—Oh, pues... —El portero tardó un poco en responder, y lo hizo poco convencido—: Creo que llevaba puesta una chaqueta de abrigo, no estoy seguro. Y una gorra. Puede que botas, también.

—Muchas gracias, Raoul.

Wally pulsó el botón de finalizar llamada. A juzgar por lo que decía el portero, no parecía que Claire se hubiera vestido para ir a un banco u algún otro sitio cerrado como podría ser un guardamuebles o una consigna automática. De repente se le ocurrió una idea. Se había quedado mirando el inalámbrico que tenía en la mano, y en la pantalla salía el último número marcado, que era el de la recepción del edificio. Wally pulsó la flecha de bajada, y en la pantalla apareció la lista de los últimos números marcados desde ese teléfono. Aparte de las llamadas que ella misma había hecho a Raoul, salía la última realizada por Claire: era una llamada hecha al exterior cinco minutos antes de haberse marchado. El número le resultaba familiar a Wally, pero tardó un buen rato en identificar el prefijo y el resto de las cifras. Ella misma había tecleado aquel número de teléfono hacía sólo unos días. Marcó rellamada. Le salió un buzón de voz con el mensaje pregrabado. Ahora ya sabía adónde había ido Claire y el lugar donde podía hallarse Johanna.

Fue a su habitación y se puso ropa de abrigo, incluida la cazadora de Tevin y las botas buenas que había encontrado en la barraca del Navy Yard. Así equipada, y después de calcular el tiempo, vio que tenía margen para hacer una importante parada antes de dirigirse al norte en el coche, rumbo a Shelter Island.

31

Ella y Jake oyeron la llave al entrar en la cerradura y se levantaron rápidamente de su cama improvisada. No se atrevieron a emplear la linterna por temor a descubrirse, si no eran Wally o Tevin.

—¿Hola? —La voz de Wally, en susurros.

—Estamos aquí, Wally —dijo Ella.

Wally pasó a la trastienda de la vieja lavandería, donde había un banco de plancha al vapor y donde la pandilla había instalado sus sacos de dormir.

Ella y Jake la recibieron con cara de sueño.

—¿Qué hora es? —preguntó Ella, bostezando.

—Las dos —dijo Wally.

—Habéis estado mucho rato fuera. —Ella miró a Wally y se fijó en que llevaba la cazadora de Tevin—. ¿Y Tevin? ¿No viene?

Wally no respondió enseguida. Con su linterna buscó la bolsa de velas de té baratas que habían comprado en una tienda de artículos importados. Encendió tres, y la estancia quedó bañada en una luz precaria pero cálida.

—¿Dónde está Tevin? —le preguntó Jake, con cierta prevención, notando algo raro en la actitud de Wally.

Viniendo desde casa de Claire, Wally se había devanado los sesos tratando de decidir si les contaba lo de Tevin.

—Tevin ha muerto —dijo al fin, porque no sabía cómo salir del atolladero.

Ella y Jake la miraron perplejos, incrédulos. De repente, Ella se echó a llorar en silencio, aunque sin variar la expresión de su cara.

—¡¿Qué?! —dijo Jake, como si le hubieran asestado una patada en el estómago.

—Aquellos hombres... —dijo Wally—. Fuimos a un sitio a buscar a mi madre y estaban allí.

—Oh, no... —Ella meneó la cabeza, casi con violencia, tratando por todos los medios de negar lo que estaba escuchando.

—Tevin me protegió.

—Naturalmente. Todo esto ha sido por tu culpa —le espetó Jake, colérico—. Era tu fiesta particular, ¿verdad? No deberías haberle dicho que te acompañara.

—Ya lo sé.

Wally procuró apartar de sí cualquier tipo de emoción; no quería llorar, no quería permitirse el privilegio de compartir la pena con sus amigos precisamente porque ella era la responsable de la tragedia.

—Él te quería mucho, Wally —continuó Jake, debatiéndose entre la congoja y la rabia—. ¿Es así como devuelves el amor a la gente?

—Jake, basta —imploró Ella, agarrándolo del brazo—. Wally no quería...

—Y todo, ¿para qué? —insistió Jake—. ¿Has conseguido lo que querías? ¿La has encontrado?

—Sí —respondió tras una pausa Wally, avergonzada.

—Oh, qué bien. —Jake casi rio—. ¿Y qué? ¿Ha valido la pena el cambio?

—¡Jake! —le gritó Ella.

—¡Maldita sea! —Jake se levantó de un salto y descargó un puntapié contra la pared de pladur, repitiendo varias veces la operación y descargando también los puños después, hasta que quedó agotado y boqueando. Finalmente, volvió a sentarse en el suelo y sepultó la cabeza entre las manos. Todo él temblaba. Ella se le acercó y le pasó los brazos alrededor.

Wally permaneció aparte durante unos minutos, sin intervenir, y luego fue a sentarse con ellos en el suelo. Con cuidado, apoyó una mano en la espalda de Jake, que sollozó al notar el contacto.

—Nunca podría explicaros cuánto lo siento —dijo.

Ella y Jake guardaron silencio, y al cabo de un momento Wally prosiguió:

—El caso es que he mentido; os he mentido a vosotros y a mí misma. La mentira era que estábamos todos en la misma situación, y eso no tiene nada que ver con la realidad. Vosotros dos (y Tevin también) habéis tenido experiencias muy duras desde pequeños. Yo me sentía mal y quise pensar que me pasaba lo mismo que a vosotros tres, pero no es así. De acuerdo, también he tenido que tragar lo mío, pero a mí me han querido y me han apoyado; yo jugaba con ventaja. La verdad es que no sé por qué he hecho las cosas que hice ni por qué me fui de casa, pero ha llegado el momento de poner orden en todo esto.

—Hemos sido como una familia —dijo Ella—. Eso nunca fue una mentira.

—Tienes razón —dijo Wally. Miró esperanzada a Jake, deseando que tarde o temprano la perdonara. Él reaccionó con una escueta sonrisa solidaria y Wally, agradecida, le respondió con otra. Luego sacó de su macuto un sobre tamaño carta y lo dejó delante de ellos dos—. Ahí dentro hay dos mil dólares. Son para vosotros. Lois Chao, la de Harmony House, ¿sabéis?, lleva hablándome hace tiempo de un sitio al norte del estado. Neversink Farm, se llama. Está como a tres o cuatro horas de autocar. Encontraréis la dirección dentro del sobre. Es un rollo diferente, trabajo agrícola. Se trata de echar una mano en la granja, y a cambio recibís un par de horas de clase al día de cara a sacaros el graduado escolar. —Wally hizo una pausa—. No os estoy diciendo lo que tenéis que hacer, pero sería una buena oportunidad de empezar de cero. En cualquier caso el dinero es vuestro, para ahorrillos o para lo que os parezca bien.

Ella y Jake se quedaron sin saber qué decir, dudando de si aquello era un regalo o una manera de pasar de ellos. Se miraron un momento, y a Wally le pareció ver que suspiraban más o menos aliviados, como si hubieran entrevisto la posibilidad de meterse en algo nuevo y esperanzador.

—¿Y tú, qué? —preguntó Ella.

—Tengo que solucionar esto —dijo Wally, que trataba de no venirse abajo—. Yo sola. Ya tengo que cargar con lo que le ha pasado a Tevin; si os ocurriera algo a alguno de vosotros...

Ella le tomó la mano y se la acercó a la cara. Wally respondió con un apretón, agradecida por el gesto. Luego miró la hora en su móvil y le dijo:

—Tengo un ratito. ¿Nos las hacemos rápido?

—Vale.

Jake observó sin decir nada mientras se ponían las dos a arreglarse las uñas en silencio. Cinco minutos después, terminado el ritual, Wally les dio a cada uno un beso y un abrazo y se marchó.

32

Wally atravesó la ciudad hasta el túnel Midtown en Queens y luego tomó la Interestatal 495 hacia el este, dos horas de trayecto hasta el final de la autopista de Long Island. El reloj del salpicadero marcaba la una y media de la noche. Bien. Llevaba el depósito de gasolina lleno y había comprado tres latas de Red Bull para no dormirse. Conectó su reproductor de mp3 al equipo del coche, subió el volumen y puso una selección que Tevin había hecho meses atrás: vibrante música pop de la cantante sueca Robyn —que a Wally le encantaba—, algunas baladas y varios temas de rap antiguo. Entre estos últimos estaba la canción favorita de Tevin, una con mucho soul titulada *Concrete Schoolyard*, de Jurassic 5.

Wally puso la canción tres veces seguidas; a la tercera lloró. Luego desconectó el reproductor y dejó que la radio sintonizara una emisora de música dance. Subió aún más el volumen, hasta llamar la atención de los coches que pasaban, y se tragó el primer Red Bull.

Volvió a pensar en Johanna y dio gracias de que Klesko la necesitara para encontrar las piedras, pues de lo contrario ya la habría matado. Pero había algo que la tenía intrigada, una sensación que había experimentado al encontrarse cara a cara con Johanna en el Navy Yard. A la situación le había faltado clímax, y no sólo por lo ocurrido inmediatamente después. Wally esperaba que el encuentro con su madre biológica le cambiara la vida, que explicara y justificara todo cuanto había tenido que sufrir hasta entonces. Recordó la predicción de la doctora Rainer en el sentido de que, cuando se vieran cara a cara, habría entre ambas un reconocimiento intuitivo, que sería para Wally como mirarse en un espejo y ver su verdadero yo por primera vez.

No había sucedido así, y Wally se sintió más confusa y más sola que nunca. ¿Por qué? Desde pequeña, se había mirado en los otros como una forma de afirmar su identidad, de tener una auténtica imagen de sí misma y de su entorno. Tras los trágicos acontecimientos de los últimos días, Wally empezaba a ver su búsqueda como algo inane e infantil. Era una búsqueda hacia fuera; para que tuviera algún sentido, debía estar enfocada hacia dentro. Claire, Johanna, su padre adoptivo, Jason, aquel monstruo de Klesko, incluso la propia pandilla: eran todas ellas personas fundamentales de un modo u otro en la vida de Wally, pero no la definían.

Consciente, por fin, de todo ello, Wally estaba más decidida que nunca a salvar a Johanna. Buscar a su madre biológica había generado muerte, violencia y quebraderos de cabeza a cuantos la rodeaban, y no quería que nadie más sufriera las consecuencias de su temeridad. En cuestión de horas, Wally demostraría su lugar en el mundo de la única forma que para ella tenía sentido ahora: a través de sus propios actos. Wally experimentó una calma inesperada ante esta esperanza de una pronta resolución. Se centró en escuchar la música y procuró vaciar su mente, por un momento, a fin de aunar fuerzas para todo lo que le esperaba.

Dos horas transcurrieron volando. Llegó al final de la autopista y se desvió por Old Country Road, rumbo al noreste. Al cabo de unos treinta kilómetros llegó a la pequeña zona portuaria de Greenport que ya conocía de su anterior visita con la pandilla. El transbordador para Shelter Island dejaba de funcionar a medianoche, lo cual significaba que Klesko y el otro ruso —y Johanna, su rehén— no podían haber tomado el barco la noche anterior. Cabía la posibilidad de que buscaran otro medio para llegar a la isla, pero Wally suponía que preferirían no complicarse la vida y esperarían a que zarpara el primer transbordador a las seis de la mañana.

Apagó los faros y descendió por Wiggins Street, que desembocaba en la estación de tren y en el muelle para ir a Shelter Island. El escenario había cambiado; todavía no eran las cuatro y, a excepción de media docena de farolas mortecinas en el embarcadero y la zona de aparcamiento, Greenport estaba casi a oscuras. Wally se detuvo a unas tres manzanas del muelle, por temor a que Klesko y el otro —que sin duda estarían esperando cerca de allí— pudieran verla.

Se apeó del Lincoln sin hacer ruido, enfiló una calle secundaria hacia las vías del tren (en esa zona sería más difícil que la descubrieran) y se dirigió al muelle desde el suroeste. Por ese camino tendría que cruzar la estación y aproximarse por detrás de la zona de estacionamiento. Desde allí podría ver si había coches esperando para subir al transbordador o en las cercanías. Al llegar al aparcamiento, no le sorprendió ver que no había ningún coche, aún faltaban dos horas para que zarpara el barco. Sin embargo, había recorrido un trecho de la calle Tercera cuando divisó el camión grúa de los rusos. Estaba aparcado mirando al muelle, alejado de la dirección por la que Wally se aproximaba, de modo que no la habrían visto llegar. En el interior a oscuras de la cabina, divisó dos puntitos rojos: dos cigarrillos encendidos. La cabina tenía muy poco espacio detrás —apenas para una caja grande de herramientas—, y Wally sufrió pensando en Johanna metida allí, apretujada, sangrando y muerta de miedo.

Pensó por un momento en llamar a la policía local con la idea de que varios coches patrulla bloquearan la zona del muelle, pero desechó la idea de inmediato. Wally había visto pelear de cerca a Klesko y su joven acompañante; los agentes de Greenport no iban a tener ninguna opción, y en lugar de rescatar a Johanna sólo conseguiría exponerla a caer víctima del fuego cruzado.

Wally permaneció escondida vigilando la zona, buscando con la mirada el monovolumen de Claire, pero al cabo de un rato se le ocurrió que era muy improbable que se dejara ver por allí. Por alguna razón, Claire sabía que Johanna iba a llevar a los rusos a casa de los Hatch. Por lo tanto, sabría también que los rusos estarían en el muelle esperando a que zarpara el primer transbordador, armados y con Johanna a su merced.

Entonces, ¿qué plan podía tener Claire en mente, y, sobre todo, de qué era capaz? Por primera vez en su vida, Wally se vio obligada a preguntarse qué clase de persona era exactamente Claire Stoneman. Y tuvo que aceptar que su madre adoptiva tenía un lado oculto del que no sabía absolutamente nada.

Se alejó sigilosamente de la zona del muelle y regresó al coche. Puso el motor en marcha para caldear el habitáculo y recapacitó sobre el siguiente paso a dar. ¿Acaso Claire y Johanna tenían previsto algún plan por si ocurría un imprevisto? Sí, parecía posible. Estaba claro que entre ellas existía un vínculo del que hasta ahora Wally no había sido consciente. Decidió hacer una suposición:

que Claire actuaría tal como lo haría ella misma, Wally, esto es, intentando sacar cierta ventaja estratégica a los dos rusos. La mejor manera de lograrlo era llegar antes que ellos a la isla y disponerse a esperar.

Wally necesitaba una embarcación, eran las cuatro de la mañana y estaba en Greenport, Long Island. Por de pronto, parecía una tarea imposible, pero de repente se le ocurrió una cosa. Con el móvil, hizo una búsqueda en Google y cuando le salió lo que buscaba, pulsó el botón de llamada.

—Taxis Fantasy Island. —La voz que contestó parecía muy dormida, como si la persona acabara de levantarse.

—Hola. Estooo... Perdona que llame a estas horas —dijo Wally—. Soy la chica a la que llevaste a casa de los Hatch, ¿te acuerdas? La semana pasada.

—Pues... Ah, sí. ¿Necesitas un taxi? Ahora no estoy en la isla, y el transbordador no sale hasta dentro de... —Hubo un momento de silencio—. ¡Joder, si son las cuatro!

—Sí, lo siento. Mira, necesito un transporte, pero no un taxi, sino una barca o algo así. Tengo que ir a la isla ahora mismo. ¿Alguna idea?

—¿Vas a ir otra vez a casa de los Hatch? —preguntó el chico—. ¿Después de todo lo que pasó?

Wally no entendió qué había querido decir con esto último, pero no tenía tiempo para averiguarlo.

—Pues sí —dijo—, la verdad es que necesito llegar cuanto antes.

Se produjo un largo silencio al otro extremo de la línea.

—Eres una chica interesante —dijo el taxista—. Te llamo dentro de un par de minutos.

Fiel a su palabra, al cabo de un rato el taxista la llamó

y le dijo cómo llegar en coche a otro punto de la zona portuaria. Le dio asimismo la descripción de una langostera amarrada en aquel muelle.

—Guy va a salir de un momento a otro a faenar. Te estará esperando.

—Gracias otra vez —dijo Wally—, y perdona por el coñazo.

—No tiene importancia.

Wally arrancó y dio la vuelta para ir hacia Front Street, que discurría paralela al litoral pero alejada del muelle del transbordador. Condujo hacia el noreste buscando el lugar que el taxista le había descrito. Pronto llegó a una pequeña zona de trabajo donde un hombre estaba aparejando su barca langostera de un solo tripulante. Wally aparcó el Lincoln en la calle de al lado, agarró el macuto y bajó andando hasta el muelle. No había ninguna otra persona a la vista.

—Buenos días —dijo Wally.

El pescador —unos cincuenta años, muchas arrugas en la cara, impermeable amarillo y jersey grueso— levantó la vista, miró brevemente a Wally y siguió con lo que estaba haciendo. Si ver a una chica de ciudad vestida a lo *emo* en el muelle de pesca a las cuatro de la mañana de un día de noviembre era para él una experiencia singular, no lo dejó entrever.

—¿Qué tal? —se limitó a decir.

—Nuestro común amigo me ha dicho que quizá podría usted llevarme a la isla.

—El transbordador zarpa dentro de unas horas.

—Es que no puedo esperar tanto.

—Tengo que ir a ver unas nasas, pequeña.

El pescador le estaba haciendo un numerito de brusco hombre de mar y Wally no tenía tiempo para tonterías. Sacó un puñado de billetes del macuto y le dijo:

—Aquí hay unos quinientos dóalres. Por favor, es muy urgente. Nadie más me puede ayudar.

Esta vez, el tono de genuina desesperación hizo que el pescador la mirara intrigado.

—Por favor —insistió ella.

El pescador volvió a mirar detenidamente a Wally.

—Guárdate el dinero. ¿A qué parte de la isla necesitas ir? —preguntó, con un suspiro exagerado.

Wally sacó el mapa de Shelter Island que había comprado en su primera visita y se puso a mirarlo bajo la escueta luz de una farola solitaria.

—La casa está en un sitio que llaman Coecles Inlet, no sé si lo digo bien. Le juro que es una emergencia. Tengo que llegar allí cuanto antes.

—Son casi dieciséis kilómetros —murmuró el pescador—. Más vale que vayamos en el ballenero.

Pocos minutos después viajaban a bordo de un ballenero de seis metros y medio de eslora rumbo a Shelter Island a una velocidad de treinta y tres nudos. El agua estaba en calma y el aire era frío pero sin viento. No amanecería hasta al cabo de un par de horas, pero la claridad era suficiente como para interpretar las gruesas nubes bajas.

—Está a punto de nevar —dijo el pescador alzando la voz sobre el rugido del motor fueraborda. Y tenía razón. A los diez o doce minutos empezaron a caer lentamente grandes copos secos, que desaparecían al contacto con el mar.

Wally se alegró de ir en el ballenero. No había más de cinco o seis kilómetros en línea recta desde Greenport hasta la casa de los Hatch, pero la ruta hasta la ensenada que llamaban de Coecles era bastante tortuosa debido al perfil anguloso de la isla, y el hombre no se había equivocado en cuanto a la distancia total. A los veinticuatro minutos de travesía, doblaron la punta de Ram Island y el pescador viró al suroeste para entrar en la angosta Coecles Inlet. Las aguas eran allí poco profundas y la ensenada ocupaba doce o trece kilómetros cuadrados. En las playas no había ninguna construcción, puesto que era zona protegida al formar parte de la reserva Mashomack. Los únicos indicios de vida humana estaban al fondo de todo, y hacia allí se dirigían ahora habiendo reducido la velocidad a unos veinte nudos.

Wally sacó su linterna del macuto y sostuvo el mapa en alto señalándole el punto de destino al pescador: la playa más próxima a la casa de los Hatch, que era la última propiedad privada colindante con la zona protegida.

—Este punto de aquí —dijo Wally—. Creo que hay un embarcadero.

—¿Es donde los Hatch?

—Sí.

—Qué fuerte lo que pasó —dijo el hombre.

—¿Y eso?

El hombre miró a Wally y se dio cuenta de que no sabía nada de los asesinatos. Le hizo un resumen de la información que él conocía, esta vez sin tener que gritar tanto pues iban a diez nudos, muy cerca ya de la finca. Wally hizo de tripas corazón para asimilar la muerte de los hermanos Hatch con desapego.

—¿Cuándo ocurrió? —le preguntó al pescador. Y cuando él se lo dijo, comprendió que aquel día, cuando los había visto en la casa, los dos rusos estaban allí para matar a los hermanos. Sintió arcadas sólo de pensarlo. ¿Debió haber actuado ella de otro modo? ¿Debió haber llamado a la policía denunciando un allanamiento?

—No eres la única que ronda hoy por aquí, pequeña —dijo el pescador, señalando con la cabeza hacia el frente.

Wally miró hacia el embarcadero —del que les separaban ahora sólo cincuenta metros—, donde la nieve había pintado de blanco la línea de playa, y distinguió una barca de unos cuatro o cinco metros amarrada al muelle. ¿Habría ido Claire en ella? Wally se preguntó cómo podía haber encontrado una embarcación en mitad de la noche, pero cada vez empezaba a verlo más claro. La secuencia de los acontecimientos —desde la aparición de Klesko en Estados Unidos hasta lo que se preveía como un duelo, un enfrentamiento en casa de los Hatch— respondía a un plan que Johanna había previsto, y compartido con Claire, para el día en que ocurriera lo peor. La barca era parte del atrezzo; debían de tenerla guardada en Greenport, a punto para una situación de emergencia. Fuera cual fuese el plan que hubieran urdido las dos, pensó Wally, más valía que fuera bueno.

El hombre puso el motor del ballenero al ralentí mientras lo situaba en paralelo al embarcadero donde estaba la barquita. Wally saltó al suelo de gastadas tablas grises del muelle.

—¿Estás segura de que sabes lo que haces? —le preguntó el pescador.

Wally asintió con la cabeza al tiempo que le tendía los quinientos dólares, pero el hombre rechazó el dinero.

—Los jóvenes de ahora crecéis demasiado rápido —dijo.

—Es verdad. —Wally le sonrió en señal de agradecimiento.

El pescador amagó un saludo militar y aceleró. Diez

segundos después se había perdido de vista, y el rugido del motor fue perdiendo volumen hasta que el silencio se impuso en la ensenada.

Wally se coló con sigilo en casa de los Hatch y encontró a Claire en la cocina. El susto que le dio fue tremendo.

—Mamá.

—¡Wally! —Claire tuvo que sofocar un grito—. ¡Dios mío, no!

Wally comprendió al instante por qué se asustaba tanto, y no era sólo porque hubiera aparecido por sorpresa. La casa estaba reventada, armarios, parquet, cojines: no quedaba nada entero. La cocina estaba toda salpicada de sangre, y en mitad de la misma había un charco grande; por las formas que se distinguían en él, era fácil adivinar que allí habían yacido dos cuerpos.

—¿Cómo has encontrado esta casa? —preguntó Claire, a la vez aterrorizada y enojada.

—Ya había estado aquí antes.

—¿Tú? ¿Cuándo? —inquirió Claire—. ¿A qué viniste?

—Vine para ver a los hermanos Hatch; me temo que fue el día que los mataron.

—Yo no sabía nada —dijo Claire, indicando con un gesto las manchas de sangre, todavía muy afectada por el espectáculo—. ¿Cómo has sabido que yo estaría aquí?

—Me lo he figurado —respondió Wally—. Tú y Johanna tenéis un plan, ¿no? ¿Ella debe traerlos aquí para enseñarles las piedras?

—Wally, por favor, no te metas en esto. Vete, te lo ruego. He hecho todo cuanto estaba en mi mano para que esto no ocurriera.

—Sí, pero ya ves —dijo Wally. También a ella le asustaba tanta sangre, y sin embargo todo lo ocurrido hasta entonces parecía justificar su actitud. Estaba convencida de que si la búsqueda la había llevado hasta allí, era por algo—. Es aquí donde debo estar, mamá. Mi vida tenía que desembocar en esto. Salvaremos a Johanna.

Claire fue a decir algo, pero debió de ver que su hija estaba decidida a quedarse. Finalmente, con un largo suspiro, optó por rendirse a lo inevitable.

—Mierda —dijo—. No darás tu brazo a torcer, ¿verdad?

—No, mamá. Ya sabes que no.

—Está bien —contestó Claire, y Wally se la imaginó preparándose mentalmente para la tremenda prueba que les esperaba—. Él es fuerte, Wally. Y cruel.

—Ya lo sé.

—Nuestra única opción es el efecto sorpresa.

—Bien —dijo Wally. Consultó la hora en su teléfono móvil—. El primer transbordador sale dentro de quince minutos. ¿Qué hacemos?

33

Claire llevó a Wally hasta una pila de leña cubierta por una lona, en el exterior de la casa, metió la mano por detrás y sacó un pequeño paquete envuelto en plástico y cinta aislante. Rompió el envoltorio —debajo del plástico había varias capas de papel de periódico— y aparecieron tres pistolas, todas ellas en aparente buen estado de conservación. El paquete contenía asimismo media docena de cargadores rápidos.

—El alijo de Benjamin Hatch —dijo Claire.

Hizo ademán de pasarle una de las armas a Wally, pero luego se echó atrás.

—Ha pasado mucho tiempo —dijo—. ¿Sabrás usarla?

—No ha pasado tanto como piensas —respondió Wally. Agarró el arma y dos cargadores rápidos, introdujo uno de ellos en el cañón y cerró el mecanismo, dejándola a punto de disparo—. Aquello siempre me pareció raro, mamá —dijo—. Una madre y su hija de once años haciendo prácticas de tiro...

—¿Y qué te parece ahora?

—No tan raro, visto lo visto.

Con las armas a punto, examinaron la parte posterior de la finca. Había un trecho al descubierto —unos cincuenta metros— hasta los primeros matorrales, y más allá la reserva Mashomack. Todo ello estaba ahora bajo un manto blanco, y seguía nevando.

—Hay tres escondites bajo tierra —explicó Claire—. El primero está a unos doscientos metros de aquí, dentro de la reserva. El siguiente unos doscientos metros más lejos, y el tercero tocando casi la playa.

—¿Y por qué fuera de la finca? Si Yalena...

—Benjamin se quedó las piedras, Yalena el dinero. Ese fue el trato que hicieron. Cuando llegaron juntos en barco desde Rusia, Yalena se quedó aquí en la isla y decidió vigilar de cerca a Hatch. Una noche lo siguió por el bosque y le vio cavar esos escondites. Por si acaso...

—¿Por si pasaba lo de hoy?

—Así es. Yalena pretendía recuperar las piedras que se quedó Benjamin y devolverlas a los socios de Klesko —dijo Claire—, confiando en que así dejaran de perseguirla. Pero Benjamin le dejó claro que si intentaba algo, él revelaría a esas mismas personas su nueva identidad americana (y de paso, la tuya, Wally). Yalena quedó atada de pies y manos.

—¿Y una vez muerto Benjamin? ¿Sus hijos sabían dónde estaban los escondites?

—A juzgar por esta casa —dijo Claire—, yo apostaría que no.

—Debieron de volverse locos —dijo Wally—, sabiendo que las piedras estaban por aquí pero no el sitio exacto.

—Supongo que sí. El caso es que Yalena no podía arriesgarse a recuperarlas, por muchas piedras que quedaran. Los hijos de Hatch estaban al corriente de su nueva identidad; ella no podía tenerlos en su contra.

Claire se detuvo y miró a Wally.

—Klesko nunca nos dejará escapar, ¿entiendes? No

importa lo que hagamos o lo que podamos darle. Si queremos salir con vida, tenemos que ganar.

—Lo entiendo —dijo Wally.

—Bien. La nieve delatará nuestras huellas, de modo que para ir al primer escondite daremos un rodeo.

Wally asintió y echaron a andar, alejándose de la finca para no dejar un rastro tan visible.

—Sabes muchas cosas de Yalena —dijo Wally.

—Así es.

—Cuéntame lo que sepas de ella, por favor.

Claire permaneció un rato en silencio antes de empezar a hablar.

—Tu madre era muy joven cuando se juntó con Klesko. Fue una gran equivocación, pero se dio cuenta demasiado tarde. Te va a resultar duro oírlo, Wally, pero...

—Puede que no tenga otra oportunidad.

—Está bien —dijo Claire, y tomó fuerzas para continuar—: Yalena intentó varias veces apartarse de él, pero Klesko le siguió el rastro y la hizo volver. La última vez estuvo a punto de matarla a golpes, y después... la violó. —Hizo una pausa, y todo el peso del mensaje implícito en sus palabras golpeó de lleno a Wally—. Lo siento —añadió Claire, y le tomó la mano.

«Fui engendrada en una violación», pensó Wally. El dolor que le supuso el tremendo golpe de aquella historia cruel fue mayor del que creyó iba a ser capaz de sentir nunca más. Miró a Claire como buscando confirmación al hecho de que la vida no siempre era así de cruel, que la paz y la bondad existían. Claire siempre había sabido hacerla sentirse a salvo, pero esta vez apartó la mirada, evitando los ojos de Wally como si pudieran quemarla.

—Mamá... —La voz de Wally tembló.

—Cuando Yalena supo que estaba embarazada de ti —continuó con gran esfuerzo Claire—, tomó la decisión de impedir por todos los medios que Klesko se mezclara en tu vida. Él no sabe que Yalena tuvo una hija.

—¿No sabe nada de mí?

Claire se lo confirmó con un gesto de cabeza.

Wally recapacitó. Se había topado —de un modo u otro— con Klesko tres veces, y él la estaba siguiendo cuando Wally encontró el paradero de Yalena. ¿Quién debía de pensar que era ella? Seguramente le daba igual, siempre y cuando lo llevara hasta las piedras que tanto codiciaba.

En su amplio rodeo, Wally y Claire pasaron junto a varios rótulos que indicaban la linde de la reserva. Claire continuó narrando la historia de Yalena, cuya primera fase consistía en lo que Wally había averiguado ya.

—O sea que Benjamin Hatch se quedó las piedras a cambio de que Yalena pudiera llegar a este país —dijo Wally, a quien se le hacía difícil entenderlo todo—. ¿Y qué salió mal? ¿Por qué me abandonó?

—El problema fue que los socios de Klesko (hombres con mucho poder) decidieron que, como él estaba en prisión, se quedarían con todas sus posesiones. Tu madre se les adelantó, y ellos la persiguieron sin tregua porque sabían que intentaría salir del país. Era demasiado peligroso para Benjamin sacarla de allí en aquellas circunstancias, de modo que esperaron. Con ayuda de parientes y amigos, Yalena consiguió permanecer oculta durante seis meses, suficiente para dar a luz. Benjamin y ella pensaron que ya había transcurrido un tiempo prudencial, pero no bien Yalena salió a descubierto (contigo), los socios de Klesko la vieron. Tu madre estaba convencida de que la atraparían y de que os matarían a las dos. Una vieja amiga de la familia, Irina Ivanova, trabajaba de enfermera en un orfelinato, y Yalena tomó la decisión más difícil de toda su vida.

—Abandonarme.

—Sí. Te abandonó allí para salvarte. No tenía la menor esperanza de escapar a los socios de Klesko, pero el destino le deparó una sorpresa. Benjamin Hatch consiguió sacarla del país con vida.

—Y al cabo de un tiempo me encontró —añadió Wally, anticipando el lógico devenir de los acontecimientos—. En los Estados Unidos, contigo.

—Ella nunca ha arrojado la toalla —añadió Claire.

El bosque era más tupido ahora. Claire señaló hacia un pequeño claro con dos arces en medio, ahora sin hojas.

—El primer escondite está entre esos dos árboles —dijo—. Ha llegado el momento, ¿de acuerdo?

—Sí —contestó Wally.

—Buscaremos un sitio a cubierto y esperaremos.

Claire tomó la delantera, y unos treinta metros más allá del primer escondite encontraron un lugar entre matas cubiertas de nieve. Se agacharon detrás, a la espera, la vista fija en los árboles del otro lado del claro, que era por donde seguramente aparecería Klesko.

—Y en todo este tiempo —preguntó Wally—, ¿por qué no quiso Yalena decirme quién era?, ¿por qué no me lo contó todo?

Claire meditó la respuesta.

—Se sentía avergonzada; te había abandonado.

—Pero fue para salvarme.

—Sí, pero aunque eso era verdad, a ella no le bastaba para perdonarse a sí misma. Te había dejado sola, a miles de kilómetros, para ponerse a salvo.

Wally notó un deje sentencioso en el tono de Claire.

—No podía hacer otra cosa —objetó.

—Cierto, y ella confiaba en que algún día te lo podría contar todo y tú lo comprenderías. Pero cuando tuviste edad suficiente, Wally, te habías convertido en una niña muy irascible. Estabas contra todo y contra todos. La culpa no era tuya; en casa había mentiras, había infelicidad. Tuviste que apechugar con eso, más aún cuando se marchó tu padre. Yalena pensó que si te enterabas de que había decidido abandonarte en Rusia, tu ira caería sobre ella. Tenía miedo de que no pudieras perdonarla.

—Yo la habría perdonado —dijo, muy convencida, Wally.

—¿Tan segura estás?

Se quedaron calladas un buen rato. Transcurrió una hora. Hacía frío y Claire abrazó a Wally para darle un poco de calor. Casi no los oyeron —unos pasos en la nieve—, pero el chasquido de una ramita al partirse las alertó. Faltaban todavía unos minutos para que saliera el sol, pero la luz previa les permitió distinguir dos siluetas: Klesko, cojeando todavía pero caminando con paso decidido, en una mano una pistola y en la otra una pala; y a su lado Johanna, que parecía estar viva de milagro. Caminaba con mucha cautela, tambaleándose, las manos sujetas a la espalda y sangre seca en la boca y la nariz.

Claire ahogó un respingo al ver a Klesko.

—Malditos —susurró Wally—. La han pegado más.

—¿Sólo está Klesko...? Tú habías dicho que eran dos, ¿no?

—Y son dos —respondió Wally.

Ambas escrutaron la arboleda buscando al otro ruso, el joven. No vieron nada ni oyeron nada que no fuera el bosque y el susurro de la nevada.

—Tiene que estar por ahí —dijo Claire—, protegiéndolos de una emboscada, seguro. No podemos dar ningún paso hasta que aparezca él.

Klesko y Johanna llegaron al claro y ella señaló hacia los dos arces que había en medio. Klesko se sacó del cinturón un enorme cuchillo militar y cortó la cinta adhesiva con que le habían sujetado las manos. Luego tiró a Johanna al suelo y le lanzó la pala. Ella se puso a cavar. El suelo debía de estar casi helado, a juzgar por lo poco que ahondaba. Klesko, impaciente, echó la pierna atrás y le propinó un puntapié en las costillas; Johanna rodó de costado soltando un grito de dolor.

Wally casi se puso de pie, pero Claire le sujetó un brazo para impedirlo.

—¡Vamos, más deprisa! —bramó Klesko. Su voz fue rápidamente amortiguada por la nieve, la que había en el suelo y la que estaba cayendo.

Johanna se arrastró hasta el hoyo, dejando un reguero de sangre. Se puso a cavar otra vez y al poco rato se detuvo al oír que la pala chocaba con algo duro. Apartó un poco de tierra con la mano, dejando al descubierto parte de un recipiente, y luego se levantó haciéndose a un lado para que Klesko cogiera su recompensa. Klesko dio un paso adelante, pero, súbitamente cauto, se detuvo. De un empujón tiró a Johanna al suelo otra vez y le indicó que abriera ella el recipiente, apuntándole a la nuca.

Claire apretó el brazo de Wally que sujetaba.

—Prepárate —dijo.

Vieron cómo Johanna introducía lentamente las manos en el hoyo, para, de pronto, girar sobre sí misma... empuñando una pistola. Johanna hizo fuego una vez, pero erró el tiro, y Klesko se abalanzó de inmediato sobre ella tratando de arrebatarle el arma.

Wally ya se ponía de pie, pero Claire la retuvo una vez más.

—¡No! El otro tiene que estar por aquí.

Justo en ese instante detectaron movimiento en un lado del claro. Era Tigre, que emergía del bosque como una exhalación, la larga melena al viento. Llegó al hoyo en cuatro zancadas, propinó un puñetazo a Johanna —que tenía sujeto a Klesko—, le quitó la pistola y la tiró lejos.

Claire y Wally estaban preparadas para actuar tan pronto se presentara la ocasión, pero vieron que Tigre seguía pendiente de una posible emboscada, pues batía el bosque con la mirada y no había bajado su arma en ningún momento.

—¡Mierda! —masculló Wally.

Klesko, ciego de ira, se acercó a Johanna —estaba tendida en el suelo y sangraba del golpe que Tigre le había dado en la cabeza— y le apoyó el cañón del arma en la sien, dispuesto a acabar con ella. Tigre dio un salto y consiguió apartar la mano de Klesko cuando éste apretaba el gatillo: la bala se hundió en la nieve, a dos palmos de Johanna.

—¡Todavía no! —gritó el joven. Luego metió la mano en el hoyo y sacó un recipiente hermético de plástico, del tamaño de una lata de café. Lo puso boca abajo y vio que estaba vacío. Sosteniéndolo ante los ojos de su padre, dijo—: ¿Lo ves? Todavía la necesitamos.

—¡Maldita zorra! —aulló Klesko, de pura frustración—. Le voy a rajar el corazón...

—Cálmate —dijo Tigre, ayudando a levantarse a Johanna, que gemía de dolor—. Hay más escondrijos, ¿verdad? —Le gritó, y ella hizo que sí con la cabeza.

Tigre la empujó para que caminara, y Johanna, tambaleándose más que antes, echó a andar en dirección noreste. El grupo pasó a menos de seis metros de Wally y Claire, que permanecieron escondidas y en silencio mientras los otros iban hacia el siguiente escondite.

En cuanto Johanna y los rusos estuvieron fuera del alcance de la vista, Wally y Claire se apresuraron por el bosque lo más rápido que les fue posible.

—Daremos un poco de rodeo desde el lado sur —dijo Claire—. Ellos van despacio. Llegaremos antes nosotras al segundo escondite.

—¿Cómo los pararemos?, ¿hay algo dentro? —preguntó Wally.

—Sí. No puedo asegurar que funcione, pero tenemos que estar preparadas.

Al cabo de un minuto vieron un pequeño montón de piedras musgosas, cubiertas ahora por una fina capa de nieve.

—Es ahí —dijo Claire—. Está debajo de la piedra de en medio.

Justo entonces les llegó por detrás el vozarrón de Klesko. No se le veía aún en la espesura del bosque, pero ya estaba cerca.

—No te pares —lo oyeron ordenar a Johanna—. ¿Hacia dónde ahora?

Wally y Claire se atrincheraron detrás de un murete derruido, como a seis metros del segundo escondite. Vieron aparecer primero a Johanna, arrastrando los pies por la nieve y apenas consciente, mientras Klesko la empujaba con el cañón de su pistola. Por su parte, Tigre no dejaba de mirar a un lado y a otro, siempre vigilante, con el arma en ristre, como si presintiera algún peligro.

Llegaron al grupito de piedras apiladas. Klesko hizo caer de rodillas a Johanna y ésta retiró tres piedras, dejando ver un trecho limpio de suelo. Le bastó pasar la mano unas cuantas veces para dejar al descubierto la parte superior de un recipiente hermético igual que el del primer escondite.

Johanna se disponía a retirar la tapa del recipiente

cuando Klesko la agarró por el hombro y la apartó a un lado. Luego se acercó, y ya iba a levantar la tapa cuando de pronto se detuvo.

—¿Qué? —dijo Tigre.

Klesko se apartó unos pasos y miró a su alrededor buscando algo. Finalmente lo encontró: una rama caída, de unos dos metros y medio de largo, apenas visible bajo la capa de nieve reciente. Klesko procedió a arrancar los sarmientos más pequeños

—Aparta —le dijo.

Tigre obedeció, haciendo que Johanna se apartara también, y a todo esto sin dejar de escudriñar el bosque como un soldado curtido en mil batallas.

Desde detrás del murete, Wally y Claire observaron desconsoladas cómo su plan se torcía irremediablemente.

—Mierda —susurró Wally.

Klesko se agachó hasta el suelo, manteniendo la distancia respecto al escondite. Estiró el brazo para arrimar la larga vara al recipiente e introdujo la punta a fin de levantar la tapa desde una distancia segura. No pasó nada. Avanzó un paso, lo justo para comprobar que el recipiente estaba vacío. Klesko retrocedió y volvió a agacharse. Pasó el extremo de la rama por debajo del recipiente e hizo fuerza para levantarlo, sacándolo de su emplazamiento en la fría tierra.

Había dos latas de sopa, ya oxidadas, debajo del plástico, ambas envueltas en papel de aluminio y unidas por un cable. Las latas quedaron expuestas a la vista poco más de un segundo. Al hacer explosión, lanzaron su potente andanada de luz y sonido en todas direcciones, mientras Klesko y Tigre se protegían de la onda expansiva.

34

—¡Zorra! —aulló Klesko en el gélido aire de la mañana. Se acercó entonces a Johanna y le atizó una patada brutal en el vientre.

Detrás del murete de piedra, Wally y Claire se encogieron de miedo.

—Venga, tenemos que... —susurró Wally, desesperada.

—No —dijo Claire, tratando de conservar la calma—. Aún no.

Klesko le gritó a Johanna:

—¿Cuántos más?

—Uno —respondió ella, con una voz tan débil que Wally y Claire apenas pudieron oírla.

—Y nos dejaremos de jueguecitos, ¿eh? —dijo Klesko, haciendo un esfuerzo por dominar su ira—. ¿Hay alguna piedra en el último escondite?

Johanna, sintiéndose lógicamente impotente, negó con la cabeza.

Klesko soltó una breve carcajada siniestra y pateó a Johanna en las costillas. Ella estaba tan débil y derrotada que ni siquiera dio un respingo.

—Tigr, te has quedado sin herencia.

Tigre no se lo quería creer, pero la realidad parecía imponerse.

—*Da* —dijo—. Se acabó.

Klesko metió una bala en la recámara —el chasquido metálico resonó en los árboles circundantes— y se inclinó hacia Johanna.

—Muy bien, has jugado con nosotros —le dijo—. Aquí está el premio... —Apoyó la boca del cañón a la sien de Johanna.

—¡No! —gritó entonces Wally, sin poder evitarlo. Al sonido de su voz, Klesko y Tigre se irguieron al unísono, escrutando el bosque para determinar de dónde había salido la voz.

—¡¿Quién hay ahí?! —gritó Klesko, sin dejar de apuntar a Johanna—. ¡Sal o mato a esta mujer!

Wally hizo ademán de levantarse, pero Claire se lo impidió de nuevo.

—Tengo que hacerlo —protestó Wally.

Claire la miró a los ojos con una expresión de miedo y valentía a la vez.

—No eres tú la que les interesa, Wally —dijo.

—¿Qué quieres decir?

—Ellos quieren a Yalena.

—Pero si ya la tienen. Y la van a matar.

—Wally, fíate de mi —le imploró Claire—. Antes has dicho que podrías perdonarla. A tu madre. ¿Lo decías de corazón?

—Sí. Claro que sí —respondió Wally, confundida.

—¿Por todo? ¿Le perdonarías haberte abandonado?

—Sí.

—¿Y haber sido demasiado cobarde para contarte toda la verdad? ¿Eso se lo perdonarías?

—Sí —insistió Wally, que estaba llorando, desconcertada y asustada a la vez—. ¿Por qué me haces estas preguntas?

Claire le sonrió con tristeza, diciendo:

—Nunca dejé de quererte.

Claire acarició con afecto el rostro y el cabello de Wally, como si quisiera grabar en su memoria el tacto de ambas cosas, y luego la besó en la frente.

—Mi hermosa Valentina —dijo, y a continuación lo repitió en perfecto ruso—: *Moya prekraasnaya Valentina*.

Aquellas tres palabras pronunciadas por Claire dejaron muda a Wally. Claire se pasó la pistola a la espalda, metida por el cinturón, y luego se puso de pie. A seis metros de distancia, Klesko y Tigre la vieron al instante y apuntaron hacia ella con sus respectivas armas. Claire levantó las manos con las palmas hacia fuera.

—Estoy aquí, Alexei —dijo, y caminó con decisión hacia los dos hombres.

Wally, paralizada, permaneció inmóvil en el suelo helado viendo cómo aquella mujer, que era su única madre, avanzaba sin pestañear hacia los asesinos. En cuestión de segundos, pasaron por su mente todas las cosas que Claire le había explicado sobre su madre rusa: la traición a Klesko, el abandono de Valentina en el orfelinato, la huida a América y, por último, su firme decisión de reunirse algún día con su hija.

Era su propia historia, la de Claire.

—¡Dios mío! —exclamó casi sin voz. Apenas podía respirar.

Mientras se esforzaba por procesar toda la información, Wally comprendió de pronto que Claire estaba dispuesta a sacrificarse una vez más, por ella.

—¿Yalena? —dijo Klesko, indeciso, al ver aproximarse a Claire. Primero no estuvo seguro de que era ella, pero luego la reconoció—. Yalena. —Escupió el nombre con pura rabia—. *Yobanaya sooka...*

«Mala pécora.»

Fue hacia ella con el arma levantada, apuntándole a la cara, mientras Claire caminaba hacia él.

—¡Mamá! ¡No! —gritó Wally desde el bosque.

Saliendo a descubierto, saltó el murete de piedra y corrió hacia Claire, apuntando con su propia pistola a la cabeza de Klesko.

—¡No la toques, hijo de puta! —le gritó.

Klesko, súbitamente desconcertado, apuntó alternativamente a Claire y a Wally. Tigre se puso en movimiento y caminó a grandes zancadas hacia ellos apuntando a la chica.

—¡No, Wally! —exclamó Claire—. ¡Atrás!

Al ver que su hija estaba decidida a actuar, Claire se sacó rápidamente el arma que guardaba en la espalda. De repente, los cuatro armados —madre e hija, padre e hijo— convergieron en un punto cercano al escondite vacío, apuntando ahora a un enemigo, ahora al otro. La confusión era palpable en los rostros de los cuatro mientras se miraban tratando de tomar alguna decisión.

—¿Mamá? —balbució Wally, incapaz de verbalizar todas las preguntas que se agolpaban en su cerebro.

—Tranquila, Wally —dijo Claire. Sin dejar de apuntar a Klesko, se arrodilló al lado de Johanna, que estaba tirada en el suelo cerca del escondite, y le buscó el pulso—. Todavía vive, pero por poco.

Klesko estudió detenidamente la cara de Claire cuando ésta se enderezó, resiguiendo sus facciones a través de la mira de su arma como si intentara reconecer de nuevo a la que había sido su mujer.

—Yalena, pero no Yalena —dijo—. La nariz, los ojos. Eso ha sido cosa de médicos. Y... ¿la chica es tuya? —preguntó, con un gesto de cabeza en dirección a Wally, aunque no esperó a que ella respondiera—. Ya lo veo —añadió, examinando los rasgos de Wally como antes los de su madre. Se echó a reír, sorprendido por lo irónico de la situación: había estado persiguiendo a su propia hija—. *Ochi chornye* —dijo—. Ojos negros, como yo.

—Nunca ha sido tuya, Klesko —dijo Claire, volviendo la cabeza para tranquilizar con la mirada a su hija—. Nunca fuiste suya, Wally. ¿Lo entiendes?

Todavía en pleno torbellino mental, Wally sólo pudo reaccionar con un tímido gesto de asentimiento. Claire se volvió hacia Tigre, fijándose en sus facciones con afecto teñido de tristeza. Y sin bajar el arma ni un momento.

—Cómo has crecido —dijo, confiando en que no se le quebrara la voz—. Tigr. Mi pequeño. Lo siento muchísimo.

El joven le lanzó una mirada de odio. Por un momento, su impenetrable fachada mostró algunas grietas, las producidas por una rabia profunda y antigua. Sin embargo, al hablar, su voz denotó una inesperada vulnerabilidad.

—¿Tan fácil te fue elegir? —le preguntó a ella—. ¿Un hijo o el otro?

—Elegir era imposible —se defendió su madre, hablando ahora en voz muy baja al rememorar aquella terrible época—. La familia de Alexei te había arrebatado de mí, apenas me dejaban verte. Yo lo único que quería era hacerte de madre, pero nunca me lo permitieron.

—Me olvidaste —dijo Tigre, con dolor en la mirada.

—Mi corazón jamás te olvidó —replicó Claire—. He pensado en ti constantemente, nunca he dejado de quererte. Lo siento muchísimo.

Claire lamentó al momento estas inadecuadas palabras de disculpa. Esperó para ver cómo reaccionaba Tigre, pero éste guardó silencio y se limitó a seguir mirándola con ira contenida. Wally, mientras tanto, iba viendo cómo se desenredaba toda la madeja, y el temor fue tan grande como el asombro.

—Tigr. —Pronunció en voz alta el nombre de su hermano con el acento ruso que le salió de forma instintiva, para oír cómo sonaba. Las miradas de ambos se encontraron, como días atrás frente a la consulta de Charlene Rainer, y de nuevo se produjo la sensación de reconocimiento.

Claire se dio cuenta de ello, y la pena por todo lo que hermano y hermana habían perdido le hizo decir, con voz débil:

—*Prosti menya...* —«Lo siento.»

—¡Furcia! —le espetó Klesko, herida su sensibilidad por esta escena tan sentimental—. *Prekratyi!* ¿Dónde está mi dinero? ¿Y mis piedras? Las quiero hoy, Yalena, o date por muerta.

—Moriremos de todos modos, ¿verdad, Alexei? —dijo Claire.

Una sonrisa maléfica afloró a los labios de Klesko.

—Sí —dijo—. Hoy morimos todos.

Una inesperada ráfaga de ametralladora surgió del bosque circundante, y una bala fue a incrustarse en la espalda de Klesko, haciéndolo girar sobre sí mismo, mientras Tigre recibía un racimo de ellas en el costado y varios impactos le destrozaban la cara.

—*Sookin syn!* —aulló Klesko con rabia.

Claire se lanzó sobre Wally y la tiró al suelo, cubriéndola.

Entre una lluvia de disparos procedentes de alguien a quien no podían ver, Tigre y Klesko corrieron hacia la espesura apoyándose el uno en el otro y poniéndose a cubierto mientras disparaban a su vez. El tiroteo continuó, y se pudo oír una voz de hombre:

—¡Acabad con ellos! Tengo a las chicas.

Wally y Claire oyeron pisadas de al menos tres hombres corriendo hacia donde los rusos habían huido. Sonaron más disparos en las cercanías: Klesko y Tigre tratando de sobrevivir al ataque.

Alguien —una sola persona— se aproximó a ellas por la nieve. Claire seguía protegiendo a Wally con su cuerpo. Oyeron de nuevo la voz del hombre, más cerca. Wally levantó la cabeza y se sorprendió al ver un rostro conocido que la miraba con una sonrisita satisfecha en los labios, y en la mano una escopeta con los cañones recortados. El hombre se agachó para coger las armas de Wally y Claire y las arrojó hacia el bosque.

—Hola, hermanita —le dijo a Wally.

Claire la miró inquisitivamente.

—Pero ¿quién...?

—Se llama Panama —respondió al fin Wally—. Compra y vende cosas.

—Bueno, Panama es solo un mote —dijo él, de repente con la voz cambiada, sin arrastrar las sílabas como Wally le había oído hacer siempre. Ahora parecía más bien un poli. El hombre sacó un portadocumentos de piel que llevaba en el bolsillo de la pechera, lo abrió con un gesto de la muñeca revelando una placa de la ATF y lo volvió a cerrar—. Cornell Brown, para servirlas —dijo. Miró a Claire—. Y esta señora debe de ser Yalena Mayakova. La de tiempo que llevo tratando de dar contigo, Yalena, no lo sabes bien. Bueno, ya no tendrás que preocuparte por los Klesko. Mis hombres les habrán dado su merecido.

Si Brown esperaba algún gesto de gratitud por parte de Claire, se llevó un buen chasco. Ella sólo le respondió con una mirada de odio.

—Levántate, por favor —dijo él, en tono razonable—. Iremos a echar un vistazo a los otros escondites. Y no me digas que no hay más piedras; si te hubieras deshecho de ellas lo sabría muy bien, o sea que no me hagas perder el tiempo. Llévame a dondequiera que estén. Pero ya.

Con el arma de Brown apuntándola a la cara, Claire se puso trabajosamente en pie. Wally lo hizo al mismo tiempo, ayudando a su madre. Al moverse, Claire dejó escapar un gruñido de dolor y se llevó las manos al vientre.

—Mamá... —Wally le abrió la parka y vio que tenía una herida de bala en el estómago y la ropa teñida de sangre—. ¡Mamá!

—Venga, démonos prisa —dijo Brown al ver la herida—. No te queda mucho, Yalena.

—¡Cabrón! —dijo Wally.

—Vale, muy bien. —Brown apoyó la boca del cañón en la frente de Wally—. Acabemos de una vez.

—¡No! —gritó Claire—. Te llevo.

—Está bien —dijo Brown.

—Johanna...

El hombre giró el torso hacia el cuerpo de Johanna, que yacía inmóvil sobre la nieve, y lo movió un poco con la punta del zapato. No hubo reacción.

—Yo diría que tenéis un problema menos —concluyó.

Claire abrazó a Wally y le dio un beso.

—Lo siento —dijo.

—En marcha —dijo Brown—. Vamos.

Claire caminó echó a andar en dirección a la playa. Sufría fuertes dolores y para mantenerse erguida necesitaba la ayuda de Wally.

—Por lo visto soy el único que supo atar cabos. —Se felicitó Cornell Brown mientras cruzaban el bosque—.

Todo el mundo tenía su teoría sobre Yalena Mayakova, pero he sido yo quien ha sabido encajar todas las piezas, aunque haya tenido que emplear quince malditos años. Que estabas embarazada cuando traicionaste a Klesko y que dejaste a la pequeña Valentina en el orfelinato; cómo conseguiste llegar a Estados Unidos con ayuda de esa rata de Hatch... y así sucesivamente. Bueno, por supuesto, no sabía quién eras ni dónde estabas, Yalena. Para esa última fase conté con la ayuda de mi hermanita.

—¿Con mi ayuda? ¿De qué estás hablando? —preguntó Wally, aunque ella también empezaba a atar cabos.

—Conseguí los papeles de la adopción —dijo Brown, pagado de sí mismo.

—¿Y cómo? —quiso saber Claire.

—Dispongo de una muy buena fuente —respondió él—. Y te localicé en Nueva York, hermanita. Estaba claro que Yalena no iba a mostrar la cara, pero ¿y si su hijita se ponía a buscarla? —Brown dejó la frase en suspenso y miró radiante a Wally, que empezaba a comprender.

—Brighton Beach —dijo Wally—. Claro, la nota de mi madre...

—¿Qué nota? ¿De qué estáis hablando? —Claire trataba de entender qué se traían entre manos su hija y Brown.

—Mamá, lo siento mucho —dijo Wally, angustiada—. Fue culpa mía. Lo estropeé todo. Encontré un paquete para mí en Brighton Beach, dentro había una carta y documentos... ¿era todo falso?

—Sí, señorita —rio Brown—. Todo falso. ¿Qué te parece, eh?

Mientras seguían andando hacia la playa, oyeron un nuevo intercambio de disparos allá en el bosque, como fuegos artificiales en la lejanía. No había modo de saber quién ganaba.

—Hice que Sophia (pobrecilla) te robara la documentación —explicó Brown— para que así necesitaras un nuevo carnet falso. Incluso te di a elegir dos sitios, ¿recuerdas?, pero sabía que te decidirías por Brighton Beach por el rollo de los rusos. Yo mismo dejé allí los documentos, y la carta de Yalena, claro. Eso sí que te afectó, ¿eh? Una vez te pusiste en marcha para localizar a tu madre, sólo era cuestión de tiempo que ella asomara la cabeza. ¡Y resultó que Yalena Mayakova era tu madre adoptiva! —Meneó la cabeza al tiempo que lanzaba un silbido de admiración—. Es increíble; estuvo a mano todo el tiempo...

—¿Y lo de Sophia? —preguntó Wally, encendida—. ¿La mataste tú?

Brown se encogió de hombros como si la decisión de acabar con la vida de Sophia fuese lo de menos, gajes del oficio.

—¿Te acuerdas de cómo me conociste? Fue a través de Sophia. Una adicta es fácil de manejar. Pero la chica empezó a echar de menos a sus amigos (tú ya la habías echado de la pandilla) y estaba un poco demasiado rara. Habría ido a buscarte y te habría chivado mis planes, así que...

—Qué hijo de puta —dijo Wally entre dientes.

Brown hizo caso omiso. Se detuvo un momento aguzando el oído. Ya no se oían disparos en el bosque. Continuaron andando. Claire sufría lo indecible; la herida goteaba sangre sobre la blanca nieve. Al poco rato llegaron por fin a la playa de Coecles Inlet; el muelle de los Hatch quedaba lejos, a la izquierda, y la arena inmaculada de la reserva Mashomack a la derecha.

—¿Hacia dónde? —dijo Brown.

Claire levantó el brazo para señalar hacia un espigón y siguieron adelante, ahora por la arena. Claire caminaba con mucha dificultad, pero Brown no hizo el menor caso.

—¿Sabes de qué me siento más orgulloso? —dijo—. De la piedra; la alejandrita. Me la embolsé cuando registramos el piso de Klesko en San Petersburgo con la ATF, hace dieciséis años. La había guardado todo este tiempo por aquello de tener una jubilación más holgada, pero luego pensé que sería una gran idea incluirla con los papeles falsos, Wally. Me dolió separarme de ella, pero ha valido la pena. Igual que la foto de Klesko, el psicópata de película, para añadir un poco de salsa a la cosa. Yo no tenía ni puta idea de que el tipo aparecería por aquí, pero al final eso también ha salido a pedir de boca. Fue como si Klesko te metiera una mecha encendida en el culo, ¿eh? Tenías que llegar a tu madre antes que él —Brown se rio otra vez, inmensamente ufano de sí mismo—. Y todo este tiempo has llevado encima el móvil que te di... con su GPS. Mi gente te ha estado siguiendo durante semanas, claro que no tan de cerca como para que pudieras sospechar algo.

Cuando llegaron al espigón, Claire los condujo de nuevo tierra adentro siguiendo la línea de las rocas hasta unas matas peladas, a tres metros del agua. Parcialmente sepultado en la arena había un grueso cable de acero, herrumbroso tras años a la intemperie, que en tiempos había servido de anclaje a un embarcadero. Claire siguió el cable unos tres metros más y luego se arrodilló y empezó a cavar con las manos. El terreno estaba helado y era casi imposible ahondar; Claire jadeaba por el esfuerzo y estaba pálida como un fantasma.

Wally se acuclilló a su lado para ayudarla. Al hacerlo, observó de reojo a su madre, y la ansiedad que la corroía fue en aumento.

—Estoy bien —le dijo Claire, e intentó sonreír para tranquilizarla, cosa que no consiguió.

—No paréis —dijo Brown—, pero despacito. Ya he visto lo que has sacado antes, Yalena, así que mucho ojo. Un movimiento en falso y os mato a las dos. —Miró en derredor, nervioso ahora que estaba a un paso de conseguir lo que llevaba tanto tiempo persiguiendo. Hacía rato que no se oían disparos.

Wally llevaba unos cinco minutos cavando y había ahondado un par de palmos cuando sus dedos tocaron la parte superior de otro recipiente de plástico.

—Despacio... —la previno Brown.

Wally agarró por debajo el recipiente y se levantó con él en las manos. No era grande, como de medio litro de capacidad, pero a través del plástico azul se podía ver que estaba casi lleno de piedrecitas.

—A eso me refería, hermanita —dijo Brown, recuperando el acento callejero de Harlem que utilizaba en su papel de Panama—. Trae para acá.

Al mirar a Brown, una extraña sonrisa iluminó la cara de Wally, como si conociera un secreto. Sostuvo el recipiente a la altura del oído y lo agitó despacio. Produjo un sonido como de sonajero grande, cientos de piedrecitas repicando contra las paredes de plástico. Por un momento, el ruido pareció hipnotizar a Brown. Wally continuó agitándolo, y el murmullo de las piedras se fue imponiendo en el silencio reinante.

—Ya vale —ordenó Brown, y tendió la mano para que le diera el recipiente.

De pronto notó en la nuca el frío contacto del cañón de un arma y el característico clic del percusor al ser amartillada. Enmudeció de golpe.

—Agente Brown —dijo Atley, despacio—, soy el inspector Greer.

—Oiga, inspector. —Brown adoptó un tono razonable, aun con la pistola de Atley apoyada en su nuca—. Quizá podríamos estudiar una opción que nos beneficiara a los dos...

Atley lo hizo callar hincándole la boca del arma en el cuello.

—No se le ocurra cometer una estupidez —dijo—. Los refuerzos están de camino. Se acabó el juego. —Atley miró a Wally y a Claire—. ¿Ella está bien, Wallis? He avisado también para que manden un helicóptero de salvamento.

Wally tiró el recipiente al suelo y se arrodilló al lado de su madre, cuyo aspecto había empeorado aún más.

—Te pondrás bien, mamá —le dijo.

Fue sólo un momento, pero Atley se distrajo observando a madre e hija. Brown no desaprovechó la ocasión. Giró en redondo, desarmó a Atley con un culatazo de su escopeta y luego le apuntó a la cara. Se disponía a meterle una bala entre ceja y ceja cuando se oyó una detonación detrás de Atley; un orificio de bala apareció en la frente de Brown, y éste cayó sin vida. Atley giró rápidamente sobre sí mismo, listo para disparar, pero sonaron otros dos disparos; una bala le alcanzó en el brazo izquierdo y otra en las costillas. Atley se desplomó, vivo todavía pero retorciéndose de dolor.

Fue Alexei Klesko quien se acercó a él empuñando un arma, jadeante y herido, pero aún con vida. Detrás de él, Tigre sangraba de sendas heridas de bala en el costado y la pierna izquierda.

—Hija —le dijo Klesko a Wally, satisfecho de sí mismo pese a estar sufriendo—, tendrás que decirles a tus amigos americanos que nadie puede con un ruso en la nieve. ¿Cuántos imperios deberán aprender esta dura lección?

—Miró un momento el cuerpo del agente Brown—. ¿ATF? Chúpamela...

Klesko se acercó despacio a donde Wally estaba agachada junto a su madre.

—Dame eso —dijo, o más bien gruñó, como un animal, señalando el recipiente de plástico.

Con un súbito ataque de rabia, Wally le lanzó el recipiente, que impactó con el pecho de Klesko, lo que hizo que la tapa se abriera sola. Cientos de pequeñas piedras salieron volando en todas direcciones, varias docenas de ellas a los pies de Klesko. Éste se agachó para coger un puñado y se puso a examinar el tesoro con objetividad y desapego. No había duda: eran simples guijarros de playa, sin ningún valor.

—¡Claro! —dijo, con una suerte de extraña resignación, pasándoselas a Tigre—. Aquí tienes tu herencia, hijo mío. Tu futuro. —Y se rio.

Tigre dejó resbalar los guijarros entre sus dedos y le miró con ira.

Klesko se apartó de él, inspiró lenta y profundamente, deleitándose con el aire frío que entraba en sus pulmones, y caminó hasta tener a Claire a sus pies.

—Yalena... —dijo. Y alzó el brazo apuntando con su arma a la cara de Claire—. Tu futuro es éste...

—¡No! —gritó Wally, y se interpuso entre su madre y Klesko—. ¡Se acabó! ¡Déjala en paz!

Klesko soltó una risotada.

—¿Crees que no puedo matar a alguien de mi propia sangre?

Apuntó a la cara de Wally, dispuesto a hacer fuego, pero en ese momento Atley se levantó del suelo, ensangrentado, y se lanzó contra Klesko a la desesperada.

Forcejearon durante unos segundos, pero Atley estaba más mal herido y no conseguía apartar de sí la pistola de Klesko. El ruso se zafó, le dio un codazo en el plexo solar con el brazo libre y, cuando tuvo a Atley en el suelo, lo dejó inconsciente de un fuerte culatazo.

Klesko volvió a alzar el arma, apuntó a Claire y presionó el gatillo, pero antes de que pudiera darle todo el recorrido, alguien le disparó por detrás, a quemarropa, reventándole el pecho por el costado izquierdo. Se produjo un silencio vibrante mientras Klesko permanecía allí de pie, con una expresión de sobresalto y luego se miraba la herida, de la que manaba sangre a borbotones. Sin acabar de creérselo, sus ojos siguieron la única trayectoria posible de la bala hasta llegar a Tigre, que estaba a dos pasos de él, con el arma en alto. El joven aguantó la mirada de su padre sin pestañear y vio, casi con frialdad, cómo Klesko se desplomaba al suelo al lado del agente Cornell Brown.

A lo lejos oyeron sirenas. Wally se volvió hacia Claire, que estaba más pálida cada vez y apenas consciente.

—¡Mamá! —exclamó, echándole los brazos al cuello.

—Mi niña —dijo Claire con una sonrisa exangüe—. Estamos juntos.

Alzó los ojos y vio que Tigre la miraba. Permanecía a un par de metros de distancia, como si no quisiera intervenir. Claire le hizo una seña para que se acercara. Él, al principio, no se movió, pero luego empezó a caminar, con lentitud y timidez, y fue a arrodillarse junto a su madre y su hermana. Algo había cambiado en Tigre, su cólera parecía haberse fundido, como si hubiera tenido una revelación. Ahora era sólo un muchacho, un niño triste y solitario al que su madre había abandonado muchos años atrás.

—No puedo creerlo —dijo Claire—. Jamás pensé que esto iba a hacerse realidad. Estamos aquí todos. *Moyi dyetki*... —Mis bebés.

—Mamá... —Wally apenas era capaz de hablar, anegada en lágrimas como estaba.

Con las pocas fuerzas que le quedaban, Claire empezó a cantar flojito, en ruso. Mientras lo hacía, miró alternativamente a los dos, a Wally y a Tigre.

—*Puskai prïdet pora prosit'sia, drug druga dolgo ne vidat...*

Wally empezó a cantar también con ella:

—*No serditse s serdtsem, slovno ptitsy, Konechno, vstretiatsia opiat...*

Claire sonrió al oír la letra de la canción de labios de Wally.

—Canté esta canción el día en que te abandoné —dijo—. ¿Recuerdas lo que significa la letra, Valentina?

—No.

Claire miró a Tigre.

—Tu hermano te lo traducirá.

Empezó a cantarla de nuevo desde el principio, verso a verso.

—*Puskai prïdet pora prosit'sia...*

Tigre se quedó un momento callado e inmóvil, como si la situación lo abrumara. Claire esperó.

—Qué pronto llega la hora de separarnos —empezó Tigre, apenas en susurros, mirando ahora a Claire.

—*Drug druga dolgo ne vidat...*

—Para no vernos más, y quién sabe hasta cuándo.

—*No serditse s serdtsem, slovno ptitsy...*

—Pero por fuerza un corazón encontrará al otro.

—*Konechno, vstretiatsia opiat...*

—Y, algún día, habrán de reunirse de nuevo.

Se percibía ahora en los ojos de Claire: la mirada dirigida alternativamente a sus dos hijos les decía quiénes eran y cuál era su lugar; estaban juntos por fin, como debería haber sido siempre. Y, por primera vez, Wally se vio reflejada en la mirada de su madre.

Claire expiró entonces. Wally apoyó la cabeza en su

pecho y se puso a gemir, estrechando a su madre muerta entre sus brazos, como si quisiera devolverla a la vida. Sólo salió de su desesperación y congoja al ser consciente de que las sirenas estaban muy cerca, y momentos después el estruendo del helicóptero sanitario volando bajo en el cielo encapotado. Wally alzó la cabeza; tenía los ojos arrasados en lágrimas y la camisa manchada y mojada de la sangre de Claire. Tigre permanecía en pie, superado por la situación y sintiendo toda clase de dolores a la vez. Wally le miró con apremio.

—Hermano —dijo.

—*Sestryichka* —respondió él. «Hermana pequeña.»

—Corre, huye —dijo Wally.

Fueron estas palabras las que hicieron volver a Tigre a la realidad. Rápidamente, se metió la pistola por el cinturón y, tras mirar una vez más a su hermana, corrió hacia la espesura del bosque. Segundos después se había perdido de vista bajo la densa cortina de nieve que no dejaba de caer.

35

Wally no salió en tres días del piso de la calle Ochenta y cuatro. Sola, durmiendo mucho, comiendo apenas nada, llorando hasta agotar las lágrimas. Cuando se sentía con fuerzas, revisaba las cosas de su madre en busca de alguna información sobre la mujer a quien había conocido como Claire Stoneman. Al reflexionar sobre los últimos once años de su vida, Wally suponía que tuvo que haber pistas de que Claire no era quien afirmaba ser y al mismo tiempo —la gran paradoja de la vida de Wally— exactamente quien había dicho ser siempre: su madre. Pero no encontró ninguna pista. La transformación de Yalena Mayakova en Claire Stoneman había sido completa, no dejó rastro que seguir.

A las cuatro de la tarde del tercer día sola, sonó el teléfono fijo y Wally, sorprendida de sí misma, lo cogió.

—Sí.

—Señorita Stoneman...

—No, Raoul. Sigo siendo Wally y basta.

—De acuerdo, Wally. Está aquí una tal Natalie Stehn.

—Vale. Gracias.

Wally no deseaba compañía, en realidad, pero le agradecía a Natalie —la abogada de su madre y ahora también de Wally— todo lo que había hecho y continuaba haciendo por ella. Tras el incidente en Shelter Island, Wally había sido interrogada a lo largo de doce horas o más por las autoridades locales y federales, a todo esto con una funcionaria de Servicios Sociales esperando para llevársela detenida. Pero de pronto se había presentado Natalie Stehn, hecha una fiera y armada con un documento donde se la nombraba custodio legal de Wally, con la firma y rúbrica de Claire Stoneman ante notario. Una vez establecida la veracidad de este punto, Natalie había exigido su puesta en libertad y acompañado a Wally al apartamento de la calle Ochenta y cuatro. Ante el ofrecimiento de Natalie de quedarse con ella, Wally había insistido en que prefería estar sola.

Wally fue a abrir la puerta. Natalie era una mujer menuda pero muy enérgica y directa. Dedicó a Wally su versión de una sonrisa compasiva o solidaria; estas cosas no iban con su manera de ser.

—¿Cómo estás?

—Bien. Pasa, Natalie.

Se sentaron en el sofá de la sala de estar, Wally con las piernas remetidas bajo el albornoz y Natalie con la espalda recta como un palo.

—Gracias otra vez por lo del otro día —dijo Wally—. Si no llega a ser por ti, ahora mismo estaría en el correccional.

—De nada, Wally, sólo hice mi trabajo. ¿Necesitas alguna cosa? ¿Dinero? Todavía tienes la tarjeta de crédito, ¿verdad? ¿Podrás sacar dinero con eso?

—Estoy bien, no te preocupes.

—De acuerdo —dijo Natalie, y sacó una carpeta de su portafolios—. ¿Quieres que sigamos algún tipo de orden?

—Johanna.

—Bien —dijo la abogada, buscando en el dosier—. Los médicos la tienen todavía en coma inducido mientras se recupera de graves traumatismos. Como te comenté, el equipo dice que es un milagro que esté todavía con vida, pero se muestran muy optimistas sobre su recuperación.

—¿Cuándo puedo ir a verla?

—En principio la van a despertar dentro de un par de días, depende de cómo vaya todo. He presentado papeles al tribunal para que te nombren su fideicomisaria y de este modo puedas tomar decisiones. No he podido localizar todavía a ningún pariente suyo.

—Bien. Quisiera estar allí cuando se despierte.

—De acuerdo. Te tendré al corriente porque estoy en contacto con los médicos.

—¿Qué hay de Jake y Ella?

—Mi ayudante los localizó. —Natalie buscó entre sus informes—. Parece que las cosas han salido más o menos como tú esperabas; fueron los dos a esa residencia, Neversink Farm.

—Estupendo —dijo Wally—. ¿Y el sitio está bien?

—Eso dice mi ayudante, sí. Es una granja bien cuidada, con animales, un pequeño lago. Mira, por cierto, aquí pone que Jake es el encargado de un cerdo llamado *Titán*, un macho grandísimo, y que el chaval parece contento. Ella está aprendiendo a cocinar.

Wally se puso contenta, pensando que ambas cosas cuadraban a la perfección: un cerdo salvaje y recalcitrante a la altura de la agresividad innata de Jake; y Ella rodeada de comida por todas partes.

—Fíjate si el sitio estará bien —comentó Natalie—, que a mi ayudante casi le entraron ganas de quedarse a vivir allí. Bueno, ¿qué te gustaría hacer, por lo que respecta a esos dos?

Wally lo había pensado con calma.

—Jake y Ella merecen la oportunidad de abrirse camino a su manera —dijo—. Así quiero que sea. Nosotros podríamos actuar de...

—¿De red de seguridad?

—Sí, exacto. Me gusta lo de la red. —Wally sonrió al imaginarse a sus amigos subidos a un trapecio, Jake lanzando a Ella en el aire y cazándola al vuelo después. «Está velando por ti...», había dicho Ella de la madre rusa de Wally. No se había equivocado. Ella tenía sus poderes.

Natalie pasó una página y suspiró.

—Tevin.

—Tevin —repitió Wally, asintiendo con la cabeza. Su sonrisa se esfumó.

—Mi ayudante ha buscado por todas partes y el único pariente que ha podido localizar es una tía cuyo último domicilio conocido está en Nashville. Todavía no disponemos de su dirección actual. Los restos de Tevin continúan en el depósito, pero el forense ha dicho que se pueden reclamar.

—¿Podríamos reclamarlos nosotras?

—Habría que conseguir una orden judicial. Yo sugeriría disponer lo necesario para que sea incinerado y que las cenizas te sean entregadas a ti. Y, pasado un tiempo, ya decidirás tú la mejor manera de recordarlo, quizás en compañía de tus amigos Ella y Jake, o con la tía de Tevin si es que damos con ella...

—Me parece bien, Natalie. Sí, hagamos eso.

—Bueno. Hay una cosa que no hemos hablado todavía, pero me he tomado la libertad de dar los pasos necesarios para que solicites el estatus de menor emancipada.

—Me parece bien.

—Eso pensaba yo. Bueno, entonces dejaremos aparcado el tema de la herencia hasta que estés emancipada; será todo más sencillo. Como albacea de tu madre, he llevado a cabo ciertos preliminares con un contable. Te notifico, aunque tú ya lo sabes, que a tu madre le iban muy bien las cosas. Cuando todo se arregle, serás la propietaria de este apartamento (que ya está pagado del todo) y de diversos activos, tanto aquí como en el extranjero. Claire era muy astuta para los negocios. No vas a tener problemas de dinero, Wally, a menos que se te afloje un tornillo, claro. Pero una vez estés emancipada, eso ya será asunto tuyo. ¿Estamos?

—Sí. Muchas gracias, Natalie.

—Oye, sé que este tema es duro para ti. He tenido una larga conversación con tu padre. —Hubo un silencio incómodo—. Quiero decir con Jason, naturalmente.

—No pasa nada. —Wally se puso tensa al oírlo nombrar.

—Ya sabes que vino a la ciudad en cuanto se enteró de todo. No le has devuelto las llamadas...

Jason había telefoneado una docena de veces, pero Wally había hecho oídos sordos a sus mensajes. También había intentado subir al apartamento, pero ella le había dicho al portero que no lo dejara pasar.

—Tú decides, Wally —dijo Natalie—. Ya eres mayor, pero... A pesar de sus defectos y de sus pecados, yo creo que Jason se preocupa por ti y te quiere. Es cierto que te falló, pero ten presente que Claire no le reveló tampoco su secreto. Si no había confianza, él, como marido, lo tenía difícil. En fin, ya digo que eso es cosa tuya. Jason quiere asistir al funeral, pero si tú dices que no, él no aparecerá.

Wally tuvo que pensarlo. Ignoraba si en su corazón maltrecho quedaba algún resquicio para la confianza, para la fe en los demás.

—Que venga —dijo.

Natalie no pudo reprimir una sonrisa de satisfacción.

—Así se hace, Wally. —Recogió sus cosas y se puso de pie—. Te dejo tranquila.

—Gracias. Siento estar tan...

—Por todos los santos, Wally. Yo daría lo que fuera por ser tan fuerte como tú. Lo digo en serio.

Wally se lo agradeció con un gesto de cabeza.

Natalie hizo ademán de marcharse, pero dudó, como si estuviera debatiendo consigo misma decirle algo más.

—¿Qué pasa, Natalie? —le preguntó Wally.

—No tenía claro si debía esperar o qué. Los primeros días estabas muy sensible, ¿sabes? Bueno, todavía lo estás.

Wally se puso tensa otra vez.

—Santo Dios —dijo—. ¿Qué más hay?

Natalie sacó un sobre tamaño carta y se lo entregó. «Para Wally», ponía en el dorso. La letra era de Claire y el sobre estaba lacrado.

—Tu madre escribía una nota dirigida a ti cada seis meses, más o menos, y me pidió que la conservara... bueno, por si las moscas. Guardo las otras en mi despacho, si alguna vez quieres leerlas.

Con el sobre en la mano, Wally casi se echó a reír.

—¿Qué? —dijo Natalie.

—Nada. Gracias otra vez, por todo. ¿Irás el sábado al funeral?

—Naturalmente. Nos veremos allí, pero seguro que hablaremos antes por teléfono.

—Gracias, Natalie.

Natalie recogió por fin sus cosas y salió del apartamento, dejando a Wally a solas, con la carta de Claire sobre la mesita baja.

Wally encontró a Atley Greer en el muelle 63 de Chelsea. Con el brazo izquierdo en cabestrillo, intentaba cubrir con una lona una especie de embarcación esbelta y alargada, en la que aparentemente no podía caber un hombre robusto.

—¿Qué demonios es eso?

—Una canoa con balancín —dijo Atley—. Ahora la ves desmontada, pero el casco, que está ahí, y el flotador van empalmados. El resultado es una barca de las mejores.

—¿Se marcha de vacaciones?

—He estado tan atareado persiguiendo maleantes por toda la ciudad, que no me han dejado remar. —Volvió la cabeza hacia el río Hudson, cuyas aguas centelleaban al sol del mediodía. La corriente era floja y la brisa suave—. Vaya. Fíjate en el agua. Hoy habría sido el día ideal, pero con este brazo... —Levantó el izquierdo, inservible para remar mientras lo tuviera enyesado.

—Bueno, pero el agua está bonita.

Atley la miró de soslayo y se encogió de hombros.

—¿Me vas a echar una mano o qué?

Wally le ayudó y la cosa fue mucho más rápida. Tensaron la lona alrededor de la barca y sus elementos, cerraron las cremalleras, y entre los dos transportaron el largo paquete hasta un soporte múltiple y le pusieron un candado.

—Recibí tu invitación para el funeral del sábado —dijo Atley—. Gracias.

—¿Irá?

Atley asintió con la cabeza.

—Estaba pensando... —dijo ella.

—En tu hermano.

—Sí.

—Tigre se esfumó. El rastro de sangre desaparecía al llegar a la casa de los Hatch, y después... nada de nada. La policía local y los federales de toda la Costa Este andan detrás de él. Han pasado tres días y ni rastro.

«Estupendo», pensó Wally. No lo dijo en voz alta, claro, pero Atley lo adivinó con sólo mirarla.

—¿Y lo de mi madre? ¿Alguien ha intentado recomponer toda la historia? Supongo que ya no importan mucho los detalles, pero... Pienso en ella constantemente, en todo lo que tuvo que pasar.

Atley asintió con la cabeza.

—El FBI está tratando de cuadrar la historia. Tengo a un amigo dirigiendo la investigación. Creo que van por buen camino.

—¿Han podido seguir el rastro hasta Rusia?

—Hasta la adolescencia de Yalena, sí. Tu abuela trabajó en el despacho del decano del colegio Emerson durante más de veinte años. Yalena estudió allí gratis y prácticamente se crio entre chicos y chicas norteamericanos.

—Por eso hablaba tan bien el inglés —dijo Wally—. No recuerdo que nunca le notara el menor acento.

—Hay más —prosiguió Atley—. Parece ser que aprendió muchas cosas sobre la cultura estadounidense. Eso es sin duda lo que hizo posible su rápida transición a la identidad americana.

—¿Y mi abuela... la que trabajaba en Emerson?

—Lo siento, Wallis. Falleció hace diez años o así. No estamos seguros de si dejaste algún pariente en Rusia, en caso de que hubiera alguno.

Wally asintió con estoicismo.

—Yalena consiguió llegar a Nueva York gracias a Benjamin Hatch —continuó Atley—. Él tenía contactos en la aduana por su negocio de importación. Vivieron juntos en la casa de Shelter Island hasta que ella se mudó por su cuenta. Fue entonces cuando nació, por decirlo así, Claire Stoneman, tras unos ligeros retoques de cirugía plástica facial. Y ahí es donde Yalena Mayakova desaparece definitivamente. Los primeros meses (en casa de Hatch y recuperándose de la operación), Yalena aprovechó para practicar el inglés hasta perfeccionarlo.

—Es impresionante...

—Desde luego —concedió Atley—. A partir de ahí, la vida de Yalena se ajusta como un guante al currículum norteamericano: casada, agente inmobiliario, éxitos profesionales, apartamento de lujo en el Upper West Side... y todo en un tiempo récord. —Atley hizo una pausa—. Tú ya sabes por qué hizo todo eso, ¿verdad?

—Estaba creando un personaje, con la idea de volver a Rusia y traerme aquí.

—En efecto. Esa amiga de la familia a quien te confió en el orfelinato se llamaba Irina Ivanova. Ella se encargó de que no te adoptara nadie más. De hecho acabó siendo la directora del centro. ¿Te acuerdas de ella?

—Algo. No estoy segura —dijo Wally—. ¿Cómo entra en juego Johanna? Porque ella no era rusa...

—Al parecer, tu madre y ella formaron un fuerte vínculo a partir de que os mudasteis a ese edificio. Yalena, por supuesto, necesitaba a alguien en quien confiar plenamente, y está claro que Johanna se convirtió en una buena amiga; conocía todos los secretos de tu madre y supo guardarlos. Cuando Johanna apareció en el piso franco del Navy Yard (según parece, iba allí de vez en cuando para recoger el correo de Yalena y cosas así), Klesko evidentemente sabía que ella no era tu madre, pero era su único recurso y la obligó a revelarle lo de los escondites de Shelter Island. Por lo visto, ése fue el plan de Yalena y Johanna desde un principio; si ocurría lo peor y Klesko venía en busca de tu madre, Johanna lo llevaría hasta los escondites. En el primero habían colocado una granada de aturdimiento casera, hecha de aluminio. Ahora te parecerá un disparate, pero si Klesko llega a ir solo, habría funcionado.

Atley miró a Wally y se dio cuenta de que le costaba procesar tantos datos.

—Perdona —dijo—. Creo que son demasiadas cosas a la vez.

—Sí, la verdad. Pero necesitaba saberlo.

—Hay otra cosa que necesitas saber.

—¿Cuál?

—Klesko...

A Wally se le aceleró el pulso. La bala de Tigre había errado el corazón de su padre sólo por milímetros, y el malvado, contra todo pronóstico, sobrevivió. Probablemente el frío y la nieve de la isla habían contribuido de forma decisiva a mantener sus constantes vitales hasta la llegada del equipo médico.

—No me diga que ha escapado. Yo vi el agujero que tenía en el pecho, y era grande.

—Escapado exactamente, no —dijo Atley—. Más bien se ha desvanecido. Una «extraordinaria interpretación», o como sea que lo llame ahora el FBI. Klesko sabe demasiado sobre el comercio de armas internacional como para permitir que comparezca ante un tribunal de justicia de este país. Lo apresaron enseguida. Seguro que se encuentra ya en algún centro penitenciario fuera de nuestras fronteras. Me han dicho que el que hay en Tailandia es uno de los que más utilizan últimamente. Pero no vayas a preocuparte por ese motivo; aunque Klesko sobreviva a los interrogatorios, lo meterán en un agujero tan oscuro que ya no volverá a contar para el mundo de los vivos.

A Wally, la idea de que Klesko siguiera con vida y reponiéndose —por más lejos o mejor custodiado que pudiera estar— le dio escalofríos, por mucho que el inspector Greer intentara tranquilizarla al respecto. Hasta el fin de sus días, Alexei Klesko iba a estar presente en sus pensamientos.

Tras un momento de silencio, Wally levantó la vista y se sorprendió de ver que Atley le sonreía.

—¿Qué?

—Te has llevado el premio, Wallis —dijo él—. Eres prácticamente la única persona que no ha preguntado por las malditas piedras. Suele ser lo que preguntan primero.

—Bah. Me dan igual esas piedras.

—Mejor, porque han desaparecido. No queda ninguna desde hace cosa de quince años, según han podido averiguar los federales.

—¿Qué pasó?

—Al final, resulta que Yalena se las repartió con Hatch. Mitad y mitad. Ambos necesitaban dinero, pero sabían que si las ponían en venta se expondrían demasiado. Hatch encontró un tratante en piedras preciosas (en Atlantic City, creo) que accedió a ponerlas en venta variando ligeramente su descripción. Resulta que existe en Madagascar una mina que produce alejandritas con una veta ámbar muy parecida; no son iguales a las rusas pero casi. Le ofrecieron al tipo un descuento del veinte por ciento sobre el valor real si decía que eran de la mina de Madagascar. Tu madre fue muy sensata e invirtió bien el dinero. Hatch no era tan listo, y en poco tiempo se pulió toda su parte.

—Tanta violencia y... —empezó a decir Wally, pero

no terminó la frase. Ya nada parecía tener importancia.

Permanecieron un rato en silencio, ambos con la mirada fija en el fluir del río.

—Es mejor así —dijo Atley—. Sin valla de por medio entre tú y yo.

—Como guste, señor poli —dijo ella, y le dedicó una breve sonrisa antes de alejarse de allí.

36

Wally durmió. Pasaron seis o siete horas y al despertar por la mañana en el sofá del salón se sintió desorientada. «Estoy en casa», pensó, teniendo que recordárselo como había hecho los tres días anteriores, mientras imágenes recientes pasaban por su cabeza. Se levantó con esfuerzo y fue a orinar y a lavarse la cara. En la cocina puso agua a calentar para el café. Estuvo mirando el cazo hasta que el agua rompió a hervir y luego se llevó el café a la sala de estar. Se sentó en el sofá, arrebujada en la manta favorita de su madre. Tras unos sorbos de café, decidió por fin abrir la carta.

La fecha era de hacía un mes, y el texto no podía ser más diferente de la florida misiva incluida en los papeles de Brighton.

«Queridísima Wally —empezaba la carta—: Últimamente estoy preocupada y enojada. ¿Dónde te metes? ¿Por qué no vuelves a casa? Sé que la culpa de esta situación es mía. Las mentiras que he dicho, las verdades que no. Sólo encuentro paz en este pensamiento: sean cuales sean los errores que haya podido cometer, las heridas que haya podido causar, a la postre, para bien y para mal, el resultado eres tú, mi Wally, y puedo afirmar sin ambages que me pareces perfecta tal como eres. Nunca he conocido una persona tan fuerte, tan lista y tan capaz de dar amor. ¿Eres consciente de ser así? Espero que lo descubras antes de que sea demasiado tarde. Lo que estás haciendo con tu vida es algo que no puedo aprobar ni entender, pero que eso me apene no cambia en absoluto mi certeza de que estás capacitada para hacer grandes cosas. Trata de buscar la manera de compartir tus dones con gente a la que quieras; si lo consigues, todo lo ocurrido antes habrá sido un viaje que merecía la pena hacer. Lo que lamento es que yo no estaré allí cuando llegues a tu destino. Si confío en que exista el cielo es por una sola razón: para poder ver en qué te conviertes. Con todo mi amor, Yalena.»

Wally volvió a leer la carta de cabo a rabo y luego la metió otra vez en el sobre. En circunstancias diferentes, el texto la habría hecho llorar sin remisión, pero no fue así en la fría mañana de noviembre. Y el motivo, como Wally sabía, era que nada podía equipararse a la escena de la despedida final en Shelter Island. Aquella experiencia y los días subsiguientes habían dejado a Wally completamente seca. El dolor de la pérdida, y por supuesto las lágrimas, volverían a visitarla dentro de días, semanas y años, pero ahora mismo Wally Stoneman no podía llorar más.

Su otra reacción fue acordarse de la emotiva carta incluida en los papeles de Brighton Beach y preguntarse de dónde había podido salir. Intentó imaginarse al agente Cornell Brown —a quien ella conociera como «Panama»— sentándose a redactar una carta tan auténtica y tan sentimentalmente compleja, pero le fue imposible formarse esa imagen. Claro que, si no la había escrito Brown, entonces ¿quién? ¿Alguno de sus sicarios dentro de la ATF? También era dudoso. El instinto se empeñaba en decirle a Wally que aquella nota la había escrito una persona de sentimientos genuinos, una persona que en algún momento de su vida había experimentado la pérdida y el dolor.

De haber sido este asunto el único que preocupaba a Wally, sin duda lo habría dejado correr. Pero la duda venía corroyéndola desde hacía días, y la carta no había hecho sino incrementar su ansiedad.

Aquellas bravuconadas de Cornell Brown mientras las obligaba a cruzar el bosque hasta el último escondite no se aguantaban por ningún lado. De creer en su versión, él solito había resuelto el misterio de Yalena Mayakova, empezando por el orfelinato exacto en donde Wally pasó sus primeros años y terminando por su localización en un país tan grande como Estados Unidos. A raíz de intentos previos por desentrañar el misterio de su infancia, Wally sabía que esa información estaba amparada por leyes que protegían la intimidad —tanto en Rusia como en EE.UU.—, hasta el punto de que algunos datos llegaban a perderse para siempre. Aun contando con muchos recursos a su alcance, era casi imposible que Cornell Brown hubiera encontrado de golpe todas las respuestas, después de quince años de búsqueda infructuosa.

Entonces, ¿quién? ¿Quién disponía de tantos recursos como para resolver el enigma de Yalena? Si alguien había estado ayudando a Brown, lo más lógico era pensar que esa misma persona hubiera redactado la conmovedora carta de Brighton Beach. ¿Conocía Wally a alguien ni siquiera remotamente capaz de semejante cosa? No se movió del sofá durante varias horas, contemplando el ventanal hasta que los primeros rayos de sol tiñeron parcialmente el cielo de color melocotón. ¿Había realmente alguna persona en condiciones de explicar por qué y cómo se había torcido tanto su vida?

Pasaban unos minutos de las siete de la mañana cuando Wally halló la respuesta. Creía saber quién había revelado su identidad a Cornell Brown, y creía saber también el motivo. Antes de vestirse, preparó otra cafetera. El termómetro del balcón marcaba 4 grados bajo cero, así que se abrigó con varias capas y, como prenda final, echó mano de la chaqueta de lana de Claire. Aún era pronto, y Wally decidió ir a pie atravesando el parque. A las nueve estaba en Lexington Avenue, Upper East Side, las mejillas arreboladas tras la larga caminata en el frío matutino. Entró en un bar de la esquina con la Noventa y uno, desde donde podía ver bien el edificio de enfrente, y se dispuso a esperar.

Lewis Jordan apareció a las 9.23 de aquella fría mañana. Llevaba puesto un abrigo azul oscuro y un sombrero negro de ala ancha; el aliento le humeaba en el aire helado mientras subía por Lexington con una precaución que no era de extrañar teniendo en cuenta sus ochenta y cinco años. Observándolo desde el interior del bar, le pareció a Wally que el hombre había perdido vitalidad, o que al aire libre se le veía más vulnerable que donde ella le había visto siempre, en las oficinas de la Asociación Ursula.

Wally esperó a que Jordan entrara en el edificio de la asociación y luego se levantó y pagó la cuenta. Salió de la cafetería, cruzó imprudentemente la avenida y entró en el portal un par de minutos después que él. Subió a la tercera planta y recorrió el largo pasillo hasta la puerta con el rótulo de la Asociación Ursula y su logotipo de un oso debajo. No se molestó en llamar. El despacho estaba igual que siempre, agradable pero insulso, un escritorio de madera a cada lado de la estancia, cada cual con su monitor de ordenador encima. Se extrañó, por momentos, al no encontrar a nadie, pero enseguida advirtió unos ruidos al otro lado de la puerta del fondo, que estaba ligeramente entreabierta. Segundos después la puerta se abría del todo y allí estaba Lewis Jordan, con una pequeña pila de carpetas en los brazos.

Wally quería saber qué cara pondría cuando la viera allí. De entrada, Lewis se sobresaltó un poco al comprobar que no estaba solo, pero en cuanto reconoció a Wally pareció alegrarse sinceramente de verla.

—¡Wallis! Tú por aquí. No me había dado cuenta de... —Pero enseguida cortó su alegre recibimiento. Al ver la expresión de Wally, comprendió que algo había cambiado. La sonrisa desapareció, y se puso blanco—. ¿Ha pasado algo, Wallis?

—Dígame lo que hizo.

Lewis suspiró largamente, se acercó a su mesa, dejó las carpetas encima y tomó asiento. La vieja butaca giratoria de madera crujió audiblemente cuando Lewis estiró el brazo y se agarró al canto de la mesa para darse impulso. Luego, al levantar la vista, se topó con la mirada inexorable de Wally.

—Tomé una decisión —dijo—. Hay un hombre, un agente de la...

—¿ATF? Sí, el agente Cornell Brown. Cuéntemelo todo.

Lewis tomó aire.

—Brown es una de nuestras fuentes. Hace años le ayudamos a localizar a un sobrino suyo, su hermana lo había dado en adopción. Él, después, se brindó a ayudarnos en futuras búsquedas. Hace cosa de dos años, cuando apareciste tú aquí por primera vez, yo sabía que Brown había estado en una misión en la Europa del Este y que podía tener conexiones allí.

—¿Fue usted, entonces, el que le habló de mi caso?

—Pensé que Brown podría ayudarte —dijo Lewis—. No bien acabó de leer tu expediente, se imaginó toda la situación. Tu llegada al orfelinato, la falta de documentación. De alguna manera dedujo que eras la hija de Yalena Mayakova y Alexei Klesko. Me explicó que él y su equipo habían intentado cazar a unos contrabandistas de armas en lo que entonces eran repúblicas soviéticas y que si encontraba a Yalena (a tu madre), ella podría testificar. Me dijo que de todos modos la mafia daría con ella y la eliminaría, o sea que si ayudaba a Brown a localizarla, la estaría ayudando también a ella. Primero me negué, claro. Yo tengo mis normas...

—Ya, pero al final cambió de parecer. ¿Por qué?

Lewis meneó tristemente la cabeza, sin duda avergonzado de su proceder.

—Brown dijo que tenía acceso a documentos de inmigración que me ayudarían a localizar a mi hijo, esos mismos documentos que yo llevaba décadas tratando de encontrar. Conseguir esa información significaba un gran riesgo para él, me dijo, debido al lugar en donde se hallaba la base de datos. Brown estaba dispuesto a hacerlo, pero a cambio de que yo lo ayudara a localizar a tu madre. Me dijo que se encargaría de proteger a Yalena, y que así tú y ella podríais reuniros por fin. Quebranté nuestras normas, lo sé, pero me cegó mi desesperación. La idea de morir sin conocer a mi hijo, Wallis... No tuve fuerzas para resistir la tentación.

—¿Lo de Brighton Beach fue idea suya?

Lewis asintió con la cabeza.

—Sabía que con un poquito de inspiración tú te pondrías a buscar a tu madre, y que tarde o temprano Yalena Mayakova se dejaría ver.

Wally se dio cuenta de lo perfecto del plan. Le habían ofrecido un hilo de esperanza y ella había tirado de él para deshacer la madeja de su vida, y la de sus seres más queridos. Desde luego, podía culpar a Lewis Jordan por ayudar al agente Brown, pero ella también se sentía responsable. Había estado dispuesta a arriesgarlo todo en la búsqueda de su madre, y al final había acabado perdiendo. Pese a que esperaba sentir odio y rabia hacia Lewis, Wally no sintió más que compasión.

—¿Brown mentía? —le preguntó a él—. ¿Nunca le explicó dónde encontrar a su hijo?

—No sé nada de Brown desde hace bastantes días.

—Olvídese de él. Está muerto.

—Dios santo. —Lewis se vino abajo—. ¿Qué ha pasado?

Wally se preguntó si Lewis Jordan —que parecía debilitarse por momentos— sobreviviría a la sensación de culpa al conocer el trágico resultado de su error, pero por otra parte ella no quería saber nada más de secretos. Tomó asiento junto a Lewis y le fue explicando todo con calma mientras el anciano lloraba: por Wally, por su familia, por la maldad del ser humano... y por su propio pecado.

Cuando hubo terminado de contárselo todo, Wally se sintió agotada, pero también más liviana, como si se hubiera quitado un peso de encima. Conectó la tetera eléctrica que había sobre la mesita auxiliar, puso dos bolsas de té en sendos tazones y esperó a que hirviera el agua. Había corriente de aire y Wally reparó en que la puerta del fondo estaba abierta. Al acercarse vio que se abría a una sala grande y mal ventilada, con tres estanterías industriales que llegaban hasta el techo, los anaqueles claveteados a la pared para que no se volcaran con el peso de tanto papel. La etiqueta que colgaba de cada estante rezaba: CASO ABIERTO. Los estantes estaban a rebosar.

Wally no se lo podía creer. La Asociación Ursula tenía literalmente millares de casos abiertos, millares de plegarias no atendidas. Aunque los había recientes, la mayor parte de los expedientes eran muy antiguos, las carpetas estaban gastadas y amarillentas, probablemente hacía años que nadie las tocaba.

Se acercó a las estanterías experimentando una extraña y escalofriante sensación, casi como si pudiera oír las voces que le susurraban al oído: «Ve a buscarnos. Encuéntranos.» Pensó en Tigr, su hermano, tan separados el uno del otro y pese a todo compartiendo un vínculo innegable. ¿Estaba oyendo también su voz?, ¿era una de las que ahora reclamaban su ayuda? Era verdad lo que había dicho el viejo de la tienda, en Brighton Beach: el mundo es una jaula de fieras. Y allí se encontraba ahora Tigre, solo. Wally tuvo la clara sensación de que, en aquel preciso momento, su hermano estaba pensando en ella. Y supo lo que tenía que hacer.

Ir en su busca. Encontrarle. Encontrarlos a todos.

Agradecimientos

Mi gratitud por toda la atención recibida a Ben Schrank, Anne Heltzel y todo el equipo de Razorbill/Penguin. Karl Stuart, Robert Lazar y la gente de ICM lo hicieron posible, y nada de esto habría tenido lugar sin la fiel y formidable Christine Cuddy.

Tengo la suerte de contar con familiares y amigos que siempre me han respaldado pese a mi malhumor habitual y a mi conducta poco recomendable, cosas ambas por las que pido ahora disculpas. Entre la gente que más me ha apoyado se cuentan mis padres, Ann y Mike Richter, que jamás me han fallado.

La lista de personas que me han echado una mano o servido de inspiración requeriría muchas páginas, de modo que ahí va una lista abreviada. Gracias por su ayuda a: Catherine Meyers, Kate Story, Vera Blasi, Peter Maduro, Susannah Grant, David Sanger, Hailyn Chen, Sandy Kroopf, Marischa Slusarski, Leslie Rainer, Arlen Hegingbothom, Laura Richter, Sarah Richter, Jodie Burke, Lisa Bromwell, Elizabeth McQueen, Liz Macfarlane, Diana Mason, Nan Donlin, Nina Frank y Steven Rapkin, así como a todos mis alegres vecinos, tanto humanos como animales.

Mis más sentidas gracias a todos.